COLLECTION
FOLIO/ACTUEL

GW00381516

Henri Pena-Ruiz

Qu'est-ce que la laïcité ?

Gallimard

Dans la même collection

QU'EST-CE QUE L'ÉCOLE ? n° 116

Professeur de philosophie en khâgne au lycée Fénelon (Paris) et maître de conférences à l'Institut d'études politiques de Paris, Henri Pena-Ruiz est notamment l'auteur de *Dieu et Marianne. Philosophie de la laïcité* (PUF, 1999), d'*Un poète en politique : les combats de Victor Hugo* (en collaboration avec Jean-Paul Scot, Flammarion, 2001) et du livre *Le Roman du monde : légendes philosophiques* (Flammarion, 2001).

À mon fils Emmanuel.

Introduction

Certains hommes croient en un dieu. D'autres en plusieurs. D'autres se tiennent pour agnostiques et refusent de se prononcer. D'autres enfin sont athées. Tous ont à vivre ensemble. Et cette vie commune, depuis la première Déclaration des droits de l'homme, doit assurer à tous à la fois la liberté de conscience et l'égalité de droits. La liberté de conscience exclut toute contrainte religieuse ou idéologique. L'égalité de droits est incompatible avec la valorisation privilégiée d'une croyance, ou de l'athéisme. La puissance publique, chose commune à tous comme dit si bien le latin *res publica*, sera donc neutre sur le plan confessionnel : *neuter*, en latin encore, signifie exactement « ni l'un ni l'autre ». Cette neutralité confessionnelle est à la fois garantie d'impartialité et condition pour que chacun, quelle que soit sa conviction spirituelle (humanisme athée ou humanisme religieux par exemple), puisse se reconnaître en cette république, ou Cité, dont tous les membres se retrouvent ainsi sur le même pied d'égalité. Mais si la liberté de conscience exclut tout credo obligé ou interdit, elle ne se définit ainsi que de façon négative. Sa définition positive assume les problématiques de l'autonomie intellectuelle et morale, telle qu'entendent la promouvoir l'instruction publique, mais aussi une politique propre à assurer à tous les conditions existentielles d'un accomplissement de soi suffisant. Quant à l'égalité de droits, elle relève également de ces deux soucis. L'émancipation laïque ne se réduit donc pas à un dispositif juridique minimal, ni à la simple abstention de l'État. Elle appelle bien plutôt une juste mesure de ses champs d'intervention.

Une telle esquisse du principe de laïcité prend la forme d'une évidence : ce qui n'est que de certains ne peut s'imposer à tous, et les références communes doivent être affranchies de toute tutelle qui consacrerait un privilège. Pour être pleinement acceptée et affirmée, une telle évidence requiert cependant deux conditions simultanées, dont la réalisation explicite le caractère positif de la laïcité. D'une part, que la puissance publique soit dévolue à *tous* et mette ainsi en avant ce qui unit tous les hommes. Principe d'universalité, dont l'enjeu se mesure au regard des dérives différencialistes et communautaristes dont le monde offre l'inquiétant spectacle. D'autre part, que chacun apprenne à vivre le type de conviction qui lui tient à cœur de façon suffisamment distanciée pour exclure fanatisme et intolérance. Principe de distance intérieure qui sous-tend la tolérance civile, et rend possible le débat dans l'espace public. Celui-ci se prête d'autant mieux à une telle fonction qu'il est davantage affranchi de toute tutelle des groupes de pression. Ainsi comprise, la laïcité n'est pas de l'ordre d'une option spirituelle particulière, mais constitue une condition de possibilité, ce que Kant appellerait un cadre transcendantal. La méconnaissance de ce statut est le point aveugle des conceptions qui entendent la renégocier sans cesse, notamment au gré des fluctuations du paysage religieux et des rapports de force qui les sous-tendent.

À un double égard, c'est ainsi la possibilité d'un monde commun aux hommes qui se trouve mise en jeu. La laïcité n'est neutralité et réserve qu'en raison de l'esprit de concorde principielle qui la définit positivement : la visée de ce qui peut unir les hommes en amont de leur différenciation spirituelle conduit à exclure *a priori* tout type de privilège, et prévient ainsi la violence qui pourrait en résulter. La justesse d'un tel principe fondateur est paradoxalement démontrée dans les faits par les oppressions multiformes auxquelles a conduit sa non-reconnaissance. Comme si l'histoire des persécutions et des guerres au nom des religions constituait une démonstration par l'absurde de la laïcité. Les trois grandes « religions du Livre » ont à des titres divers inspiré les violences qui résultent d'une volonté de s'imposer à tous les hommes. Ce qui bien souvent a fait de chacune d'elles une victime là où elle était dominée et une source d'oppression là où elle était dominante. Les ressacs de l'actualité, qui semblent braquer les projecteurs sur la seule religion musulmane, appréhendée à travers sa dérive intégriste, ne sauraient faire oublier une telle histoire.

Comment « vivre les différences » sans renoncer au partage de références communes ? Question d'autant plus cruciale qu'aujourd'hui le pluralisme de fait des convictions peut dessiner une mosaïque de communautés exclusives, dont les membres sont aliénés à leur « différence », avec les risques d'affrontements intercommunautaires que l'on peut imaginer. La communauté politique que la tradition appelait Cité (en grec *polis*, en latin *civitas*) a pris le nom d'*État* dans le vocabulaire du droit, qui la distingue ainsi nettement du *gouvernement* par lequel elle est dirigée. La laïcité concerne le principe d'unification des hommes au sein de l'État. Elle suppose une distinction de droit entre la vie privée de l'homme comme tel, et sa dimension publique de citoyen : c'est en tant qu'homme privé, dans sa vie personnelle, que l'homme adopte une conviction spirituelle, religieuse ou non, qu'il peut bien sûr partager avec d'autres : mais de cela, la puissance publique n'a pas à s'inquiéter tant que l'expression des convictions et des confessions reste compatible avec le droit d'autrui. On remarquera qu'un tel dédoublement n'est pas toujours aisé à réaliser, et surtout qu'il n'est reconnu comme légitime que dans une certaine conception du droit, soucieuse de l'autonomie de l'individu, dont la laïcité est solidaire. D'où la nécessité d'une étude des rapports entre le droit et l'histoire, pour rendre compte des résistances à l'idée laïque, et des vicissitudes du processus d'émancipation laïque. D'où également l'utile prise en compte des phénomènes sociaux, politiques et culturels qui peuvent affecter aussi bien la netteté de la ligne de démarcation entre sphère privée et sphère publique que la lisibilité d'un idéal d'universalité et de concorde largement brouillé dans certaines conditions. S'il est vrai qu'il y a « retour du religieux », celui-ci est bien ambigu dans ses signes comme dans ses modalités. Les Églises et les vocations ne font pas l'objet d'un engouement majeur, mais la fameuse « soif de sens », captée en apparence par le seul discours religieux, traduit le désarroi d'un monde social en pleine crise. Il faudra tenter de la comprendre.

Les premières communautés humaines ont été des communautés de fait, dont l'unité reposait sur la domination d'une religion, d'un ensemble d'usages, d'une vision du monde particulière. Le religieux a d'abord semblé structurant pour toute société. Mais la lecture durkheimienne du sens de cette apparence devait rencontrer l'histoire réelle, qui relativise ce constat. Elle rend manifeste que la religion a pris en charge, assumé, symbolisé, en en donnant une version particulière, un type d'exigences qui lui préexistait. Toute politique requiert-elle une structuration théologico-politique ? Le fait, ici, ne peut répondre suffisamment, sauf à confondre ce qui a été et ce qui sera avec ce qui peut être, voire ce qui doit être. L'effort de réappropriation de l'organisation des sociétés humaines est ici décisif. Et la thèse selon laquelle le christianisme aurait constitué, presque par sa vertu propre, une « religion de la sortie de la religion », voire une médiation historique de la laïcisation, mérite d'être discutée, quelle que soit la puissance suggestive qui semble être la sienne. C'est la conception de la culture qui est ici en jeu : l'ambivalence du terme « culture », si souvent utilisé aujourd'hui pour désigner tantôt la sédimentation d'une tradition, tantôt son dépassement critique, donne lieu à des débats parfois brouillés par des enjeux polémiques et des mauvaises consciences insistantes. La hantise du colonialisme a laissé des traces, et nul désormais ne veut sembler être pris en flagrant délit d'ethnocentrisme. Souci légitime, et salutaire, mais à la condition de ne pas confondre la défense de valeurs conquises justement contre les résistances d'une certaine tradition avec une démarche ethnocentriste. C'est quelquefois cette confusion qui semble être faite dans la difficile affaire du port du voile islamiste dans l'enceinte de l'école. On y reviendra, mais cet exemple sert ici à souligner les enjeux d'une étude conceptuelle propre à penser le régime théorique de la laïcité au regard de la « culture ». La même interrogation vaut davantage encore pour le rapport de la laïcité à la religion. L'amalgame trop répandu entre émancipation laïque et hostilité à la religion comme telle n'est que trop fréquent, et bien sûr il brouille les pistes, à moins qu'il ne résulte d'une lecture sans distance réflexive de l'histoire : on ne peut confondre en effet les principes ou les valeurs, et les luttes requises par et pour leur reconnaissance.

Exemple clé, l'affirmation de la distinction entre l'homme privé et la personne publique (le citoyen). Celle-ci n'est pas tant une « particularité culturelle » qu'une conquête de l'esprit de liberté : aucune civilisation ne l'a sécrétée spontanément. Et il serait dès lors hasardeux de prétendre qu'une telle distinction ne peut exister que dans certaines « demeures culturelles ». Vision statique, aveugle à ses limitations intrinsèques comme aux faux-semblants d'une actualité trop vite comprise comme expressive de la nature intemporelle des choses. Quiconque comparerait l'islam du royaume de Cordoue, aux Xe et XIe siècles, avec la chrétienté de l'Inquisition et de la guerre intraitable contre les hérésies (croisades contre les Albigeois au XIIIe siècle) verrait assurément d'une autre façon les spécificités des civilisations. Que le « choc » de celles-ci semble prendre une tournure particulièrement vive dans certains contextes historiques ne dit rigoureusement rien d'univoque concernant leur essence supposée.

On ne peut donc appliquer à la laïcité le relativisme sociologique ou ethnologique, qui repose souvent sur une vision statique des civilisations. En ce sens la connaissance des cultures ne peut nourrir d'objections qu'à l'égard des idéologies qui érigent les traits toujours plus ou moins provisoires d'une société en normes universelles, transposées ou imposées (c'est à ce sujet que Lévi-Strauss parlait d'*ethnocentrisme*). Le constat d'un fait ne dit rien du droit lorsqu'il s'agit de juger et de savoir quel type de principe peut le mieux assurer la concorde dans le respect simultané de la liberté et de l'égalité.

En Occident, des siècles de souffrances et d'injustices, mais aussi de luttes, ont été nécessaires pour qu'on en vienne à reconnaître la laïcité comme légitime. Et encore, il semble que cette reconnaissance ne soit pas complètement acquise, comme le montrent les débats récurrents sur sa définition. Tous adhèrent à la laïcité, ou presque, mais parfois à la condition de l'entendre d'une manière telle qu'on y perd de vue ses exigences constitutives. D'où la prolifération d'expressions qui la relativisent sous prétexte de la « rénover », d'en « dépoussiérer le concept », comme les notions polémiques de « laïcité plurielle », « laïcité ouverte », « laïcité délibérative », etc.

La laïcité, conquise à bien des égards contre les traits d'une culture marquée par la religion chrétienne, est en ce sens rupture avec la tradition occidentale à laquelle on la lie trop hâtivement. Pour l'exemple, l'Inquisition et la monarchie de droit divin, ainsi que la condamnation de la liberté de conscience par l'Église jusqu'au début du XXᵉ siècle, témoignent clairement contre l'idée d'une génération spontanée de la laïcité sur le sol de la civilisation occidentale. Remarque d'importance au regard des argumentations développées par certains tenants de l'intégrisme islamiste, qui réduisent la laïcité à un particularisme culturel, et l'amalgament dans la foulée à une norme intransposable dans certaines « cultures ». Le fait que Taslima Nasreen, pour ne citer qu'elle, juge la laïcité bonne et souhaitable pour le Bengladesh et le Pakistan, ne peut retenir leur attention, puisque la cause est entendue d'avance : ils tiennent la femme écrivain pour une pièce rapportée, qui trahit sa « culture », comprise en ce cas comme une assignation à résidence.

Ces remarques, nécessairement allusives, permettent de dessiner le cadre et les orientations d'une définition raisonnée de la laïcité, mais aussi d'une réflexion sur sa valeur. Les points de vue du droit et de l'histoire, de la théologie et de la politique seront tout à la fois à distinguer et à conjuguer. L'appréhension de la dimension positive de la laïcité souffre en effet de malentendus devenus trop usuels (comme par exemple l'amalgame évoqué entre laïcité et hostilité à la religion). Elle est également brouillée par la confusion fréquente des points de vue et des registres d'analyse, comme celle qui confère à la relativité des usages, constatée par la sociologie, le statut d'un argument de droit, fréquemment utilisé par les adversaires de la laïcité.

La première partie de l'ouvrage s'attachera donc à remonter au principe de laïcité, pour rappeler sa définition juridique et son fondement philosophique. Il faudra également évoquer l'histoire réelle — et la géographie — pour envisager concrètement les rapports tendus entre le droit et le fait : l'émancipation laïque n'impliquait en elle-même aucune violence — pas plus que la reconnaissance des droits de l'homme. Mais une mise en tutelle pluriséculaire ne se défait pas spontanément. Il faut alors se garder d'imputer à l'idéal laïque les conflits provoqués par les résistances à sa reconnaissance. D'où la question des sources théologiques. Y avait-il dans les textes reconnus comme sacrés par les fidèles des trois grandes « religions du Livre » de quoi fonder et justifier, ou au contraire invalider, les oppressions développées en leur nom ? Question incontournable pour envisager, entre autres, la façon dont les croyants eux-mêmes peuvent considérer l'idée laïque, et la faire leur sans avoir à renier leur option religieuse.

Question essentielle également pour éviter tout amalgame hâtif entre religion et cléricalisme. L'attention spéciale consacrée au rapport entre croyance religieuse et laïcité (chapitre IV) sera utile cet égard.

La dimension controversée du rapport entre religion et politique, et de leur indépendance réciproque, met en jeu la définition même de la laïcité. Nombreux sont ceux, on l'a vu, qui n'en admettent le principe qu'à la condition d'en redéfinir le sens. Tendance qui va de pair, aujourd'hui, avec ce que l'on a appelé de façon ambiguë le « retour du religieux ». La seconde partie de l'ouvrage, consacrée aux questions vives de la laïcité aujourd'hui, examinera ce point en relation avec les problèmes de l'actualité, mais en s'efforçant de dégager, par-delà les conjonctures particulières, leur exemplarité.

Le premier problème concerne entre autres le régime de droit des religions, envisageable à partir d'un retour raisonné sur la loi de séparation de l'État et des Églises du 9 décembre 1905. Le deuxième est celui de l'intégration républicaine de populations d'origines et de traditions différenciées. Le troisième est celui du défi communautariste, à caractériser dans ses inspirations générales comme dans ses contextes concrets de développement. Le quatrième est celui du sens de la culture dans son rapport à la religion, comme de la déontologie laïque requise par l'étude éclairée des croyances, notamment à l'école. La question controversée de la place du phénomène religieux dans les programmes scolaires, et du type de traitement à lui appliquer, mérite une analyse appropriée. C'est que s'y joue la rencontre des principes et des faits, de l'idéal et de leur mise à l'épreuve.

La réflexion proposée entend s'affranchir des approches polémiques, et jauger le principe de laïcité, ainsi que l'idéal qui l'inspire, au regard des défis du siècle, et notamment celui de la mondialisation qui met en rapports plus étroits les différentes civilisations. Entre l'internationale des capitaux et les replis identitaires des communautarismes, y a-t-il encore place pour un monde commun aux hommes ? Une telle visée de l'universel ne requiert-elle pas que les sociétés, comme les personnes, sachent se mettre à distance d'elles-mêmes ? C'est dans le cadre d'une telle interrogation que l'on pourra mesurer l'enjeu de l'idéal laïque.

PREMIÈRE PARTIE

Le sens de l'idéal laïque

CHAPITRE I

LE MOT, LE PRINCIPE, L'IDÉAL

LE MOT ET LE PRINCIPE

L'origine étymologique du mot « laïcité » est très instructive. Le terme grec, *laos*, désigne l'unité d'une population, considérée comme un tout indivisible. Le laïc est l'homme du peuple, qu'aucune prérogative ne distingue ni n'élève au-dessus des autres : ni rôle reconnu de directeur de conscience, ni pouvoir de dire et d'imposer ce qu'il convient de croire. Ce peut être le simple fidèle d'une confession, mais aussi celui qui adopte une vision du monde athée, dont la conviction fondatrice est distincte de celle qui inspire la religion. L'unité du *laos* est donc simultanément un principe de liberté et un principe d'égalité. L'égalité se fonde sur la liberté de conscience, reconnue comme première, et de même portée pour tous. Ce qui veut dire que nulle conviction spirituelle ne doit jouir d'une reconnaissance, ni d'avantages matériels ou symboliques dont la détention serait corollaire de discrimination.

Si la conscience ne peut ni ne doit être violentée, c'est librement qu'elle adoptera une conviction ou une confession — et cette liberté sera la même pour tous les individus. L'unité du *laos* est à comprendre par opposition à l'idée qu'un groupe particulier, se détachant et se mettant à part, pourrait se voir reconnaître davantage de droits, voire un rôle directeur par rapport à l'ensemble. Insister sur la référence au tout va de pair, en l'occurrence, avec le souci de l'égalité en droit des individus qui forment la totalité sociale. Entre le bien commun et les hommes, nul privilège de fait ne doit s'interposer. Dans un contexte moderne, et pour simplifier, on pourrait dire que la conviction propre des uns — qu'elle soit de nature religieuse ou autre — ne peut ni ne doit s'imposer à tous. L'unité référentielle du *laos* n'a alors d'autre fondement que l'égalité de statut des convictions de ses membres : elle interdit qu'une confession particulière devienne une norme publique et fournisse la base d'un pouvoir sur le tout. Elle appelle un dispositif juridique tel qu'il permette la libre expression de chaque option spirituelle *dans* l'espace public, mais non pas son emprise *sur* lui. On fera donc justice ici des reproches infondés, adressés à la laïcité, de méconnaître la dimension collective des religions : privatiser juridiquement le religieux, c'est rappeler, avec Locke, que l'État n'a pas à se soucier du « salut des âmes », et avec Spinoza qu'il ne saurait décréter quoi que ce soit en matière de vie spirituelle, car seuls lui importent les actes, et leur conformité avec les exigences de la vie commune. Marianne, la République, n'est pas arbitre des croyances, et là où César croyait utile d'instrumentaliser le religieux à des fins politiques tout en le consacrant comme figure privilégiée de la conviction, elle entend restituer la vie religieuse et spirituelle à sa pleine liberté, tout en s'affranchissant elle-même de tout marquage qui contredirait sa vocation universelle.

Égalité, liberté : l'éclairage étymologique de la

notion de laïcité permet donc d'en esquisser la définition positive. La laïcité est l'affirmation originaire
du peuple comme union d'hommes libres et égaux.
La liberté en jeu est essentiellement celle de la
conscience, qui n'est soumise à aucun « credo »
obligé. L'égalité est celle qui concerne le statut des
préférences spirituelles personnelles. Athée ou
croyant, monothéiste ou polythéiste, libre penseur
ou mystique : aucune hiérarchie ne peut être fondée
sur le choix effectué entre ces options. Laïque est la
communauté politique en laquelle tous peuvent se
reconnaître, l'option spirituelle demeurant affaire
privée. Cette « affaire privée » peut prendre deux
dimensions : l'une strictement personnelle et individuelle, l'autre collective — mais dans ce cas le groupe
librement formé ne peut prétendre parler au nom de
la communauté totale, ni coloniser la sphère publique. Il est de l'ordre de l'association particulière et
non de la société commune. Les associations de *droit
privé* permettent aux appartenances religieuses ou
aux groupements philosophiques de prendre une
dimension collective, mais sans que cette dimension
hypothèque l'indépendance de la sphère publique,
ainsi dévolue à l'universel.

L'espace laïque ainsi conçu ne se construit pas par
addition des différents « collectifs », mais par mise
en valeur d'un plan de référence qui les transcende
sans les nier, car il relève d'exigences toutes différentes de celles qui les constituent. Les références communes à tous, destinées à promouvoir ce qui unit les
hommes par-delà leurs « différences », ne sauraient
se marquer d'une option propre à certains, ni se
résorber dans une mosaïque d'« identités collectives », sans compromettre aussitôt la fonction de
l'État comme vecteur d'universalité. Constat de plus
en plus crucial dans des sociétés que caractérise de

plus en plus ce qu'on appelle le « multiculturalisme » ou le « pluralisme culturel », sans que ces termes échappent aux ambiguïtés signalées plus haut de la notion de culture. Ambiguïté similaire en un sens de la notion d'« identité collective », trop vite admise comme allant de soi. N'y a-t-il au contraire d'identité qu'individuelle ? Et celle-ci, concernant un être qui se construit à mesure qu'il trace son existence, est-elle définitive tant que le dernier souffle ne s'est pas produit ? Question sartrienne qui pourrait bien déjouer tous les fatalismes de l'assignation identitaire, et inscrire l'émancipation laïque de la personne dans la radicalité d'une dénégation du destin. Nous y reviendrons.

La neutralité confessionnelle de l'État laïque ne signifie pas qu'il soit désormais indifférent à toute valeur et à tout principe. Bien au contraire. En effet le choix simultané de la liberté de conscience fortifiée par une instruction émancipatrice, de l'égalité des droits déclinés dans tous les registres de l'affirmation et de l'expression de soi, de l'universalité d'un espace de référence et des biens promus pour tous, n'a rien d'une dévitalisation relativiste de l'État compris comme Cité politique. Il est d'ailleurs étrange que la polémique anti-laïque puisse d'un même mouvement accuser la laïcisation de tarir l'inspiration éthique de l'État et de sacraliser celui-ci. Quant au fameux désenchantement du monde, transféré à celui de l'État souligné par Max Weber, il faut souligner qu'il n'avait pas d'abord le sens d'une perte de repères, mais celui d'une redéfinition du statut et des modalités de ceux-ci. Sauf à reproduire le préjugé qui solidarise moralité et credo religieux obligé, la laïcisation n'a pas plus entraîné de reflux éthique que le cléricalisme pluriséculaire n'avait spécialement promu le respect des droits de l'homme et l'amour du prochain. Bayle faisait remarquer que si l'on rencontre couramment des chrétiens criminels, on rencontre aussi des athées vertueux. Quant à Hume, il faisait observer que la vie droite relève d'un ressort éthique immanent aux hommes et relativement indépendant des hypothèses théologiques ou métaphysiques qui peuvent l'étayer, mais de façon facultative dès lors que ce principe est suffisamment efficace par lui-même.

La neutralité de l'espace public laïque ne peut donc prêter à malentendu : elle n'exprime aucun relativisme, et ne se réduit évidemment pas à l'opération arbitrale d'un simple dispositif juridique de « gestion du pluralisme religieux ». C'est pourtant à cette conception minimaliste et discriminatoire — puisque les athées et les agnostiques sont exclus de cet œcuménisme de partage — que certains donnent le nom trompeur de « laïcité ouverte ». La neutralité confessionnelle de l'État n'est que le verso d'un recto qui est son souci de l'universel et des valeurs communes à tous. Elle n'est donc pas opposable au pluralisme, qu'elle rend d'ailleurs possible en son déploiement équitable, ni à la séparation juridique de l'État et des Églises, qui constitue à la fois sa condition et sa garantie. Or il existe deux façons de bafouer cette neutralité. Soit en privilégiant ouvertement ou insidieusement une confession particulière. Ouvertement, avec la religion d'État ; insidieusement, avec le système concordataire. Soit en laissant l'espace public entièrement investi par les confessions, aux droits égaux certes, mais avec pour double limite l'exclusion discriminatoire des convictions athées ou agnostiques, et le risque d'une disparition des références communes sous la mosaïque des particularismes ainsi reconnus et consacrés. L'espace laïque n'est donc pas plus pluriconfessionnel que mono-confessionnel : il est non confessionnel.

Deux idées majeures sont donc impliquées dans l'idéal laïque. D'abord, celle d'une démarcation entre ce qui est commun à tous — ou peut légitimement l'être — et ce qui relève de la liberté individuelle, de la sphère privée. Un tel partage vise la juste mesure du champ de la loi, dont il exclut l'activité de la pensée, soustraite à toute censure, les convictions personnelles, dévolues à la liberté de conscience, et l'éthique de vie, autonome dans les limites d'un droit commun qui assure la coexistence des libertés. Ensuite, celle d'une souveraineté de la volonté qui est à la source des règles de la vie commune, comme de la conscience et de la raison qui l'éclaire. Rousseau y insistait : pour que la société humaine soit véritablement union, il faut que ses membres consentent aux principes qui la fondent. Ce consentement existe selon plusieurs modalités, dont l'adoption par vote d'une constitution est la forme la plus explicite, mais dont le consentement à vivre comme si l'on approuvait les principes de droit qui organisent la vie commune constitue la forme muette.

L'engagement réciproque qui constitue la vie sociale et politique est donc à la fois délimité et volontaire. Ces deux traits vont de pair. La vie commune n'implique pas qu'autrui ait un droit de regard sur ma conscience et m'impose une religion, mais elle requiert que nous observions les règles de la coexistence de nos libertés. Je consentirai d'autant mieux à ces règles de la Cité que j'en comprendrai le fondement légitime et que je pourrai le faire mien sans aliéner ce qui doit rester du ressort de ma vie personnelle. Ici réside le ressort de l'acceptation de la refondation laïque aussi bien par des croyants que par des athées ou des agnostiques.

La laïcité a donc pour référence et fondement la chose commune à tous, en deçà des différenciations spirituelles. « Bien commun », *res publica*, a donné le terme de république. Une telle référence requiert et suppose des hommes dont la conscience soit déliée de tout assujettissement, et capables de se donner à eux-mêmes une loi qui les unisse. La notion d'autonomie prend ici sa pleine signification : celle d'une capacité à deux volets. L'un, juridique et politique, est celui qui s'explicite par le terme de souveraineté. Un peuple souverain est celui qui se donne à lui-même sa propre loi. L'autre, éthique et civique, consiste à se savoir source de la loi à laquelle on obéit, et partant à comprendre qu'une telle obéissance n'a rien à voir avec la soumission ou la servitude. Si la laïcité délie la conscience des hommes pour que ceux-ci s'unissent librement, elle ne les voue pas pour autant à l'anarchie et au relativisme intégral qui installeraient le règne du rapport de force. Il y a bien des valeurs laïques, ou si l'on veut des principes, qui procèdent d'une conception exigeante de la dignité de l'humanité. Liberté de conscience, égalité de droits, bien commun par-delà les différences, confiance de principe dans l'autonomie, affirmation simultanée de la souveraineté de la conscience individuelle, et du peuple sur lui-même, principe d'émancipation qui fait qu'on dispose de références identitaires librement choisies, et non qu'on leur soit d'emblée aliéné : c'est tout un idéal qui retentit dans le mot laïcité.

On sait que le vocable « démocratie » contient un autre terme, *demos*, qui recouvre cette fois-ci le peuple entendu comme communauté politique. Démocratie et laïcité, en un sens, renvoient donc à la même idée : celle d'une souveraineté du peuple sur lui-même, dès lors qu'il ne se soumet à aucune puissance autre que celle dont il est la source. D'où pourrait procéder une telle puissance, sinon d'hommes qui se tiendraient eux-mêmes comme investis d'une mission, se « mettraient à part » ? L'idée de laïcité vise précisément l'unité première du peuple souverain, fondée sur la stricte égalité de droits de ses membres, par rapport à ce qui peut la contredire. Elle souligne donc la référence au bien commun, à la république, comme fondement et horizon de la démocratie. Cette insistance est évidemment incompatible avec l'attribution à une partie des hommes d'un pouvoir confessionnel sur le tout. De ce genre de pouvoir, l'histoire a donné de nombreux exemples, et ce fut à chaque fois au détriment de la liberté de conscience comme de l'égalité éthique et juridique. C'est ce genre de pouvoir qu'on appelle cléricalisme, et qui constitue l'antithèse de la laïcité. Ses formes historiques peuvent varier, de la plus extrême soumission, celle de la théocratie ou du fondamentalisme qui en est une forme récente, au simple privilège, comme dans les régimes concordataires. C'est le principe de cette variation, et les figures auxquelles elle a donné lieu, qui doivent maintenant être éclairés.

LA NOTION DE CLÉRICALISME

Le vocabulaire religieux distingue le *laïc*, qui ne dispose d'aucune attribution spécifique dans la représentation officielle de la religion, et le *clerc*, à qui est dévolu un rôle directeur dans l'administration de la foi. Une telle distinction prend d'abord son sens au sein d'une communauté de fidèles, contribuant à bien marquer la différence entre la simple option religieuse et les fonctions cléricales officielles exercées par rapport à elle. Par extension, le terme « laïc » concerne aussi bien la personne qui ne partage pas un certain « credo » que celle qui le partage, mais ne dispose d'aucun type de pouvoir pour dire la norme en la matière. Croyant ou incroyant, le *laïc* désigne tout simplement l'homme, compris universellement, et pensé indépendamment des obédiences particulières.

Il faut noter que le terme d'origine religieuse a laissé place à un terme de sens un peu différent lorsqu'on a parlé de « laïque » pour désigner soit un mouvement d'opinion résolu à émanciper la sphère publique de la tutelle cléricale, soit une personne qui œuvre à cette émancipation, soit encore des institutions définies par leur indépendance advenue à l'égard d'une telle tutelle : on parle ainsi d'État laïque, d'école laïque.

Le cléricalisme se caractérise non par le seul exercice des fonctions cléricales au sein de la communauté des fidèles, mais par une ambition de pouvoir temporel sur toute la société. Dira-t-on qu'il découle naturellement du prosélytisme inhérent à toute religion ? Ce serait sans doute aller trop vite. Il est plus juste de distinguer deux modes d'expansion d'une foi : l'une par le témoignage moral et spirituel, l'autre par la conquête d'emprises temporelles. L'idée que la religion est une « persuasion intime de la conscience » (Bayle) rend manifestes la légitimité de la première modalité, et l'illégitimité de la seconde. Les rapports de l'autorité spirituelle et du pouvoir temporel mettent alors en jeu ceux de la religion et du cléricalisme. Bien des malentendus peuvent naître, du fait même de l'histoire réelle, si l'on n'établit pas nettement deux distinctions essentielles, d'une part entre religion et spiritualité, d'autre part entre religion et cléricalisme.

La *vie spirituelle* ne peut se réduire à la religion, même si celle-ci en constitue une figure importante.

L'esprit vit dans les pratiques multiformes de la vie sociale, dans la culture humaine comprise en sa richesse. L'art, la science, la philosophie, par exemple, représentent des formes de la vie spirituelle au même titre que la religion, mais selon des figures différentes. L'esprit réside sans doute dans la foi, mais il vit également dans la pensée rationnelle, l'activité créatrice de l'artiste, et plus généralement dans la culture. La religion n'a donc pas le monopole de la spiritualité.

Quant à la notion de *pouvoir spirituel*, on la distingue traditionnellement de celle de pouvoir temporel — ou séculier, c'est-à-dire inscrit dans le siècle — pour marquer sa modalité d'existence propre : celle d'une autorité morale qui sollicite sans contraindre, et ne développe son influence que dans le respect de la liberté des consciences auxquelles elle s'adresse. Il en est ainsi de la spiritualité religieuse comme témoignage désintéressé, tant qu'elle n'use pas de moyens de conditionnement ou de contrainte qui l'apparenteraient tout aussitôt à un pouvoir temporel oppressif. Le recours à la même notion — le pouvoir — pour désigner dans un cas l'autorité morale et dans l'autre la faculté de contraindre charge d'ailleurs la notion de pouvoir spirituel d'une certaine ambiguïté. Reste que la distinction concernant le rôle possible de la religion dans la vie sociale, et au sein d'une activité spirituelle qui ne se réduit pas à elle, est décisive. Auguste Comte a souligné cette différence à propos du catholicisme : tant que celui-ci est resté un témoignage spirituel et moral désintéressé, il a, selon le fondateur de la philosophie positive, été utile et bénéfique, comme pouvaient l'être par ailleurs d'autres formes de vie spirituelle, pensée rationnelle ou connaissance scientifique par exemple : le pouvoir spirituel joue alors le rôle d'une mise à distance des intérêts immédiats qui peuvent séparer ou opposer les hommes, et libère ainsi les repères moraux, voire politiques, de toute servitude idéologique. Le problème est que cette figure de spiritualité libre dépourvue d'ambitions politiques de domination a été bien brève dans l'histoire humaine, au point que le philosophe chrétien Emmanuel Kant juge accablant le bilan du christianisme historique, dont il compose une sorte de « livre noir » au début de *La religion dans les limites de la simple raison*[1]. La transformation de la religion en pouvoir temporel constitué et institué, en cléricalisme, a donc largement brouillé la revendication qui fait d'elle une libre démarche spirituelle offerte à des consciences scrupuleusement respectées dans leur autonomie de jugement et de pensée.

D'où la distinction essentielle entre religion et cléricalisme. La religion, comme croyance unissant librement des fidèles, ne peut ni ne doit être confondue avec le cléricalisme, ambition toute temporelle de domination s'incarnant concrètement dans la captation de la puissance publique. Ainsi défini, le cléricalisme va bien au-delà de l'autorité légitime d'un clergé se tenant dans les limites d'une communauté de fidèles, et ne prétendant pas faire la loi pour d'autres.

Il convient de même de faire la différence entre les biens temporels propres à une réunion de fidèles organisée en Église (du grec *ekklêsia* : assemblée) et la mise en tutelle de la puissance temporelle qui organise l'ensemble de la communauté humaine. Une religion sans clergé interne peut également exercer une emprise quasi cléricale, dès lors qu'elle développe une tutelle sur la sphère publique. Ainsi font les groupes de pression qui sécularisent la vision religieuse dans la société civile (figure repérable dans les pays dominés par le protestantisme). Ainsi font également les chefs religieux qui parlent pour la communauté dont ils se donnent à la fois pour les représentants et les guides incontournables (figure repérable : certains imams des communautés islamiques).

Il serait inexact de confondre *sécularisation* et *laïcisation*. La distinction peut sembler difficile à établir là où la religion s'impose encore, quelles que soient les confessions entre lesquelles elle se distribue, comme une référence obligée, plus présente dans le tissu social que dans l'État proprement dit : c'est le cas des pays anglo-saxons. La sphère publique ne se réduit pas au seul pouvoir d'État, mais inclut le droit qui règle les rapports entre les hommes. En faisant du blasphème un délit, par exemple, on assujettit les règles communes à la reconnaissance d'une confession particulière. C'est le cas au Royaume-Uni, qui par ailleurs, comme on sait, reconnaît une religion d'État.

L'IDÉAL LAÏQUE

L'idéal laïque n'entre donc aucunement en contradiction avec les religions comme telles, mais avec la volonté d'emprise qui caractérise leur dérive cléricale, conversion politique et sociale du prosélytisme religieux. Victor Hugo, dans un discours célèbre contre la loi Falloux qui réaffirmait le contrôle du clergé sur l'enseignement (1850), parle à ce sujet du « parti clérical », qu'il entend distinguer nettement de l'Église et de la « vraie religion ». Il ne s'agit donc pas de mettre en cause l'autorité spirituelle et temporelle du clergé au sein de la communauté religieuse particulière dans laquelle elle s'exerce, lorsqu'elle en respecte les limites. Mais une telle autorité devient illégitime dès que lui est attribué un ascendant de principe sur l'ensemble de la communauté humaine. L'éventuel caractère majoritaire d'une confession, dans une société, ne fonde aucun droit politique ni aucun privilège temporel, si du moins la liberté de conscience de la minorité, et l'égalité de tous, sont respectées.

Il existe, en l'occurrence, deux régimes d'autorité distincts, et d'assise différente. Distincts, car remplissant des fonctions qu'on ne peut confondre. Une chose en effet est de définir les principes et les règles de la vie commune d'hommes restant par ailleurs maîtres de leur sphère privée ; autre chose est d'exercer un magistère dans l'interprétation d'une foi particulière, et des doctrines qui lui sont liées. Quant à l'assise respective de ces fonctions, elle n'a bien sûr pas les mêmes limites. Il s'agit dans un cas des fidèles d'une communauté religieuse particulière, dans l'autre de tous les habitants d'un pays, croyants ou non croyants. Le cléricalisme religieux, en fin de compte, confond et subordonne l'un à l'autre les deux régimes d'autorité : colonisation de la sphère publique, il est lourd de violence latente, ou avouée, à l'égard de toute personne étrangère au credo de référence.

Très concrètement, quelques questions simples peuvent illustrer ce point. A-t-on le droit d'être athée, ou protestant, ou juif, quand le cléricalisme catholique investit la sphère publique ? Un citoyen américain athée peut-il se reconnaître dans le serment du président des États-Unis sur la Bible ? Un catholique, ou un libre penseur, peut-il éprouver pour lui-même l'égalité de statut des convictions ou confessions si la religion protestante, érigée en religion officielle dans les pays anglicans, est imposée comme référence à l'ensemble du corps social ? Un musulman partisan de l'islam éclairé qu'illustre la grande tradition islamique est-il libre de s'exprimer là où le fondamentalisme intégriste a pris le pouvoir ? Une femme musulmane qui souhaite sortir dans la rue tête nue est-elle libre de le faire ? La question se pose au regard d'une interprétation arbitraire du Coran, doublée d'une volonté de construire un code juridique à partir de la « voie recommandée » (terme arabe : *sharia*) et non pas imposée. Un athée d'origine juive peut-il disposer comme il l'entend de sa vie privée si des rabbins ultra-orthodoxes imposent à la sphère publique une mise en tutelle du droit, de l'école, et de la mémoire collective ? Ces questions prennent un tour crucial lorsque les fondamentalismes religieux, à la faveur des déshérences de la modernité auxquelles ils amalgament le droit laïque des individus, entendent faire retour aux traditions les plus rétrogrades. Sur ce point, la question des droits des femmes est représentative de tout ce qui se joue en matière de liberté, d'égalité et d'émancipation, comme de prévention des guerres d'un autre âge. La lapidation pour adultère, la privation d'étude, l'ensevelissement du corps sous la *burkha* afghane, et l'imposition d'un grillage de toile sur les yeux, ne sont que la pointe extrême d'un cléricalisme radicalisé en intégrisme, et dont aucun monothéisme ne fut préservé, si du moins l'on veut bien réinscrire le présent dans l'histoire longue de la liaison dangereuse entre religion et politique. Les trois mille morts des Twin Towers du 11 septembre 2001 semblent alors faire écho aux trois mille morts de la Saint-Barthélemy, le 25 septembre 1572. Dans les deux cas, atmosphère messianique, promesse de paradis, vœu fanatique de purification et de rédemption collective.

De fait, on peut remarquer ce qui ressemble à une

tendance assez fréquente : là où une religion dominante « spirituellement » l'est devenue officiellement, les autres religions, et plus généralement les
autres figures de la spiritualité, ont été brimées selon
des formes et des degrés variables. Persécution explicite ou relégation : la discrimination peut s'accomplir selon des modalités diverses. Le retour à la laïcité, en éradiquant toute préférence confessionnelle
de la sphère publique, assure aux religions une
liberté et une égalité d'autant plus réelles que nulle
d'entre elles, désormais, ne peut détenir les attributs
de la domination temporelle commune.

Une telle éradication ne signifie pas, bien sûr, que
convictions et confessions ne puissent exercer aucune
influence sur la conception des lois communes. Mais,
en droit, elles ne peuvent désormais le faire que par la
médiation d'une libre expression participant au débat
public, et sollicitant les consciences individuelles
dans le respect de leur liberté, de leur autonomie de
jugement. Autrement dit, les autorités confessionnelles, dans un pays laïque, ne sont pas des « acteurs »
à statut juridique reconnu, mais des pôles spirituels
que chaque citoyen est libre de reconnaître ou non
comme autorités. Le principe de souveraineté démocratique ne peut d'ailleurs admettre deux types
d'« acteurs », les uns, individuels, étant les citoyens,
et les autres, collectifs, les groupes de pression des
obédiences religieuses. C'est en ce sens également que
la laïcité, à l'opposé du cléricalisme, donne simultanément sens à la démocratie et à l'autonomie de jugement : souveraineté populaire et souveraineté individuelle y sont comme réciproques dès lors que rien ne
s'interpose entre la volonté générale et le citoyen maître de ses pensées. Cela ne condamne à l'inutilité ni
les partis, ni les Églises, ni les associations formées
pour revendiquer des droits bafoués : le seul souci est

de soustraire le lieu du débat à l'emprise privilégiée
d'un de ses protagonistes. Éthique délibérative, mais
aussi et surtout droit commun transcendant les particularismes pour qu'ils s'expriment sans contraindre,
ni démanteler la loi commune. Tous les types de groupes mentionnés peuvent dès lors jouer le rôle de pôles
de réflexion et d'intervention dans le débat public, en
principe régi par les règles qui excluent tout conditionnement et toute tromperie délibérée pour produire la persuasion. Encore une fois, s'exprimer dans
le débat public, ce n'est pas disposer d'une emprise sur
l'espace public. L'Église peut dire publiquement son
hostilité à la « pilule du lendemain » : elle n'a pas à
exiger d'être consultée comme telle pour avoir un
droit de regard sur sa légalisation et sa diffusion.

L'unité du *laos*, du peuple, conjugue donc la liberté
de conscience des individus qui le composent et leur
égalité de droits dans la chose publique. Tout privilège
idéologique ou confessionnel, comme toute emprise
d'intérêts particuliers, lui ferait obstacle. D'où une
acception large de la laïcité, mettant en jeu l'unité
idéale du groupe humain par-delà les différents types
d'emprises qui l'hypothéqueraient. Unité idéale au
regard des rapports de force, de domination, qui
d'emblée peuvent séparer les hommes, mais aussi des
rapports d'incompréhension qui peuvent surgir entre
eux dès lors qu'ils vivent leurs confessions respectives de façon intolérante et exclusive, voire fanatique.
Certes, il ne faut pas négliger la causalité sociale de
cette incompréhension et des fanatismes qui l'expriment, et il serait un peu court d'en rester à un discours de simple injonction. Mais réciproquement, ne
serait-il pas irresponsable de renoncer aux exigences
qui rendent possible l'intégration laïque sous prétexte
qu'une certaine déshérence sociale les fait paraître
dérisoires ? Retrouver ce qui unit les hommes en deçà

de ce qui les divise — et par-delà les crispations sur
des particularismes — n'est donc pas si facile. Mais la
mesure d'une telle difficulté est proportionnée à
l'ampleur des causes qui agissent aujourd'hui. Et
nulle lecture mécaniste de la cause sociale ou économique n'est efficace, en l'occurrence. On le voit
notamment lorsque la faiblesse ou l'exténuation de
l'exigence laïque, au nom de la tolérance, ou par mauvaise conscience néocolonialiste, induit des effets de
renforcement des crispations identitaires, ainsi
confortées et légitimées dans leurs prétentions.

Je suis homme avant d'être chrétien, ou juif, ou
libre penseur. Ne pourrait-on dire également de toute
« appartenance » sociale, nationale, ou idéologique
ce que l'on dit de la conviction spirituelle, religieuse
ou non ? Invocation à double tranchant si l'on considère que dans certaines conditions de détresse
l'humanité de l'homme, niée dans les faits mais invoquée de façon incantatoire, peut apparaître comme
référence illusoire — ou dérisoire. Mais le rôle critique de l'idéal n'en est pas moins libérateur, lorsqu'il
s'agit de se déprendre d'un donné aliénant. C'est par
principe qu'il faut alors se délier de toute appartenance — sans renier pour autant l'engagement propre qui lui correspond. Il s'agit de considérer qu'un
être humain s'appartient d'abord à lui-même, en
deçà de toute allégeance, et que tout homme transcende ainsi ce en quoi il se reconnaît ici et maintenant. Il s'agit dans le même temps de ne pas se tromper de diagnostic concernant les causes de ce dont
on souffre.

La différence culturelle ou religieuse supposée
insurmontable prête trop souvent son nom et son
habit à l'obscur sentiment d'exclusion que provoque
la violence médiatisée et intronisée d'un société mer-
cantilisée, destructrice de tout repère, et labellisée par

l'incantation lancinante des « droits de l'homme », du « vivre ensemble », alors que dans les faits c'est à une solitude inexorable que reconduit la loi du marché. C'est dire que le désenchantement n'a rien à voir avec la laïcité, même s'il semble, historiquement, être contemporain de son avènement. Effet de perspective. Reprendra-t-on l'idée que les droits de l'individu n'ont pas de valeur sous prétexte que l'ultralibéralisme économique les conçoit essentiellement dans la perspective de la libre initiative économique, intraitable pour les « perdants » ? Les communautarismes religieux ou ethniques et culturels s'y entendent pour réchauffer ce que « les eaux glaciales du calcul égoïste » ont refroidi... et pour amalgamer systématiquement les idéaux des Lumières, les libertés politiques, les valeurs de la démocratie et de la citoyenneté, avec les ravages de l'« horreur économique » dont parle Viviane Forrester. Credo obligé, à peine, puisque la détresse rend disponible, contre solidarité substitutive. La destruction des droits sociaux, en Grande-Bretagne, a fait merveille pour les communautés religieuses des banlieues désertées par l'État.

Ces choses étant dites, par réalisme, retour à l'idéal et à la rencontre qu'il doit faire des situations concrètes. On peut parler, si l'on veut, de *transcendance laïque*, puisque tous les hommes se ressemblent et se rassemblent par leur liberté principielle, pouvoir de mise à distance. Solidarité toute positive entre la reconnaissance de la liberté individuelle et la promotion de ce qui est commun aux hommes. Égalité, liberté : la laïcité est affirmation originaire d'une conception du lien social qui n'unit les hommes qu'en déliant leur conscience de toute obédience particulière : le bien commun inclut au premier chef la liberté de tous, et le refus de toute discrimination confessionnelle. Mais il comprend aussi la promotion active de tout ce qui assure à chacun les conditions de sa puissance d'agir, soubassement d'une liberté authentique. Si l'ultralibéralisme économique a partie liée avec le supplément d'âme fourni par le communautarisme religieux, l'émancipation laïque est d'autant plus crédible que la vie civile ne relègue pas économiquement ou socialement ceux qui sont invités à vivre de façon distanciée leurs préférences religieuses ou culturelles, en respectant la loi commune.

L'horizon laïque est celui que chacun découvre en soi quand il cultive les exigences d'une pensée affranchie de toute tutelle, susceptible de s'ouvrir à l'universel. Cette découverte n'implique pas la négation des confessions et des préférences particulières, mais la capacité de les relativiser, salutaire pour éviter l'enfermement et l'intolérance. La distance intérieure est une vertu laïque, au plus proche de la générosité cartésienne : celle-ci est à la fois sentiment de liberté et résolution d'en bien user.

L'émancipation laïque ne met pas en contradiction le registre d'une humanité libre et déliée, de dignité égale en tout homme, et celui des singularités confessionnelles ou culturelles : elle requiert uniquement un mode d'articulation qui les fasse coexister dans la même personne de façon à exclure la posture du fanatisme et de l'intolérance. Elle ne suppose pas que les convictions et confessions soient mises à l'abri de toute critique, mais que ceux qui y adhèrent soient respectés en tant que personnes. On peut critiquer une religion, ou une figure athée de l'humanisme, voire les tourner en dérision et en faire la satire, mais on doit respecter le droit de croire, de ne pas croire et de penser, en tant qu'il exprime un droit fondamental de la personne. Un chrétien, un musulman et un agnostique peuvent alors vivre ensemble dans la paix, dès lors que l'option spirituelle de chacun reste une affaire privée, c'est-à-dire ne prétend pas régenter la sphère publique. Si elle le faisait, elle deviendrait une violence. Et, à terme, la plus sûre mise en cause de la liberté d'expression religieuse elle-même. Il est donc fallacieux d'opposer celle-ci et la laïcité, comme on le fait quelquefois, alors que l'une et l'autre vont rigoureusement de pair.

UNE REFONDATION JURIDIQUE

La laïcité ne se réduit pas à une simple sécularisation de fonctions civiles auparavant tenues par des autorités religieuses. Une telle hypothèse supposerait en effet que les mêmes finalités se maintiennent à travers la métamorphose de leurs modalités. Or tel n'est pas le cas. La laïcisation n'opère aucun transfert de sacralité, et n'instaure aucune religion séculière : elle redéfinit à la fois les fins et les formes du pouvoir politique, et le statut de l'option religieuse, reconduite à sa dimension de libre démarche spirituelle. Marianne n'est pas César, et Dieu délivré de ses compromissions temporelles n'est pas — ou plus — la puissance théologico-politique dont procédait la légitimation verticale du pouvoir temporel. Celui-ci, de pouvoir de domination qu'il était, est devenu souveraineté du peuple sur lui-même. Métaphore « horizontale » du Contrat social mettant en jeu la souveraineté de citoyens situés sur le même pied d'égalité.

La laïcité n'est pas simple séparation ou simple neutralité confessionnelle. De telles caractérisations, purement négatives, ne sont que des conséquences des exigences positives qui lui donnent sens. Ces exigences tiennent à ce qu'on pourrait appeler l'institution de la liberté en tous et en chacun : en tous parce que la république le requiert pour l'exercice de la citoyenneté, en chacun parce qu'il en va de l'égalité authentique sur les plans éthique et politique. Construire l'autonomie rationnelle de la personne, par l'instruction qui élève au principe des choses, c'est lui assurer la capacité de s'affranchir des tutelles et des groupes de pression. La laïcité a partie liée avec l'école, institution organique de la République et non simple « service ». Libérer le jugement personnel de toute tutelle, c'est permettre à la société de se mettre à distance d'elle-même. Ce que rend possible le miroir critique de la culture universelle.

Pour construire une véritable Cité politique, dévolue à l'intérêt général, l'idée de souveraineté populaire doit s'ancrer dans le souci d'universalité des références de l'État. La séparation laïque de l'État et des Églises ne revêt pas le même sens pour une république démocratique et pour un pouvoir dominateur, où justement la communauté politique comme telle — l'État — est confondue avec le gouvernement. C'est pourquoi les mécanismes de sacralisation des pouvoirs dominateurs traditionnels — César — ne peuvent être transférés tels quels à la construction républicaine — Marianne (si l'on prend sous ce nom l'allégorie de la République en France). Ils ne pourraient y correspondre ni à la même fonction ni au même statut. Communauté politique assurant par la laïcité l'égalité éthique des citoyens en même temps que leur liberté de conscience, la république dialectise la souveraineté collective et la souveraineté du jugement individuel. Si la lucidité du citoyen se proportionne à la raison qui l'instruit, sa conscience n'en reste pas moins toujours maîtresse d'elle-même, l'égalité éthique confortant la liberté intérieure par le refus d'accorder un quelconque privilège à une option spirituelle particulière.

L'exercice du suffrage ne souffre en démocratie aucune condition restrictive — qu'elle soit censitaire ou capacitaire ; d'où le primat de la liberté de conscience. Mais il serait naïf d'en rester là, et d'oublier que la conscience ainsi affranchie reste vulnérable à tous les groupes de pression et aux faux-semblants idéologiques tant qu'elle n'a pas en elle-même le principe de ses propres pensées, tant qu'elle n'est pas majeure en somme. C'est très précisément ce que soulignait Kant dans son opuscule *Qu'est-ce que les Lumières ?* L'État laïque joint à la neutralité confessionnelle le souci de promouvoir effectivement l'autonomie de jugement de chaque citoyen : c'est dire qu'il n'en abandonne pas la réalisation à des facteurs aléatoires sous prétexte de respecter rigoureusement la liberté, confondue alors avec la spontanéité.

Ainsi défini, l'État laïque n'a nul besoin de légitimation extérieure, ni de sacralisation propre à justifier la façon dont il existe : il tient sa seule force de l'adhésion des citoyens qui le comprennent comme la forme objectivée de leur souveraineté propre. Les symboles dont il peut s'assortir ne font que relayer pour la sensibilité une telle compréhension : ils ne sont pas là pour induire la soumission. Dans un tel contexte, le sentiment d'appartenir à une même communauté de droit, nécessaire sans doute à sa cohésion, coexiste avec la conscience rationnelle des principes qui la fondent légitimement : il diffère des modes de solidarité traditionnels.

La laïcité n'est donc pas dissociable d'une institution patiente du travail de la pensée critique. Il s'agit de promouvoir activement à la fois ce qui met la puissance publique à distance des divers groupes de pression, et ce qui émancipe la raison potentielle des hommes de toutes les captations ou entraves dont elle peut faire l'objet. C'est donc simultanément que la laïcité élève la puissance publique à son universalité de principe et les citoyens à l'autonomie rationnelle. Celle-ci les rend maîtres d'eux-mêmes, capables de vivre leurs appartenances de façon assez distanciée pour donner sens à un monde commun, en lequel ils dialoguent d'autant mieux avec d'autres qu'ils ne sont pas enfermés dans des références exclusives. Ce dialogue n'a rien d'un « consensus » qui se construirait comme une sorte de dénominateur commun ou de compromis entre des croyances : en faisant vivre un souci de compréhension mutuelle qui transcende les particularismes, il tend à faire advenir dans le débat public une exigence de raison et de vérité. Ainsi peut être évité l'enfermement dans la différence.

Dans un tel contexte, la foi religieuse n'est pas niée ni relativisée, mais assignée à un registre d'existence et de vie spirituelle reconnu dans sa dimension propre, sans ambiguïté aucune. Figure spirituelle parmi d'autres, sans confusion possible avec une propension à la domination cléricale, le prosélytisme intolérant, ou le fanatisme.

L'amarrage à une histoire singulière, la sédimentation d'une sensibilité qui marque l'imaginaire et la mémoire collective d'une communauté humaine n'entrent pas en contradiction avec la refondation laïque, mais peuvent s'accorder pleinement avec elle si les registres de l'existence sont clairement distingués. Les différentes fois coexistent alors pacifiquement sans autre condition que le respect des règles qui permettent à chacun, justement, d'assumer sa confession librement, et sur la base de l'égalité éthique que seul un État laïque peut assurer en raison même de sa neutralité confessionnelle : aucune option spirituelle n'étant privilégiée, nul ne peut se sentir victime d'une discrimination, qui irait de pair avec l'institutionnalisation d'une préférence. La puissance publique répond alors pleinement à son idéal fondateur de bien commun à tous.

CHAPITRE II

UN PEU D'HISTOIRE

FIGURES DE L'OPPRESSION CLÉRICALE

Au regard de principes généraux qui concernent le droit et la justice dans l'organisation des sociétés humaines, toute histoire concrète semble singulière. Mais il est possible de la lire en dégageant ce qu'elle peut avoir de significatif. L'Inquisition, la Saint-Barthélemy, les conversions forcées, la mise en tutelle de la démarche scientifique et la condamnation de la réflexion critique, la persécution des libres penseurs ou des tenants des religions dominées sont des faits qui ont jalonné l'histoire de France, et du monde. Un inventaire exhaustif se révèle impossible ici. Et il n'a de sens que pour fournir une sorte de démonstration par l'absurde de la laïcité. À quoi échappe-t-on grâce à elle ? L'histoire répond. Et le présent également, avec les guerres induites par les fanatismes religieux sur fond d'injustice des rapports internationaux ou des économies qui déconsidèrent la science et la technique par l'usage qu'elles en font.

On peut rappeler les principales figures du pouvoir d'oppression non des religions, mais des cléricalismes qu'elles inspirent lorsqu'en leur nom se met en place une domination de la puissance temporelle. On peut montrer ainsi les effets de la transformation du pouvoir spirituel des religions en puissance temporelle de domination multiforme. Religions qui sont d'ailleurs les premières victimes de cette transformation. Dominantes, elles compromettent leur dimension spirituelle ; dominées, elles subissent la discrimination qui découle de l'existence d'un credo officiel. À noter que partout où une religion est dominée, ses adeptes sont favorables à la laïcisation. Alors que partout où une religion domine, par le biais d'emprises publiques plus ou moins étendues, ses adeptes récusent la laïcité, et ce au nom de l'« identité culturelle » ou de la tradition nationale, voire des deux, comme dans l'Espagne d'aujourd'hui, où le concordat franquiste de 1953 reste encore partiellement en vigueur. Il y a à réfléchir sur ce chiasme des positions... Les protestants français furent favorables aux lois laïques de séparation adoptées entre 1880 et 1905, et les protestants du nord de l'Europe restent hostiles à toute séparation qui dessaisirait les Églises luthériennes d'État de leurs avantages. Quant aux catholiques, ils sont laïques dans le nord de l'Europe, et anti-laïques dans le Sud...

Sans oublier que les conflits confessionnels ne font souvent que relayer des conflits sociaux ou politiques, il faut tenter de comprendre quelle logique rend possibles les dérives évoquées. Les rappels historiques qui suivent appelleront donc une réflexion sur les sources théologiques, et le type d'interprétation qui en a fait une caution des dérives cléricales.

Le christianisme, par exemple, fut d'abord persécuté. Devenu religion d'empire par décision de Théodose (en 380), il donna naissance, par son institutionnalisation, à des autorités qui inspirèrent immédiatement la proscription du paganisme (en

392). Transition du persécuté au persécuteur, qui allait se confirmer et s'aggraver dans son statut de religion officielle des monarchies d'Ancien Régime. Les variantes mêmes du christianisme se heurtèrent dès que la soif de pouvoir temporel les mit en concurrence : les catholiques opprimèrent les protestants en France, et ils furent opprimés, dans une moindre mesure, en Allemagne et en Angleterre. L'oppression cléricale prit des formes diverses : l'imposition d'un culte officiel et la persécution des autres, le contrôle de l'interprétation même de la foi à travers les notions d'orthodoxie et d'hérésie, la censure exercée sur les œuvres scientifiques, artistiques et philosophiques, la mise en tutelle des institutions d'instruction et d'éducation, entre autres. Les massacres des croisades et des guerres de religion, les supplices des bûchers de l'Inquisition, les autodafés et la mise à l'Index des livres suspects, la condamnation pontificale des droits de l'homme (*Syllabus* de 1864 de Pie IX), voire la collusion de l'Église avec le fascisme, comme dans l'Espagne franquiste ou la Croatie nazie, ont marqué les errements de confessions dévoyées en puissances de domination.

Les crimes des intégrismes en Algérie et en Afghanistan, et les conflits interconfessionnels qui renaissent périodiquement, comme aujourd'hui en Inde ou en Irlande du Nord, entrent en résonance avec cette histoire tragique, où les trois grandes « religions du Livre » ont été compromises. C'est Kant, penseur chrétien, qui s'étonnait en ces termes du décalage entre le message d'amour du Christ et les persécutions qui voulurent s'autoriser de lui : « Depuis que le Christianisme [...] a fait son entrée dans le grand public, son histoire, en ce qui concerne l'effet bienfaisant qu'on est en droit d'attendre d'une religion

morale ne lui sert aucunement de recommandation
[...][1]. »

La contrainte exercée sur la conscience s'est développée *a fortiori* sur les activités et les œuvres de la
pensée humaine dès lors qu'elles pouvaient avoir une
dimension émancipatrice et conduire à problémati-
ser les doctrines de référence. Toute une sémantique
de l'exclusion s'est alors mise en place, stigmatisant
celui qui ne croit pas ou croit différemment. Les
notions sont presque toutes négatives, comme si la
croyance conforme donnait la mesure de l'humain :
l'impie, l'infidèle, le mécréant, l'apostat, le renégat,
l'hérétique, l'incroyant ne sont désignés comme tels
qu'au regard d'une orthodoxie dûment fixée par les
dépositaires attitrés du sens. Quant aux athées, ils ne
sont définis que négativement, par la privation, et
non positivement, par l'évocation de leurs convictions philosophiques, qui peuvent tout aussi bien
fonder une éthique et un civisme que les croyances
de type religieux.

Deux institutions ont relayé dans l'ordre temporel
cette stigmatisation multiforme :

1) L'Inquisition, créée en 1199 par le pape Inno-
cent III pour combattre l'« hérésie » cathare et organisée en véritable tribunal ecclésiastique en 1229,
avait le pouvoir d'infliger des peines corporelles (tortures de la « mise à la question », flagellation, prison,
pénitences diverses, bûcher, etc.) mais aussi morales
(abjuration, conversion forcée, autocritique publique, port de signes infamants, etc.). Utilisée contre
les fidèles qui interprétaient différemment la foi
(c'est à dire les « hérétiques »), ou contre les tenants
d'une autre confession (les juifs et les musulmans en
Espagne, les protestants dans le cadre de la Contre-
Réforme à partir de 1542), l'Inquisition a condamné
de nombreux penseurs. Sur son ordre, le philosophe

italien Giordano Bruno a été brûlé vif en 1600. Son crime : soutenir la thèse de l'infinité de l'univers, et par là même son absence de centre. En 1632, c'est Galilée qui est contraint à l'abjuration sous peine de subir le même sort. À genoux, il renie la thèse du mouvement de la Terre. « Et pourtant elle tourne... », lui fait dire Bertolt Brecht. Victor Hugo, évoquant en 1850 le livre noir du cléricalisme, chiffrera par millions les victimes de l'Inquisition. C'est Raymond Lulle, penseur de la Renaissance, qui a fourni une des formulations de la théorie des « deux glaives », détenus par l'Église pour châtier les « infidèles » ou les « incroyants » : le glaive temporel qui traverse les corps, et le glaive spirituel qui maudit les âmes. Et les bûchers de l'Inquisition ont constitué une application littérale de la fin de la parabole du Christ, qui invite à lier en fagots la mauvaise herbe de l'ivraie, après la récolte, et à la brûler.

2) Autre invention de l'obscurantisme à laquelle conduit la domination cléricale : l'*Index librorum prohibitorum* (catalogue des livres interdits), promulgué en 1564 par le concile de Trente et aboli seulement en 1966. Parmi les auteurs mis à l'Index : Dante, Abélard, Descartes, Calvin, Diderot, Bayle, Bacon, Érasme, Galilée, La Fontaine, Lamartine, Kant, Montaigne, Malebranche, Lamennais, Montesquieu, Pascal, Spinoza, Voltaire, Rousseau, Hugo, etc. Du même Hugo, on peut rappeler l'apostrophe au parti clérical, dans son *Discours sur la loi Falloux* de 1850 : « Voilà longtemps déjà que la conscience humaine se révolte contre vous et vous demande : Qu'est-ce que vous me voulez ? Voilà longtemps déjà que vous essayez de mettre un bâillon à l'esprit humain. Et vous voulez être les maîtres de l'enseignement ! Et il n'y a pas un poète, pas un écrivain, pas un philosophe, pas un penseur, que vous accep-

tiez ! Et tout ce qui a été écrit, trouvé, rêvé, déduit, illuminé, imaginé, inventé par les génies, le trésor de la civilisation, l'héritage séculaire des générations, le patrimoine commun des intelligences, vous le rejetez ! Si le cerveau de l'humanité était là devant vos yeux, à votre discrétion, ouvert comme la page d'un livre, vous y feriez des ratures[2] ! [...] »

LE MODÈLE THÉOCRATIQUE

Cas limite de la collusion du religieux et du politique, la théocratie confond d'emblée les registres des pouvoirs spirituel et temporel. Elle s'est présentée sous deux formes différentes. Le « pouvoir de Dieu », dans la figure despotique de l'empire, entendu ici au sens le plus originaire de domaine dévolu à un commandement absolu (du latin *imperare* : commander), relève d'un double amalgame : l'empereur est divinisé, et son empire a le caractère d'une possession directe. Ni lois fondamentales ni puissance spirituelle distincte du pouvoir temporel ne peuvent modérer un tel empire. La servitude est totale. La religion n'y a pas d'autre objet que l'empereur lui-même, dont les actes sont, quels qu'ils soient, sacrés ou sacralisés. C'est qu'en fait elle émane du pouvoir temporel et en assure la sanctification.

Autre est la figure théocratique d'une Loi divine ayant d'emblée valeur de loi politique : s'il n'y a plus alors de pouvoir personnalisé de domination, la régulation des conduites suppose une telle intériorisation des normes religieuses qu'elle peut traduire ou requérir un conditionnement intense des consciences. D'où l'ambivalence d'un tel cas de figure : la moralité en acte, ou le civisme effectif, s'y accomplit selon une modalité fidéiste, et le risque de la dérive ritualiste n'est pas négligeable. Spinoza évoque à ce sujet (dans le cinquième chapitre du *Traité des autorités théologique et politique*) l'exemple de la Loi de Moïse qui réglait la république des Hébreux (1300 avant notre ère). La piété s'y déploie, idéalement, comme moralité et justice en acte. Avec pour condition et contrepartie une totale soumission à la Loi divine : la politique théocratique ne souffre aucun examen, aucune discussion. L'articulation du pouvoir exécutif des chefs de tribus et du pouvoir spirituel des prêtres qui disent la Loi et l'interprètent cimente le lien social et politique. Une ritualisation presque totale de la vie quotidienne enserre les hommes dans une sorte de carcan sublimé par le discours religieux, qui ponctue et scande toute initiative. Mais le prix payé peut sembler très cher, puisqu'il est tout simplement l'absence de liberté de conscience. L'absorption du droit dans l'éthique, et de l'éthique dans la foi religieuse la plus soumise, en est le corollaire.

Les deux figures évoquées de la théocratie illustrent bien la relation pouvant exister entre deux cas limites : un pouvoir temporel délié de toute exigence critique dans la mesure où il produit lui-même la religiosité qui sanctifie et conforte son ascendant, et un pouvoir spirituel temporalisé qui assujettit les consciences. Dans un cas, César se fait Dieu ; dans l'autre, Dieu se dote d'un pouvoir intériorisé aux consciences mêmes, et dispose d'intercesseurs (les prêtres) qui dispensent du recours à César. Le premier cas est celui vers lequel tendent toutes les dérives despotiques des empires. L'exemple d'un Frédéric II de Hohenstaufen s'apparentant au César-Christ en est une illustration. Montesquieu, adepte des régimes modérés, c'est-à-dire tempérés du fait de la distinction des pouvoirs, n'était pas loin de voir dans la monarchie absolue dite de droit divin (théorisée par Bossuet à l'époque de Louis XIV) une forme de dérive despotique. Le second cas, dont on a vu toute l'ambivalence, est en un sens le prototype du fondamentalisme. Ce terme, d'abord appliqué à certains groupes protestants qui entendaient revenir à la Bible comme seul fondement de référence (« Toute la Bible, rien que la Bible »), recouvre d'abord une lecture fidéiste et non critique du texte sacré, qu'il érige en norme incontestable (voir l'expression « c'est parole d'évangile »). Puis, dans son application à la sphère politique et juridique, il désigne une conception qui entend faire de la loi religieuse la loi politique elle-même, sans égard pour ceux qui ne partagent pas le credo de référence, et qui subissent donc une violence. La conception islamiste de la *sharia* comme loi applicable par force à tout le corps social en est l'illustration, peu conforme semble-t-il à l'islam authentique. Autre illustration tirée de la Bible : le massacre des infidèles au retour de Moïse, qui ordonne à la tribu de Lévi de passer par les armes ceux qui se sont détournés de Yahvé (Ancien Testament, Exode 5, 32).

DIEU ET CÉSAR POUR LE PIRE

À partir du moment où pouvoir temporel politique et pouvoir spirituel religieux ne sont plus confondus, la question de leurs rapports ne se pose sur le mode conflictuel qu'en raison de deux types de prétention : celle de l'aspiration cléricale à un pouvoir politique de l'autorité religieuse et celle de la puissance poli-

tique au strict contrôle de la religion ou plus généralement de toute vie spirituelle. La rencontre et le
croisement de ces deux propensions ont en fait
engendré des cas de figure en forme de compromis
— et de compromissions — où la concurrence et la
solidarité s'articulent. D'où une sorte de dialectique
de la complicité et de la rivalité que l'on peut illustrer
très concrètement.

Ainsi le sacre du roi constitue bien une consécration religieuse de la puissance temporelle, légitimée
par l'autorité spirituelle ; simultanément cette dernière se trouve reconnue comme telle. Napoléon se
couronnant lui-même ne dédaigne cependant pas la
pompe liturgique du lieu sacré. En échange de cette
légitimation, le roi ou l'empereur accorde à l'autorité
religieuse des emprises plus ou moins grandes mais
bien réelles sur la vie publique. Grégoire, évêque de
Tours, rapporte dans sa chronique l'injonction qui
accompagne le baptême de Clovis : « Courbe hum-
blement la tête, Sicambre, brûle ce que tu as adoré,
et adore ce que tu as brûlé ! » La chose est explicitement dite : le roi doit être le bras séculier de l'Église,
ainsi munie d'un nouveau glaive.

L'exclamation récente du pape Jean-Paul II montre
la ténacité de cette conception cléricale, qui fait bon
marché du libre arbitre individuel en considérant
que le baptême d'un roi implique celui de son peuple : « France, souviens-toi de ton baptême ! » Tout
comme dans la formule *Cujus regio, ejus religio* (tel
roi, telle religion), la souveraineté collective du peuple est radicalement niée, en même temps que le
droit pour chacun de choisir son option spirituelle.
Une telle formule, admise à la fois par les protestants
et par les catholiques là où ils se sont trouvés en
position dominante, sera la source de discriminations ou de persécutions pour les convictions domi-

nées : les huguenots en France, les « papistes » en Angleterre, les juifs croyants et les athées un peu partout. Louis XIV la radicalisera dans le principe : « Un roi, une foi, une loi. »

L'édit de Nantes (1598), sans mettre en cause le catholicisme comme religion officielle, avait « toléré » le culte réformé. Sa révocation par le « Roi-Soleil » moins d'un siècle après marquera la précarité du statut d'une liberté qui dépend du bon vouloir du prince et reste de ce fait seconde. Dans tous les cas, la maîtrise de la puissance temporelle par une religion dominante conduit à des atteintes à la liberté, assorties parfois de tortures et d'exécutions. Le jour de la Saint-Barthélemy (24 août 1572), trois mille protestants sont massacrés à Paris sur ordre du roi Charles IX. Luther appelle à l'extermination des paysans anabaptistes, et Calvin fait brûler le médecin Servet en Suisse (1553) ; les juifs d'Espagne sont contraints, en 1492, à l'exil ou à la conversion. La persécution des protestants en France culmine avec l'affaire Calas, qui conduisit Voltaire à écrire le *Traité sur la tolérance*, tandis que celle des libres penseurs est illustrée par le martyre du chevalier de La Barre, torturé et exécuté pour avoir omis de se découvrir au passage d'une procession religieuse (1762).

Reste à comprendre, par-delà les collusions mortifères d'une religion et du pouvoir politique, l'exigence latente de leur indépendance respective. Sans cette indépendance, un état de guerre, d'oppression interconfessionnelle, ou de discrimination sourde, est souvent de rigueur. Une telle compréhension conduit à mettre en parallèle deux distinctions dynamiques. L'État comme instrument de domination (César) diffère radicalement de l'État-République conçu comme auto-organisation du peuple souverain (Marianne) ; et la religion comme témoignage

spirituel (Dieu-esprit) se distingue de la religion compromise dans la domination temporelle (Dieu-pouvoir). Mais ces quatre pôles n'existent jamais comme
tels, sous forme de figures simples et pures. À l'évidence, Dieu-pouvoir et César ont partie liée, mais
non sur le même mode que Dieu-esprit et Marianne.
César se divinisant, ou se donnant comme ministre
de Dieu, et Dieu-pouvoir se césarisant, se lient l'un à
l'autre pour et dans une domination : que celle-ci soit
celle d'un pouvoir temporel cautionné par une référence divine ou celle d'une confession s'imposant aux
consciences par la contrainte, elle relève en somme
d'une instrumentalisation réciproque. Mais cet
« échange » ne peut avoir lieu si Dieu-pouvoir efface
entièrement Dieu-esprit, car alors la religion perdant
toute crédibilité spirituelle ne peut plus jouer le rôle
que sa compromission temporelle tend à lui faire
jouer.

De fait l'histoire des rapports entre religion et politique manifeste cette tension entre deux tendances
contradictoires en un sens, mais solidaires dans le
dispositif théologico-politique traditionnel. Solidarité tendue, certes, mais solidarité tout de même. La
figure autocratique de la théocratie (César-Dieu
absorbant directement Dieu-esprit dans Dieu-pouvoir) est un cas extrême. En regard, la figure classique du monarque de droit divin présente le mérite
de distinguer deux entités — voire de les dissocier
hiérarchiquement, même si l'échelon inférieur (le
pouvoir royal) hérite de sa divine caution un statut
qui le délie de ses sujets et semble le mettre hors de
portée de leur éventuelle critique. Si le roi est
« ministre de Dieu sur terre », comme l'écrit Bossuet
dans sa *Politique tirée des propres paroles de l'Écriture
sainte* (1679), sa nature d'homme demeure, qui le
distingue malgré tout de César-Dieu infaillible. La

fonction qu'il est censé remplir dans l'intérêt de ses sujets est plus une exigence morale au regard du dieu qu'il dit représenter qu'une contrainte juridique et politique, mais elle doit s'assortir d'un souci de crédibilité idéologique qui modère la logique de domination. Même si l'intérêt général n'est en principe assuré que sur la base d'une constitution républicaine, il n'est donc pas totalement absent des logiques de domination traditionnelle ; simplement, tout en leur étant subordonné, il se conjugue avec elles dans des types hybrides où il est plus ou moins bien représenté.

Un souci du même type, en somme, travaille la politique de domination et l'emprise cléricale qui la légitime : le bien de tous et le « Dieu-esprit » y sont d'une certaine manière reconnus, mais voilés et subordonnés dans le complexe théologico-politique d'une alliance entre César et Dieu-pouvoir. L'État républicain lève résolument cette limite en se fondant simultanément comme démocratie, relevant de la souveraineté du peuple sur lui-même, et comme État laïque. Libérant le Dieu-esprit du Dieu-pouvoir en se délivrant lui-même du Dieu-pouvoir, il s'accomplit dans son ordre propre tout en permettant à la dimension spirituelle de la religion de le faire également. Marianne et Dieu se découvrent en un sens solidaires dans le souci de leur indépendance réciproque : Dieu-esprit s'est enfin débarrassé du Dieu-pouvoir qui encensait César, et il le doit à la victoire de Marianne sur César.

LA QUESTION DES SOURCES THÉOLOGIQUES

Les persécutions cléricales ont-elles leur source dans les textes de référence des trois grandes « religions du Livre », à savoir la Bible, les Évangiles et le Coran ? La question vaut d'être posée, qui appelle une lecture nuancée, soucieuse de distinguer la lettre et l'esprit, mais aussi de repérer ce qui détermine la captation des textes dans un sens ou dans l'autre. La méthode exemplaire de Spinoza dans le *Traité des autorités théologique et politique* propose de soumettre à la raison la question du sens et de la portée des textes (voir le chapitre intitulé « De l'interprétation de l'Écriture »). Il s'agit notamment de conjuguer une compréhension de la cohérence d'ensemble, principe d'intelligibilité du sens véritable de chaque extrait, et la référence au contexte historique, qui souvent éclaire l'intention des auteurs du texte par la mise en évidence de la fonction qu'il remplit au regard d'une situation donnée. Ainsi sont évitées les instrumentalisations idéologiques ou théologico-politiques captieuses mobilisées dans des conduites répressives ou dans des projets de domination. Si l'analyse ainsi conduite met en évidence une ambiguïté de certains textes, en ce sens qu'on peut les solliciter pour justifier des attitudes opposées, elle ôte du même coup toute force aux entreprises de légitimation qui se réclament d'eux.

LE THÈME DU PEUPLE ÉLU DE DIEU

Le premier exemple de lecture réflexive des Écritures au sujet du rapport entre politique et religion concerne l'Ancien Testament, et le thème du peuple élu, articulé à celui de l'Alliance. Pour Spinoza, le thème du peuple élu n'a de valeur qu'historique, donc relative : il ne saurait par conséquent justifier une quelconque entreprise de domination ou de conquête, encore moins d'oppression d'un autre peuple. Pas plus que la sacralisation d'une emprise territoriale légendaire ne permet de légitimer la condamnation à l'exil d'un autre peuple. En revanche, le commandement « aime ton prochain et ne lui fais pas ce que tu ne veux pas qu'il te fasse » garde une portée universelle dès lors que tout homme peut en comprendre le fondement par sa seule raison naturelle, pourvu qu'elle ne soit pas obscurcie par la détresse existentielle et les passions tristes qui en découlent. Si la loi divine doit s'entendre dans le seul registre éthique de l'amour d'autrui et de ses implications pratiques, elle n'a pas à être assignée à un peuple particulier, ni à un lieu déterminé. Cette « déliaison » conduit au thème de l'« élection universelle » : le « royaume de Dieu » est promis en principe à tous les peuples et en fait à tous les hommes qui agiront selon la loi d'amour. — « il n'y a plus ni Juif ni Grec » (Paul, Épître aux Romains 10, 12).

Reste que si un peuple est persécuté en raison de sa religion, et ne peut s'inscrire dans la réalité géographique et historique d'une existence temporelle sûre, il ne doit pas désespérer de son dieu ; d'où le thème biblique de la « terre promise », dite « Sol de Yahvé » (Livre d'Isaïe 14, 2). Mais l'idée d'une dévolution d'un territoire pour permettre à une foi de s'exprimer librement n'a de sens qu'au regard d'une persécution antérieure : elle n'implique ni son appropriation exclusive par un peuple, ni l'affirmation à son tour exclusive de la foi en question. Sauf contradiction immédiate avec l'idéal qui fonde la légitime aspiration temporelle du moment. Deux registres sont alors à distinguer. Si la « loi » visée a un rôle juridico-politique qui fait d'elle la condition de la concorde pratique entre les hommes, elle ne doit régler que les actes, et non les croyances. Si la « Loi » concerne le déploiement spirituel d'une confession donnée, elle ne peut s'imposer qu'à ceux qui la reconnaissent. Bref, le statut juridico-politique et le statut théologique de la loi ne peuvent être confondus sans dommage ni lourdes conséquences pour la liberté humaine. C'est exactement à ce niveau que prend place la dangereuse ambiguïté de la thématique du « Sol de Yahvé », à mettre en rapport avec les anathèmes contre les Cananéens, connus pour leur syncrétisme religieux, et dont la Bible dit : « Dieu délogera ces nations devant toi peu à peu. [...] Les statues de leurs dieux, vous les brûlerez par le feu » (Deutéronome 7, 17-25). Sort également réservé à ceux des Hébreux qui s'adonneraient à un autre culte. La terre n'est promise que sous la condition de la fidélité religieuse — à « ce qui est droit aux yeux de Yahvé » (Deutéronome 6, 18) ; elle peut être retirée en cas d'infidélité (Deutéronome 28, 21 et 63 ; Josué 23, 13), et restituée après le pardon divin si la Loi est rétablie (Isaïe 40, 1-2 ; Jérémie, 16, 15 ; 24, 5-6 — voir notamment la formule significative : « ils seront *mon* peuple, et moi je serai leur Dieu »).

LOI ÉTHIQUE ET LOI CONFESSIONNELLE

La vocation universaliste d'une religion semble incompatible avec une certaine modalité de son enracinement temporel, celle qui en fait le passage obligé de l'ancrage historique d'un peuple, car alors les exigences éthiques qu'elle est censée promouvoir sont battues en brèche par son institutionnalisation même. Le risque d'un glissement de la loi éthique à la contrainte confessionnelle et au ritualisme est alors d'autant plus grand qu'il s'agit de fonder une communauté temporelle effective, et de normer pour cela les actes : la tentation de jauger ceux-ci à l'aune du fidéisme extérieur et non de leur valeur morale provient d'une double confusion tendancielle : entre exigence morale et conformisme théologique, d'une part ; entre exigence morale et respect du droit, d'autre part. La paix intérieure de la vie sociale, selon Spinoza, ne requiert que le respect du droit, lui-même facilité il est vrai par la disposition éthique ; mais elle n'implique aucun procès d'intention ni aucun conformisme théologique : ni obligation de rites ni régulation des spéculations doctrinales. La déterritorialisation de la religion, le déclin de son implication dans toute confusion du théologique et du politique, sa dissociation de toute propension ritualiste comme de toute crispation en orthodoxie impérieuse lèvent les ambiguïtés évoquées plus haut, et dessinent les bases sur lesquelles la laïcité peut non seulement être acceptée par les théistes, mais finalement considérée comme souhaitable pour restituer à la religion son essence distincte. La « terre promise » devient alors simple métaphore de la terre des hommes tout entière, telle que peut la transfigurer la foi éthique dans l'hypothèse du millénarisme (avènement du royaume de Dieu sur terre), ou telle que la relativise la problématique de la finitude humaine dans l'opposition des « deux cités » (Cité de Dieu, cité des hommes ; voir saint Augustin). En sa réalité historique, comme « Sol de Yahvé », la « terre sainte » ne peut l'être tout au plus qu'au regard de son statut de médiation provisoire dans le processus d'universalisation de la loi éthique, et à condition d'admettre la nécessité de son propre dépassement. Instrumentalisée idéologiquement, la consécration théologico-politique tourne le dos à une telle exigence : sur le plan intérieur, en faisant de la morale un prétexte à la domination cléricale ; sur le plan extérieur, en bafouant l'universalisme dans l'injustice infligée aux « gentils », c'est-à-dire aux autres peuples.

LES DEUX ROYAUMES

Une autre approche des sources théologiques peut être proposée à partir des Évangiles. Elle concerne une distinction célèbre attribuée à Jésus-Christ : « Rendez à César ce qui est à César, à Dieu ce qui est à Dieu » (Matthieu 22, 17-21). Ce propos peut être rapproché d'une autre parole non moins célèbre : « Mon royaume n'est pas de ce monde » (Jean 18, 36-37). La religion comme affaire purement spirituelle ne saurait être confondue avec l'existence temporelle telle qu'elle est réglée par le pouvoir politique (César). Il y a donc deux royaumes, celui d'ici-bas, et celui de Dieu. La distinction du religieux et du politique semble dès lors interdire toute domination de l'un sur l'autre, voire tout mélange des genres : cultivée dans son ordre propre, la religion n'entend ni concurrencer l'autorité politique ni *a fortiori* se l'assujettir : ceux qui tendent à Jésus la perche de la révolte sont éconduits. Esquisse de la laïcité ? Il faudrait pour l'admettre réduire la laïcité à la seule autonomie de la religion et de la politique, ce qui serait en appauvrir considérablement la définition.

Que signifie précisément l'impératif « rendez à César ce qui est à César » ? La nécessité d'obéir à des lois propres à la communauté politique n'implique aucune soumission aveugle au pouvoir politique, quel qu'il soit. Toute la question est de savoir selon quels critères peut s'opérer le partage entre ce qui revient légitimement à César et ce qui relève de Dieu. Il s'agit de dissocier conformisme politique et acceptation de l'existence d'un champ politique ayant sa nécessité propre, qui est celle de faire vivre ensemble des hommes différents, notamment dans leurs croyances. « Toute puissance vient de Dieu » : la formule est de Paul dans l'Épître aux Romains 13. La maxime paulinienne a été très souvent lue de telle façon qu'elle rétablissait entre le temporel et le spirituel une articulation propre à compromettre l'interprétation anticonformiste des propos de Jésus. Si toute autorité vient de Dieu, elle est d'emblée légitime, et la révolte est sacrilège. Si la spiritualité intègre au respect de l'œuvre divine celui des puissances établies, elle consacre en elle-même l'intériorisation de la soumission, et devient, de la sorte, le corollaire subjectif d'une légitimation religieuse de l'ordre régnant. Bossuet croit devoir tirer une « Politique des propres paroles de l'écriture sainte » et justifier par elle la monarchie absolue de droit divin, ainsi que la condamnation des protestants. Rousseau, dans le *Contrat social* (livre I, chap. III), refuse au contraire la sacralisation d'un ordre politique injuste : « Toute puissance vient de Dieu, je l'avoue : mais toute maladie en vient aussi ; est-ce à dire qu'il soit défendu d'appeler le médecin ? » De fait, nombre de théologiens et de dignitaires ecclésiastiques semblent avoir fait une lecture littérale du propos de Paul, compromettant l'Église dans les pires solidarités temporelles. La distinction christique des deux royaumes laissait en fait ouverte la question de leur rapport, et ne peut être interprétée de façon univoque.

LA CONVERSION FORCÉE

Une troisième approche des sources théologiques est nécessaire sur le point crucial de la liberté de conscience. On peut se reporter à l'Évangile selon saint Luc 14, 23. Jésus-Christ : « Et le maître dit au serviteur : va par les chemins et par les haies, et contrains-les d'entrer, afin que ma maison soit remplie. » Dans la bouche du Christ, l'appel à la contrainte pour convertir fait singulièrement contraste avec la religion d'amour. La traduction latine de la Bible, reprise par saint Augustin, est *compelle intrare* : force-les à entrer. Saint Augustin reprend la fameuse formule dans un sens tout à fait univoque. Il s'agit de justifier la « persécution contre les impies ». Deux lettres de saint Augustin, datant de 408, sont citées par le père Joseph Leclerc dans son *Histoire de la tolérance au siècle de la Réforme*[3]. Dans la lettre 93, la contrainte est légitimée comme *moyen* que justifie la fin visée : « Vous ne devez pas considérer la contrainte elle-même, mais la qualité de la chose à laquelle on est contraint, si elle est bonne ou mauvaise. Non pas que quelqu'un puisse devenir bon malgré lui, mais la crainte de souffrir ce qu'il ne veut pas ou bien le fait renoncer à l'opiniâtreté qui le retenait ou bien le pousse à reconnaître la vérité qu'il ignorait. » Une deuxième lettre de saint Augustin va dans le même sens : « Il y a une persécution injuste, celle que font les impies à l'Église du Christ ; et il y a une persécution juste, celle que font les Églises du Christ aux impies. [...] L'Église persécute par amour et les impies par cruauté » (lettre 185)[4]. Le philosophe Pierre Bayle, dans son *Commentaire philosophique*, récuse une telle conception : « Et moi je dis à mes lecteurs [...] qu'il ne faut pas regarder à quoi l'on force en cas de religion ; mais si l'on force, et que dès là que l'on force, on fait une très vilaine action et très opposée au génie de toute religion et spécialement de l'Évangile[5] ». Sur la même question de la liberté de conscience, le Coran semble plus net, puisque le verset 256 de la deuxième sourate stipule : « Pas de contrainte en religion ! » Mais la condamnation des apostats (ceux qui abandonnent la confession islamique) s'accorde mal avec un tel principe. Quant à la « guerre sainte », elle n'y est légitimée que comme guerre défensive et non pas offensive.

On le voit : les mêmes textes dits sacrés peuvent être sollicités dans des sens très différents. S'ils rendent possible l'oppression cléricale, ils ne l'appellent pas nécessairement.

CHAPITRE III

L'ÉMANCIPATION LAÏQUE

LE TRÔNE ET L'AUTEL

L'histoire occidentale des rapports entre les pouvoirs temporels et les autorités ecclésiastiques n'est donc pas tant celle d'une guerre qui supposerait une hostilité sans appel que celle d'une lutte sur fond de complicité. Et ce, en liaison avec une entreprise de domination irréductible à une simple régulation de la vie sociale. Dans le cas de l'instrumentalisation d'une religion existante par un pouvoir donné, c'est bien la question de la distinction réelle des deux types de pouvoir qui se trouve mise en jeu. Une religion qui sacralise et cautionne un pouvoir tend à perdre son sens propre de témoignage spirituel indépendant ; un pouvoir qui ne conçoit de religion que soumise et apologétique manifeste sa propension despotique. Mais un moyen terme existe, plus pernicieux peut-être, qui est celui de la dépendance mutuelle dans le cadre d'une reconnaissance réciproque. Le pouvoir temporel accorde à la puissance spirituelle des emprises décisives dans la vie publique, en échange d'une légitimation qui conforte sa domination. C'est semble-t-il ce partage des rôles qui a

longtemps prévalu : figure concordataire d'une complicité où les luttes pour la préséance s'estompent
dans un partage effectif des types de pouvoir. Ainsi
le trône et l'autel jouent-ils tour à tour les scénarios
de l'affrontement et de l'alliance. Comme s'il allait de
soi que leur revienne légitimement la faculté d'exercer une domination, la seule question étant alors de
savoir qui la détient.

LA DISTINCTION DES DOMAINES

Solidaire d'une affirmation de la souveraineté
populaire, la laïcité ne se contente pas de poser la
prééminence du pouvoir temporel, quelle qu'en soit
la nature. Elle n'est donc pas anticipée par la formule
qui soumet un culte à un pouvoir temporel tout en
lui assurant le privilège d'un credo officiel (le gallicanisme en France, l'anglicanisme en Angleterre). La
laïcité ne requiert pas un tel primat, puisqu'elle promeut l'indépendance simultanée des religions et de
l'État. La soumission de l'autorité religieuse à la puissance politique ne garantit en rien le respect de l'égalité éthique et politique de tous les citoyens, d'autant
qu'elle s'est assortie généralement d'une religion officielle, comme le montre l'exemple des pays anglo-
saxons. Le gallicanisme, ou l'anglicanisme, n'est
après tout que l'inversion de l'ultramontanisme (c'est-
à-dire de la reconnaissance du pape comme autorité
supérieure). Le conflit traditionnel du sacerdoce et
du royaume (ou de l'empire) s'est en fait déroulé en
amont d'un État de droit véritable, puisqu'il s'est
inscrit sur une toile de fond où ni la liberté de
conscience, ni l'égalité des droits, ni la souveraineté

populaire ne sont reconnues. On ne peut dès lors penser l'émancipation laïque dans les termes et les cadres légués par la tradition, car elle en constitue une véritable redéfinition, accompagnée d'une refondation du rapport entre religion et politique : il ne s'agit plus en effet de savoir qui l'emporte, mais de reconnaître la distinction de domaines qui n'ont pas plus à se combattre qu'à s'ordonner l'un à l'autre. La Révolution française — et non le concordat napoléonien de 1801 — ouvre le chemin d'une telle refondation. Les formulations qu'elle propose peuvent certes paraître encore ambiguës en ce qui concerne le principe de la liberté de conscience, que Rabaut de Saint-Étienne aurait voulu voir figurer plus fermement dans la Déclaration des droits de l'homme et du citoyen d'août 1789, mais elles ont le mérite de conférer aux droits énoncés un caractère premier et inaliénable. Le chemin ainsi ouvert aboutira à l'acte de libération mutuelle de la communauté politique et de la spiritualité religieuse que constituera en France la loi de séparation de l'Église et de l'État de 1905. Au regard de cette déliaison libératrice, les violences dues aux diverses formes de la sujétion mutuelle ne sont que plus saisissantes.

La rupture refondatrice consiste donc à restituer le politique et le religieux à leur indépendance réciproque, à les affranchir l'un de l'autre. Simultanément, c'est toute la sphère spirituelle qui se trouve libérée de son assujettissement à la tutelle religieuse, ou au privilège qu'on lui accorde dès qu'un marquage confessionnel affecte les institutions publiques. La notion de séparation n'est que l'expression de ce que requiert un tel affranchissement. La nouvelle problématique redéfinit le régime de droit des religions dans le moment même où deviennent fondateurs des droits considérés désormais comme premiers, indérivables d'une puissance qui pourrait ne pas les « accorder ». La liberté de conscience et sa traduction dans une option spirituelle particulière ne peuvent relever d'un bon vouloir extérieur, ou d'une puissance temporelle qui la « tolérerait » tout en privilégiant une religion de référence. L'égalité éthique des citoyens ne peut s'accommoder d'un tel privilège, qui implique une discrimination — même modérée — à l'égard des convictions extérieures à la référence retenue. La faculté reconnue à chacun de conduire sa vie et de définir son mode d'accomplissement propre dans le respect du droit commun exclut toute tutelle, comme elle interdit toute propension paternaliste de l'instance politique à faire le bonheur des hommes malgré eux. Elle ne requiert d'elle que le moyen de se préserver, justement, des pressions et des conditionnements, c'est-à-dire de se doter de l'autonomie que fonde la raison cultivée.

AU-DELÀ DE LA TOLÉRANCE

Comprise comme un processus historique de libération, l'émancipation laïque par rapport aux tutelles cléricales se construit en deux grands moments. Le premier conduit de la tolérance restreinte à la tolérance générale ; le second rompt avec les limites et les ambiguïtés politiques de la notion de tolérance pour établir à son niveau juridique essentiel de principe constitutionnel la refondation laïque, affirmation simultanée de la liberté de conscience et de l'égalité éthique des citoyens. Du premier au deuxième moment, il se produit un progrès décisif qui place les droits fondamentaux hors de portée de tout arbitraire.

Dans une problématique de la tolérance comme fait du prince, la liberté de croire ou de ne pas croire, de croire d'une certaine manière plutôt que d'une autre, reste dépendante d'un pouvoir extérieur à elle. Mirabeau s'exclame en 1789 : « Je ne viens pas prêcher la tolérance : la liberté la plus illimitée de religion est à mes yeux un droit si sacré que le mot de tolérance, qui voudrait l'exprimer, me paraît en quelque sorte tyrannique lui-même, puisque l'autorité qui tolère pourrait ne pas tolérer. » Condorcet souligne plus radicalement encore le risque attaché au maintien d'un culte dominateur impliqué dans le pouvoir d'État : « Chaque religion, dans le pays où elle dominait, ne permettait que de certaines opinions [...] la chaîne n'était pas brisée, mais elle était moins pesante et plus prolongée. Enfin, dans ces pays où il avait été impossible à une religion d'opprimer toutes les autres, il s'établit ce que l'insolence du culte dominateur osa nommer tolérance, c'est-à-dire une permission donnée par des hommes à d'autres hommes de croire ce que leur raison adopte, de faire ce que leur conscience leur ordonne, de rendre à leur dieu commun l'hommage qu'ils imaginent lui plaire davantage[1]. » De fait, l'acception positive de la tolérance comme disposition éthique à l'écoute et au dialogue diffère sensiblement de son sens juridico-politique : l'autorité tolère ce qu'elle ne veut pas ou ne peut pas empêcher, mais ce qui est simplement toléré reste en position d'infériorité par rapport à ce qui est donné comme norme. C'est pourquoi les pays qui respectent la liberté de conscience tout en privilégiant officiellement une confession ne respectent pas strictement le principe d'égalité des citoyens.

L'athéisme, par exemple, n'y bénéficie pas du même régime que les religions officialisées.

UN DOUBLE AFFRANCHISSEMENT

L'émancipation laïque requiert que les religions cessent d'être impliquées dans la puissance publique, c'est-à-dire une séparation stricte de deux domaines d'ordre différent, et non une négation de l'un au profit de l'autre. Beaucoup de catholiques considérèrent d'ailleurs la loi de 1905, dite de séparation de l'Église et de l'État, comme une saine reconduction de la religion à sa vocation spirituelle. Le processus de laïcisation des institutions publiques avait commencé vingt ans plus tôt : hôpitaux, cimetières, prétoires, lieux publics, restitués à la neutralité confessionnelle, étaient ainsi accordés à une dimension d'universalité conforme à la belle notion de république. Mais c'est surtout la laïcisation de l'école qui avait conduit à donner tout son sens à l'idée de séparation. Cessant d'être soumise à la religion pour devenir réellement l'école de tous, l'école publique n'a pas pour autant à se faire antireligieuse : elle est bien plutôt areligieuse, laissant à la sphère privée la liberté de promouvoir l'option spirituelle de son choix. L'instruction quant à elle doit être publique dans la mesure où son enjeu est bien de portée universelle, puisqu'il concerne la formation du jugement éclairé pour tout homme, telle que peut la fonder une culture commune soucieuse de raison et de vérité. On remarque ici que la séparation n'est pas l'hostilité de principe, et que la laïcité ne procède à aucune permutation dans le rapport entre dominant et dominé : elle récuse ce rapport lui-même. Aucune religion ou idéologie particulière ne vient prendre le relais de la confession naguère privilégiée. À cet égard, l'athéisme militant des pays staliniens est aussi éloigné de l'idéal laïque que ne le furent les différentes figures des religions d'État traditionnelles, ou des cléricalismes « papistes ». Il convient de rattacher cette caractéristique de la refondation laïque à la nature du principe d'union qu'elle met en œuvre, et qui la rend intimement solidaire de l'État de droit : seule l'égalité dans la liberté peut devenir le bien de tous, et se conjuguer avec le respect juridique des « différences » dès lors que celles-ci respectent également la sphère publique.

SYNTHÈSE :
DÉFINITION RAISONNÉE DE LA LAÏCITÉ

La laïcité est un principe de droit politique. Elle recouvre un idéal universaliste d'organisation de la Cité et le dispositif juridique qui tout à la fois se fonde sur lui et le réalise. Le mot qui désigne le principe, laïcité, fait référence à l'unité du peuple, en grec le *laos*, telle qu'elle se comprend dès lors qu'elle se fonde sur trois exigences indissociables : la liberté de conscience, l'égalité de tous les citoyens quelles que soient leurs convictions spirituelles, leur sexe ou leur origine, et la visée de l'intérêt général, du bien commun à tous, comme seule raison d'être de l'État. La laïcité consiste à affranchir l'ensemble de la sphère publique de toute emprise exercée au nom d'une religion ou d'une idéologie particulière. Elle préserve ainsi l'espace public de tout morcellement communautariste ou pluriconfessionnel, afin que tous les hommes puissent à la fois s'y reconnaître et s'y retrouver. Cette neutralité confessionnelle se fonde donc sur des valeurs clairement affichées et assumées : l'État laïque n'est pas vide, puisqu'il incarne le choix simultané de la liberté de conscience et de l'égalité, ainsi que de l'universalité qui lui permet d'accueillir tous les êtres humains, sans privilège aucun accordé à un particularisme. Par le truchement de l'école laïque, cette liberté de conscience et cette égalité reçoivent la garantie fondatrice d'une instruction soucieuse d'émanciper le jugement et de lui donner les références culturelles qui l'affranchissent des puissances idéologiques dominantes et de leur emprise médiatique. Avec la liberté, l'égalité, et le souci de l'universel, l'autonomie de jugement et le pari de l'intelligence constituent des valeurs décisives de la laïcité.

Le souci d'un espace commun aux hommes par-delà leurs différences est compatible avec celles-ci pourvu que leur régime d'affirmation ne porte pas atteinte à la loi commune, qui rend justement possible leur coexistence et conditionne ainsi la concorde. La loi de séparation de l'État et des Églises est le dispositif juridique constitutif de la laïcité institutionnelle, car elle seule garantit pleinement non seulement la liberté de conscience mais aussi la stricte égalité des divers croyants, des athées, et des agnostiques. Les populations se distribuant aujourd'hui selon ces trois types d'options spirituelles, le principe laïque d'égalité est incompatible avec la moindre discrimination positive ou négative appliquée à la figure athée ou religieuse de la conviction spirituelle. L'invocation de la culture ou de la tradition, ou de facteurs supposés d'« identité collective » pour remettre en cause cette égalité en consacrant publiquement une option spirituelle plutôt qu'une autre serait illégitime. Elle reviendrait à privatiser la sphère publique, tout en faisant violence à ceux qui ne jouiraient pas d'un tel privilège, dès lors que leur option spirituelle propre aurait un statut inférieur. La république laïque, par ailleurs, ne reconnaît pas d'autre sujet de droit que la personne individuelle, seule habilitée à choisir ses références spirituelles.

La laïcité exclut par conséquent tout privilège public accordé soit à la religion, soit à l'athéisme. Cette abstention, ou neutralité de principe, situe l'État, communauté de droit des citoyens, hors de toute emprise confessionnelle. L'autolimitation de l'État, qui n'est plus arbitre des croyances, libère la sphère privée dans le champ éthique et spirituel. Marianne, la République démocratique et laïque, ne ressemble pas à César, pouvoir traditionnel de domination qui instrumentalise le cas échéant la religion tout en lui assurant le statut d'un credo obligé. La laïcité est un idéal dont l'originalité est qu'il permet à tous, croyants et athées, de vivre ensemble sans que les uns ou les autres soient stigmatisés en raison de leurs convictions particulières. Sa raison d'être consiste à promouvoir ce qui est commun à tous les hommes, non à certains d'entre eux.

À l'école publique, école ouverte à tous, le respect de la liberté de conscience conjugué à celui de la sphère privée se traduit par le souci de développer le seul bien qui puisse être commun à tous, à savoir l'éducation à la liberté, notamment par la connaissance raisonnée et la culture universelle, conditions de l'autonomie de jugement.

L'école publique et laïque est dévolue à l'universel, et entend se donner les conditions qui lui permettent de remplir son rôle. Accueillant des jeunes gens dont la plupart ne sont pas encore sujets de droits, mais requièrent cette sorte de respect qui rend possible l'accomplissement des plus riches potentialités, elle ne les enferme pas dans des groupes auxquels ils seraient censés appartenir. Cette consécration de la différence menacerait en effet son rôle émancipateur. Cela ne signifie pas que l'affirmation de la différence soit absolument impossible, mais plus précisément que son mode d'affirmation doit rester compatible avec la loi commune, et n'attester aucune aliénation première, comme dans le cas où des familles entendent manifester dans l'école leurs particularismes, en instrumentalisant les enfants ainsi réduits à des « membres » d'un groupe particulier, sans libre arbitre personnel.

La distinction de la sphère privée et de la sphère publique est ici décisive, car elle permet de distinguer des lieux et des régimes d'affirmation des « différences » afin de préserver simultanément le libre choix d'une option éthique ou spirituelle, et la sérénité de l'espace scolaire ouvert à tous. Cet espace est aussi — et surtout — ouvert à la culture émancipatrice qui met à distance tout particularisme, ne serait-ce que pour mieux le comprendre en le resituant dans un horizon d'universalité, et en susciter ainsi une modalité d'affirmation non fanatique.

Du fait que l'école publique est par définition ouverte à tous, nulle croyance religieuse, nulle conviction athée ne peut y être valorisée ou promue, car cela romprait aussitôt le principe d'égalité, tout en faisant violence aux familles qui ne partagent pas la conviction particulière ainsi privilégiée. C'est pourquoi, si la connaissance du fait religieux comme du patrimoine mythologique et symbolique de l'humanité doit y être développée, il n'y a pas plus place en elle pour un cours de religion que pour un cours d'humanisme athée, les deux options spirituelles jouissant du loisir de se cultiver dans la sphère privée, que celle-ci soit de nature individuelle ou associative.

La connaissance du fait religieux, qu'il s'agisse des doctrines ou des réalités historiques, comme celle des mythologies et des symboliques inscrites dans le patrimoine universel, ou des représentations du monde, légitimement inscrite dans la culture à enseigner, est à dissocier rigoureusement de toute valorisation prosélyte comme de tout dénigrement polémique. Les expressions « culture religieuse » ou « enseignement des religions » sont à cet égard trop ambiguës pour pouvoir être utilisées. L'approche laïque des faits et des doctrines religieuses, à l'écart de toute posture partisane, relève d'une attitude conforme à la responsabilité confiée à l'école publique, et aux principes qui la règlent. Nulle institution théologique ne peut intervenir dans l'enseignement public, ou dans la formation des maîtres de l'école publique, sous prétexte d'y faire connaître les religions. Nul parti politique non plus n'est habilité à y intervenir sous prétexte de faire connaître les doctrines politiques. Le mélange des genres est en l'occurrence dommageable, et source potentielle de conflits.

D'où la nécessité d'une déontologie laïque. Celle-ci appelle un devoir de distance et de réserve de l'enseignant, correspondant au droit des élèves de ne subir aucun prosélytisme. La question du sens de l'existence, et des repères éthiques ou civiques propres à l'éclairer, ne peut recevoir qu'une élucidation réflexive et critique, à l'exclusion de toute valorisation non distanciée, forme larvée de conditionnement. Les registres du savoir et de la croyance doivent être soigneusement distingués, et ce qui est objet de croyance explicitement indiqué aux élèves (le terme « révélée », à propos de la religion, par exemple, doit toujours comporter des guillemets, indiquant qu'il n'y a « révélation » que pour ceux qui y croient). Une discipline spécifique pour l'étude du fait religieux ne se justifie pas, car cela préjugerait d'une importance préférentielle au regard d'autres aspects des humanités et des univers symboliques ou philosophiques, comme de la possibilité de décider de son sens indépendamment du rapport à un contexte. Nulle raison ne permet en effet de réserver ce traitement à la figure religieuse plus qu'aux figures athées ou agnostiques de la vision du monde.

CHAPITRE IV

CROYANCE RELIGIEUSE
ET LAÏCITÉ

UNE QUESTION EXEMPLAIRE

Quelle place et quel type d'affirmation de la croyance religieuse — comme de toute conviction spirituelle — sont possibles dans une société dont le droit est laïcisé ? Pour prendre toute la mesure de cette question, il faut penser le sens et les conséquences de l'assignation des options spirituelles à la sphère privée. Les exigences propres à l'idéal laïque sont ici en jeu. Les artisans de la laïcisation ont voulu prévenir le risque de conflit qui résultait de la confusion entre l'expression collective de la foi religieuse et son emprise multiforme sur l'espace public. D'où un dispositif juridique de séparation, qui rend possible la liberté d'expression individuelle et collective des croyances, ainsi que leur organisation sociale dans des associations de droit privé.

La mutation juridique ainsi conçue signifie que désormais la manifestation de la foi *dans* l'espace public doit se distinguer rigoureusement de son emprise *sur* cet espace. La première reste évidemment possible, la seconde non. La question des frontières entre la sphère publique et la sphère privée est dès lors décisive. On sait qu'elle est controversée, tant sur le plan de l'affirmation identitaire des personnes que sur celui de la conception de la Cité.

C'est ainsi qu'au nom des « besoins spirituels » des hommes, une telle « privatisation du religieux » est souvent critiquée. Elle ne leur ferait pas une place suffisante, et exigerait un effort de mise à distance trop artificiel, trop difficile à pratiquer. Pire, la nature ayant horreur du vide, elle mettrait les individus esseulés mais malgré tout en quête de sens et de religiosité à la merci des captations les plus irrationnelles, voire des paradis artificiels proposés par les sectes. Un tel discours, à son insu ou non, semble restaurer l'idée d'un « religieusement correct », et mettre en cause la distinction de la sphère publique et de la sphère privée.

Bref, d'un côté, le croyant serait encouragé à s'affirmer comme tel, à travers l'affichage public de sa communauté religieuse, et à bannir toute distance dans la manifestation de sa foi. Ainsi serait mis un terme à la « schizophrénie » qui résulterait du statut juridiquement privé des religions. Et d'un autre côté, l'espace public, renonçant à son universalité revendiquée au profit d'un « affichage » franc et massif des « différences », serait revivifié par les affirmations identitaires, reprenant ainsi des couleurs. Une telle perspective est malheureusement biaisée, et dangereuse. Biaisée, parce qu'elle confond vie sociale et espace juridiquement public, et qu'elle présuppose que la sphère publique est vide et désincarnée si elle ne s'aliène pas au pluralisme culturel ou religieux. Dans une telle hypothèse, on semble tenir pour une fiction l'idée que la sphère publique a pour raison d'être le bien commun à tous.

Une certaine lecture libérale des droits sociaux consignés dans le droit commun ou revendiqués par

des groupes qui s'estiment victimes d'injustice économique aboutit d'ailleurs à d'étranges affirmations.
Les hommes ne percevraient plus l'État que comme
l'instrument de leurs intérêts personnels, c'est-à-dire
le « privatiseraient » à leurs fins propres... Ainsi,
entre la « privatisation » corporatiste d'un État sollicité par des « groupes d'intérêts » et la « publicisa-
tion » des identités religieuses, l'idéal laïque ne serait
plus qu'une fiction nouant deux illusions : celle d'une
sphère publique définie positivement par la visée du
bien commun, et celle d'une sphère privée pleinement libre dans son domaine propre pourvu que
cette même liberté soit reconnue à tous les autres, et
que soit respecté l'espace public qui rend possible la
liberté dans l'égalité. Un tel respect exclut toute mise
en tutelle et tout morcellement communautariste. Il
implique donc une affirmation distanciée de la
croyance ou du particularisme.

Le point aveugle des encouragements à l'affirmation identitaire est que si tous le suivent, et le radi-
calisent, c'en est fini du type d'organisation publique
qui rend possible la coexistence des différences sans
lui aliéner la loi commune. Cas limite, certes, mais
dont il faut user pour être lucide sur les tendances
qui se manifestent. Et un tel point aveugle, étrange-
ment, va de pair avec la disqualification libérale classique des droits sociaux, assimilés à des consécra-
tions d'intérêts alors qu'ils peuvent être compris
comme une prise en charge de l'intérêt commun, la
justice sociale contribuant à la cohésion de la collectivité aussi essentiellement que les droits politiques.

Pour l'exemple, on rappellera que du port du voile
dans l'école, déjà évoqué, au refus du cours de biologie la conséquence est bonne, et que de cette manifestation « identitaire » à la revendication d'un code
de statut personnel conforme à une tradition elle l'est

aussi : nul signe identitaire n'est en l'occurrence isolable, et la pression grandissante pour des « droits
culturels » permettant de s'excepter du droit commun à tous ne peut être méconnue.

VIVRE SA CROYANCE EN PAYS LAÏQUE

La question se pose donc de savoir si la laïcité est
acceptable d'un point de vue religieux, comme de
tout autre point de vue engageant une certaine
conception de la vie spirituelle. L'enjeu est décisif :
penser les conditions de possibilité d'une communauté politique capable de faire droit simultanément
aux légitimes exigences de la conscience religieuse
et de la démarche spirituelle qui l'accompagne, aux
autres formes de spiritualité comme les humanismes
athées, et bien sûr aux nécessités de l'organisation
politique. On remarquera que les besoins spirituels
de la vie humaine peuvent d'ailleurs évoluer, tant
dans leurs modalités que dans leurs orientations. Ils
n'impliquent aucun monopole des religions traditionnelles. Mais une lecture scientiste du rationalisme des Lumières ne peut évidemment les satisfaire, d'autant que les détresses du monde moderne
en ont brouillé l'image en raison d'amalgames hâtifs
qui semblent les disqualifier ou du moins souligner
leur insuffisance.

Le souci d'un monde commun à tous, compris
dans son unité, doit alors être assumé de telle façon
que les tenants des différentes options spirituelles se
respectent mutuellement dans leur liberté de croire
et de penser. Le respect s'adresse alors à la personne
et pas nécessairement au contenu de ses croyances,

qui doit pouvoir faire l'objet d'une libre discussion, voire d'une critique vive. C'est un certain statut de la croyance qui est ici en jeu. Respecter les croyants, en leur liberté de croire, ce n'est pas nécessairement respecter leurs croyances, sauf si l'on entend rétablir la censure qui conduisit Diderot à la Bastille, au nom du « religieusement correct ». De même, respecter la liberté de dérision et de provocation des écrivains, cela ne veut pas dire respecter le contenu de leurs propos. Ceux-ci peuvent en effet être scandaleux, sans pour autant requérir l'action de la justice. Salman Rushdie et Houellebecq ont parfaitement le droit d'ironiser sur l'islam, comme Voltaire sur « l'Infâme » qu'était pour lui le catholicisme oppressif.

Il convient malgré tout de se placer d'emblée non seulement du point de vue des croyants et de leurs représentations, mais aussi et surtout de celui de la croyance religieuse comprise dans son originalité par rapport à toute posture subjective d'emprise. Quatre penseurs peuvent y aider : Bayle, Spinoza, Kant et Hegel.

UNE ÉTHIQUE DE LA TOLÉRANCE

Avec Bayle, il faut penser toutes les implications de la tolérance pour un croyant qui vit sa foi comme un libre engagement de sa conscience, et tient toute contrainte pour incompatible avec la vraie religion[1]. À cet égard, nul croyant ne peut concevoir de bonne foi qu'il plaît à son Dieu en exerçant une contrainte sur autrui pour faire progresser sa religion, ou même en s'efforçant d'obtenir des privilèges au titre de sa croyance. Toute discrimination fondée sur une

conviction spirituelle lui paraîtra donc impie. **La**
tolérance est dès lors requise, y compris pour empêcher les désordres qui ne manquent pas de surgir des
violences de la persécution et des contre-violences de
la résistance qu'elle suscite. C'est l'absence de tolérance qui suscite bien plutôt le désordre[2]. C'est dire
que le pluralisme spirituel, incluant les athées et les
agnostiques à côté des divers croyants, doit avoir
pour condition de libre développement une égalité
de principe de tous les hommes. L'intériorité d'une
foi ou d'une conviction ne peut requérir l'extériorité
de privilèges institutionnels sans aussitôt contredire
sa valeur proprement spirituelle, indissociable de
son désintéressement temporel et de sa liberté, qui
en est le corollaire.

UNE LIBERTÉ CONFORTÉE
PAR LA SÉPARATION

C'est aussi ce qu'affirme Spinoza, qui stipule une
séparation rigoureuse entre l'État et la religion. Au
chapitre XIV du *Traité des autorités théologique et politique*, il précise la nécessaire séparation de la philosophie, qui « ne se propose que la vérité », et de la
foi « ou la théologie », qui ont pour but l'« obéissance » et la « ferveur de la conduite ». Et d'ajouter :
« La foi laisse donc à chacun la liberté totale de phi-
losopher. Au point que chacun peut, sans crime, penser ce qu'il veut sur n'importe quelle question dogmatique. Elle ne condamne, comme hérétiques et
schismatiques, que les individus professant des
croyances susceptibles de répandre parmi leurs sem-

blables l'insoumission, la haine, les querelles et la colère[3]. »

Dans le chapitre XVIII du même ouvrage, Spinoza précise clairement la nécessité d'une stricte séparation entre l'État et les « ministres du culte » : « 1 : Il est très fâcheux, tant pour la religion que pour la communauté politique, d'accorder aux administrateurs spécialisés du domaine sacré un droit exécutif ou gouvernemental quelconque. Afin de réaliser une plus grande stabilité sociale, il importe au contraire d'imposer une limitation étroite à leur activité, de sorte qu'ils se bornent à répondre aux questions posées ; en outre, ils devront se tenir, en leur enseignement et leur pratique du culte, aux doctrines traditionnelles les plus courantes. 2 : Il est très fâcheux de faire dépendre le droit divin de doctrines purement spéculatives et d'établir des lois concernant les opinions — car, à leur sujet, les hommes soulèvent ou sont capables un jour de soulever des discussions. Un règne politique, par suite, devra s'appuyer sur la pire violence si les opinions, qui relèvent du droit individuel inaliénable, peuvent être traitées à la manière de crimes[4]. »

À noter que Kant rejoint une telle conception, et l'enrichit par une distinction entre les régimes d'assentiment que sont *l'opinion*, la *foi* et le *savoir* (voir *Critique de la raison pure, Méthodologie transcendantale*, chap. II, section 3). À *l'opinion* appartient ou doit appartenir la conscience de la double insuffisance qui est la sienne : subjective (une opinion n'est qu'une opinion, et n'implique aucune certitude véritable) et objective (le manque de preuve objective est nettement rendu conscient). À la *foi* appartient la vive conviction subjective, mais également la conscience de ne pas savoir objectivement. Celui qui croit sait qu'il croit, et qu'il ne fait que croire. Un tel

savoir est essentiel pour interdire toute posture fanatique. Cela n'implique aucun doute quant à la foi elle-
même, mais une posture d'ouverture et de tolérance
liée au sentiment de la différence entre la force propre
de la croyance et l'incertitude objective de son objet.
Le seul fait de remarquer que d'autres hommes nourrissent d'autres convictions avec une foi aussi vive
incite à une telle distance, en même temps qu'il prépare à l'idée d'une organisation politique commune
totalement affranchie d'une croyance particulière.

Quant à la soif de reconnaissance de ce qu'on est
du point de vue religieux, elle a alors pour limite la
légitimation de la même reconnaissance pour tous :
athées, agnostiques et divers croyants. Or deux
figures de cette égalité peuvent être imaginées : la
juxtaposition communautariste, et l'intégration laïque dans un cadre commun à tous. La première
figure ne satisfait pas à l'exigence de fondation d'un
monde commun à tous, puisqu'elle consacre une
sorte d'apartheid, d'enfermement dans la différence ;
elle ne permet pas non plus de résoudre les graves
problèmes qui peuvent surgir entre les tenants des
différentes communautés, dès lors qu'aucun proto-
cole juridique commun ne règle leurs rapports.
Enfin, elle ferme l'horizon d'universalité vers lequel
toute communauté peut faire signe dès lors qu'elle
fonde son unité sur des principes de droit capables
de promouvoir d'un même mouvement l'égalité et la
liberté. La seconde figure est celle de l'État laïque,
dont l'affirmation est clairement séparée de toute
religion institutionnelle. Cette séparation ne rend
nullement la chose politique incompatible avec la foi
religieuse, puisqu'elle réalise effectivement l'universalité de vocation de la communauté politique, en la
concevant comme la condition de possibilité de la
libre affirmation des démarches spirituelles.

Séparation ne veut donc pas dire opposition, mais distinction des registres. Hegel ira jusqu'à dire que par cette universalisation l'État réalise quelque chose qui a trait à l'absolu, c'est-à-dire, en son langage, à Dieu. C'est dire que l'absolu n'advient que par la pluralité effective, se cultivant dans la libre communication au sein de l'espace civique. Mais la condition en est que cet espace civique non seulement soit rigoureusement neutre du point de vue confessionnel, mais aussi assume clairement son caractère non confessionnel : l'ensemble des dispositions qui l'organisent doivent éviter tout privilège d'une religion mais également de la forme religieuse de la conviction. L'intériorité de la foi ou de la conviction entrant en dialogue n'est ainsi relayée ni soutenue par aucun privilège temporel extérieur, et la conviction de Hegel est qu'en cela le mode d'affirmation de la religion est strictement conforme à la liberté d'esprit et de conscience dont elle est indissociable[5].

Une raison forte prend place dans une telle démonstration du philosophe. Selon Hegel, l'expression religieuse de l'absolu opère par représentation concrète et par sentiment, et en la matière nulle unanimité ne peut être ni décrétée arbitrairement ni suscitée par une démonstration rationnelle. Dans le premier cas, il y aurait illégitimité d'une violence faite à la conscience ; dans le second, la spécificité de la croyance religieuse serait méconnue. L'État doit se soucier non d'imposer une croyance, mais de promouvoir la connaissance rationnelle. Il vise l'absolu que représente le libre développement du pluralisme des convictions, présence en acte de la vie spirituelle de l'humanité. Hegel pense donc avec rigueur l'État laïque, tout en se souciant de l'affirmation bien comprise du religieux.

LE SENS DE L'ASSIGNATION DU RELIGIEUX
À LA SPHÈRE PRIVÉE

L'État doit faire droit à la particularité, en lui permettant de s'accomplir dans la sphère privée, sans que cette sphère, définie juridiquement, se réduise à la superficialité d'un caprice individuel. Antigone, soucieuse de remplir à l'égard de son frère Polynice les devoirs sacrés dus aux morts, est porteuse en ce sens d'universalité : ce n'est pas le rite d'enterrement, qui peut varier, qui est universel, mais le simple respect à l'égard des morts, que Hegel appelle de façon saisissante la « loi de la nuit », à la fois pour indiquer sa raison d'être et pour rappeler qu'elle a souvent une existence souterraine, non reconnue voire refoulée du fait même de la prégnance des urgences de la vie. L'universel de la loi politique, loi du jour incarnée par la Cité et son responsable (Créon), n'a sa pleine légitimité que dans le cadre d'une vie publique faisant droit à la subjectivité religieuse ou métaphysique des individus, et lui laissant sa sphère propre de déploiement.

Certes, une autre lecture du personnage d'Antigone est possible, qui voit en elle la tenante inquiétante d'une conception étroite de la consanguinité familiale, rétive à l'intérêt général qu'incarne la loi politique parce que rivée à une solidarité clanique. Sophocle lui fait opposer la loi du sang, non écrite — « tu es mon sang », dit-elle à sa sœur Ismène —, à la loi politique, écrite. Le danger d'exaltation exclusive des « miens » (contre l'altérité de la loi qui incarne le rapport au prochain) n'échappe pas à Hegel, qui veut justement surmonter cette dimension exclusive : les deux lois doivent se médiatiser réciproquement, de la même façon que Créon héberge en lui Antigone, et Antigone Créon. La médiation, c'est la possibilité d'un passage d'une loi à l'autre, d'une ouverture de l'une vers l'autre. Ainsi peut s'illustrer de façon problématisée le partage entre sphère privée et sphère publique. Sans insister sur son assignation juridique, Hegel dessine ici une distribution de champs complémentaires, impliquant la délimitation du domaine d'intervention de l'autorité publique.

RAISON ET CROYANCE

On peut également se référer à Hegel pour noter que la raison ne se construit pas contre les savoirs partiels de l'entendement ou la croyance religieuse, ni contre le témoignage incertain de la perception, mais par l'effort méthodique pour comprendre et intégrer leurs apports respectifs, tout en donnant aux contradictions qui surgissent leur caractère pleinement constitutif, au lieu de voir en elles le signe de quelque imperfection. Avec un objet commun : la totalité de l'être en ses différenciations dynamiques. Cette totalité a valeur d'absolu en ce qu'elle constitue l'horizon ultime de toute chose finie. L'absolu, compris par la raison dans son unité au-delà du déchirement qui est comme son mode d'existence obligé, peut également être appréhendé par la représentation, comme le fait la foi religieuse, laquelle reconduit en fin de compte, mais selon une modalité différente, au même objet que la raison. Nul besoin pour un croyant de sacrifier sa foi sur l'autel de la raison, ni pour un rationaliste de vivre honteusement sa foi comme si elle attestait un déficit de rationalité. La réconciliation hégélienne de la foi et du savoir opère dans le cadre d'une philosophie du primat de la raison ; mais un tel primat ne va pas sans la volonté de recueillir le sens des différentes expressions de la culture humaine et des formes de spiritualité dont elles ont pu relever, de la vie de l'esprit.

De fait, la croyance ne sollicite pas le monde de la même manière que la connaissance rationnelle. S'il convient d'en faire une critique intraitable lorsqu'elle se cristallise dans des entreprises historiques d'into-lérance, et entend bannir le libre examen, il importe de la reconsidérer positivement lorsqu'elle exprime par le sentiment et la représentation la libre appré-hension de l'Absolu, c'est-à-dire de ce qui fait saisir les choses dans la vérité de leur finitude. Une telle perspective vaut-elle seulement pour un croyant, soucieux d'affirmer la valeur de la foi comme senti-ment représentatif en amont du savoir conceptuel auquel donne accès sa raison ? De prime abord, on est tenté de répondre par l'affirmative.

Mais une transposition de la démarche hégélienne permet de concevoir sa portée universelle dès lors que le primat du savoir rationnel s'y conjugue avec le souci de faire droit aux modalités subjectives qui sous le nom de foi, ou de croyance, relèvent de l'élé-ment de la représentation. Celui-ci peut prendre une forme religieuse, mais s'accomplir également dans la dimension de l'imaginaire symbolique, voire artisti-que, en ce qu'elle ouvre à la présence des choses en dehors de toute instrumentalisation, de tout enfer-mement dans le pragmatisme des réalités finies. C'est ainsi que la poésie fait signe vers ce qui affranchit du monde immédiat, mais en pénètre la quintes-sence. Cette ouverture peut donc s'accomplir de façon intérieure à l'existence temporelle donnée, pour délivrer de ses limites. De ce point de vue, cette délivrance appelle une sorte d'excès du signifié sur le signifiant, comme dans le symbole, et l'on peut parler alors de transcendance, sans que soit requis un corrélat divin, ou du moins sans qu'une affirmation dogmatique de son existence soit nécessaire.

Toutes proportions gardées, la fonction symbolique et poétique, avec ses affects propres, serait alors le pendant subjectif de la foi religieuse. Elle pourrait assumer ce qui correspond à un des rôles traditionnels du sacré comme position du « tout autre », mais elle ne lui serait similaire ni dans sa raison d'être ni dans sa modalité. Quand la raison « parle la première », la symbolisation agit sur la base de cette primauté logique et chronologique : elle ne peut plus opérer de la même manière.

Il convient sur ce point de citer le beau texte de Kant, *Sur un ton grand seigneur en philosophie*, où le philosophe imagine la forte impression produite par la majesté hiératique de la statue d'Isis, et précise qu'elle provient du sentiment que se symbolise en elle la haute exigence de la loi morale. Mais l'impression surgit après coup, entrant en résonance avec ce qu'a dit la raison pratique, car celle-ci a « parlé la première ». Kant précise ainsi les choses : « [...] le procédé didactique de rapporter la loi morale en nous, selon une méthode rationnelle, à des concepts clairs, est seul proprement philosophique, alors que le procédé qui personnifie cette loi et qui, de la raison ordonnant moralement, fait une déesse Isis voilée [...] est une manière esthétique de représenter exactement le même objet [6]. » Et Kant d'ajouter : [...] de ce mode de représentation, on peut certes se servir après coup, si les principes ont déjà été par la première méthode [rationnelle] conduits à leur pureté, pour animer ces Idées par une présentation sensible, quoique seulement analogique, avec pourtant toujours quelque danger de tomber dans une vision exaltée[7]. »

Pour le croyant considéré et incarné par Hegel, la modalité selon laquelle il réconcilie le savoir et la foi diffère de la façon dont le croyant vu et incarné par Kant les concilie. On peut utiliser ici la distinction terminologique proposée par Bernard Bourgeois dans une mise au point très éclairante.[8]. Il ne s'agit pas pour Hegel de limiter les prétentions de la raison à connaître pleinement la vérité qui est l'Absolu, mais de soutenir que la foi religieuse, dans les limites de son registre propre, a une ambition similaire, et légitime : son objet ne diffère pas de celui de la raison. Pour Kant, savoir et foi se délimitent réciproquement, et la place faite à la foi signe en un sens un déficit de la raison, à ceci près que c'est la raison elle-même, en sa conception critique, qui trace la frontière. Hegel ne sauve pas la religion en abaissant la raison, bien au contraire. C'est qu'il ne peut concevoir ni admettre un certain système théologique traditionnel qui articule la force de la foi sur l'infirmité supposée de la raison. Kant pour sa part rachète le fait qu'il limite les prétentions de la raison par l'attribution du principe de cette limitation à la raison elle-même. L'un et l'autre fournissent, chacun à sa manière, une conception susceptible de faire droit d'un même mouvement à la croyance religieuse et à la laïcité.

La distinction kantienne des régimes d'assentiment comme la distinction hégélienne des registres de la conscience se placent dans un cas comme dans l'autre sous l'égide de la raison, qui est commune à tous les hommes à la différence de la croyance religieuse. Hegel a pu faire observer que la religion s'adresse à tous les hommes, et leur ménage un certain type d'accès au vrai qui est aussi l'absolu ; il

précise néanmoins que le savoir rationnel et philosophique doit pouvoir s'adresser également à tous,
dès lors qu'un long chemin de culture est à même de
l'universaliser. À terme, les rapports se renversent :
c'est la raison qui devient universelle, et la religion
qui s'inscrit comme modalité particulière d'appré-
hension du sens. L'universalisation de la liberté dans
l'histoire, évoquée dans les *Leçons sur la philosophie
de l'histoire*, ne peut pas aller sans celle de la philosophie, forme accomplie de l'esprit qui est liberté
lui-même. Quant à la religion, « dimanche de la vie »,
elle permet à la liberté de s'éprouver dans ce regard
qui considère toute chose comme finie, et la reconduit sans cesse au mouvement qui la dépassera, tout
en lui conférant sa vérité comme moment ressaisi
par la mémoire du sens.

LE RISQUE DES SECTES
COMME PRÉTEXTE ANTI-LAÏQUE

Un dernier point mérite examen pour éviter toute
équivoque concernant le rapport entre croyance religieuse et laïcité. C'est la question des *sectes*, devenue
aujourd'hui suffisamment préoccupante pour donner lieu à une approche méthodique. Là encore, la
référence au cadre laïque et à la délimitation du rôle
de l'État qu'il met en œuvre est décisive. Elle permet
de couper court à toutes les arguties juridiques des
groupements sectaires.
   Les besoins spirituels de la conscience humaine
peuvent prendre des formes diverses, et conduire à
des dépendances d'autant plus profondes qu'elles se
mettent en place sur fond de détresse affective ou

morale plus prononcée. L'individualisation du croire, souligné par les sociologues, a pour corollaire la dépersonnalisation de ceux qui croient pouvoir résoudre la difficulté de vivre en se vouant à quelque maître de sagesse autoproclamé, voire à la chaleur factice de sectes.

L'État laïque n'est pas *arbitre des croyances*, et il n'a donc pas à accepter de se situer sur le terrain où les sectes veulent l'entraîner, notamment pour dissimuler sous l'invocation de leur dimension religieuse supposée les pratiques de manipulation qui en fait les caractérisent. Le rappel des principes et de l'idéal de la laïcité vaut pour montrer que le sens du vrai et du juste, promu par l'instruction publique, ne laisse pas les hommes désarmés devant les manœuvres destinées à établir une emprise sur eux. Marianne, figure du peuple souverain qui se donne à lui-même sa propre loi, dit tout haut les droits imprescriptibles de tout homme. Elle fixe la frontière entre le public et le privé selon un critère clair : le champ d'intervention de la loi doit se limiter à ce qui est d'intérêt commun, sans restriction ni abus. L'instruction qui émancipe les hommes et fonde leur autonomie de jugement s'inscrit dans un tel champ. L'État laïque veille ainsi à ce que l'accès à la culture et à la maîtrise du jugement rationnel ne se proportionne pas aux inégalités de condition sociale. En revanche, l'État doit s'abstenir de privilégier ou de stigmatiser une option spirituelle particulière.

Le plan sur lequel se définit la laïcité ne se situe donc pas au même niveau que celui des options spirituelles particulières. De même rang que les droits de l'homme, il peut s'accorder avec chacune d'entre elles tant qu'elles se situent dans le registre d'une démarche purement spirituelle, affranchie de toute tentation cléricale. Dans le cas contraire, la spiritualité invoquée n'est que le paravent d'une volonté d'emprise. On peut remarquer que dans le phénomène sectaire, tout comme dans les formes oppressives du cléricalisme, se manifeste une volonté d'emprise sur les hommes, qui atteste qu'on se soucie plus souvent de la terre que du ciel.

LE DROIT LAÏQUE
ET LES AGISSEMENTS SECTAIRES

La loi commune laisse donc chacun libre de définir son éthique de vie et sa démarche spirituelle. Elle ne stigmatise aucune version de la spiritualité, mais elle ne peut évidemment se désintéresser des libertés humaines. Si elle ne statue pas sur les croyances et les options spirituelles ou métaphysiques, elle se soucie en revanche des actes et des pratiques effectives, qui entrent dans le champ du législateur et du juge. Quant à la prévention des actes, elle ne peut l'assurer en stigmatisant des croyances ou en essayant d'organiser un réarmement moral par la restauration d'emprises publiques pour les religions traditionnelles, dont il faut rappeler qu'aucune ne jouit désormais de reconnaissance officielle, et que toutes sont libres de se développer dans la sphère privée, individuelle ou collective, mais dans le strict respect de la sphère publique. On ne peut donc réduire la laïcité à un cadre formel minimal et à une conception relativiste, pour ensuite pouvoir mieux insinuer qu'elle désarme les hommes sur le plan spirituel et moral, car elle signifierait destruction de toute valeur. Ici surgit l'acception polémique du fameux thème du « désenchantement du monde », manié paradoxalement pour disqualifier la laïcité en lui imputant le naufrage du sens. Laisser croire qu'il n'y a plus rien à attendre des sociétés laïcisées, c'est ouvrir la voie aux séductions des sectes, qui prétendent compenser le naufrage imaginaire du sens.

Sur le plan *juridique* d'abord, ces principes peuvent recevoir une traduction concrète. La stratégie des organisations sectaires est de mettre en avant leur dimension religieuse supposée afin de bénéficier de l'abstention de l'État au titre de sa neutralité confessionnelle. Se soumettre à une telle présentation serait tomber dans un piège, qui n'a pas d'autre fin que de détourner l'attention des *actes* par lesquels les sectes se caractérisent en fait. Il n'y a pas plus, en l'occurrence, à reconnaître de « nouveaux mouvements religieux » qu'à restaurer une reconnaissance publique des religions traditionnelles. Il n'est pas non plus nécessaire de proposer une définition de ce qu'est une « véritable » religion, qui sera de toute façon discutée, pour fonder, par différence, une action en justice contre les sectes. Il s'agit en effet de viser les *situations* et les *pratiques sectaires*, et de qualifier les sectes non par leurs croyances et leurs dogmes de référence, mais par leurs seuls *agissements*. C'est dire que la construction juridique de la *notion* de secte ne doit mettre en jeu que des considérations concernant ces agissements et les structures qui les organisent, et impliquer à cet effet les différentes instances républicaines qui peuvent exercer un droit de regard en la matière (par exemple : chancellerie et parquets, Cour des comptes, etc.). Seules les actions sont passibles de la loi, et d'ailleurs on contreviendrait au principe de laïcité en officialisant une discrimination entre les croyances.

Il suffit de remarquer, pour faire œuvre de démystification, que l'invocation de la spiritualité sert de couverture idéologique à des organisations dont la raison d'être est l'emprise sur les consciences et les corps, avec tous les bénéfices pécuniaires dont elle s'assortit. Ainsi démystifiées et caractérisées, les sectes doivent tomber sous le coup, à cet égard, des lois de la République : publicité mensongère, tromperie caractérisée, exercice illégal de la médecine, détournement de label dans le domaine éducatif, manipulation concertée, abus des situations de détresse, etc. Autant de pratiques effectives qui *suffisent*, lorsqu'elles sont établies, à susciter l'intervention des juges et la condamnation pénale. Voire l'interdiction pure et simple lorsque le degré de systématisation de l'organisation montre à l'évidence sa véritable finalité frauduleuse et manipulatrice, donc attentatoire aux libertés, conformément à une notion de secte où n'intervient aucune notation de type confessionnel, mais qui n'en est pas moins juridiquement identifiable.

On peut rappeler, à toutes fins utiles, une évidence : qu'un délit s'accomplisse au nom d'une religion ne lui ôte pas son caractère de délit. L'assassin du Premier ministre d'Israël, Yitzhak Rabin, avait souligné un verset de la Bible. Les plastiqueurs d'un cinéma parisien qui projetait *La dernière tentation du Christ* prétendaient agir au nom des Évangiles. Les islamistes intégristes ont tué en invoquant les versets du Coran sur la guerre sainte. Les grandes « religions du Livre » ont pu, elles aussi, être instrumentalisées dans des projets d'asservissement humain et d'atteinte aux libertés, mais nul ne s'aviserait de réprimer par la loi leurs dogmes sous prétexte que des fanatiques s'en réclament pour tuer ou assujettir. C'est dire que si l'idée de remonter des actes à ce qui les rend possible est juste, elle implique au passage un changement de registre dans la nature de l'intervention, car on ne peut instruire de procès d'intention. C'est l'éducation à la liberté, fondée sur l'instruction, et confortée par une information résolue et multiforme, qui doit alors prendre le relais. Évitant le piège du relativisme ou d'une tolérance abstraite, l'État laïque sera d'autant plus intraitable qu'il y va de la liberté humaine. Et son caractère laïque constituera la parade décisive contre les sophismes juridiques des sectes, qui se drapent dans l'invocation de la spiritualité, et vont même parfois jusqu'à invoquer la laïcité de l'État pour lui interdire tout droit de regard sur elles !

« RENDRE LA RAISON POPULAIRE »
(CONDORCET)

Sur le plan *éducatif*, une telle conception n'est pas sans conséquence. La République laïque doit se faire un devoir de *rendre la raison populaire*, selon le mot de Condorcet. L'idéal laïque passe par la prévention contre l'irrationalisme et les effets pervers d'un relativisme qui conduit par contrecoup à donner du champ aux séductions sectaires ou aux crispations intégristes des religions traditionnelles. Or la seule prévention qui vaille et qui soit juridiquement valide pour un État laïque est celle qui consiste à instruire et à informer : instruire pour promouvoir l'autonomie de jugement et l'esprit critique de tous les citoyens, informer pour susciter la vigilance devant des manipulations qui tout d'abord s'avancent masquées, prenant l'apparence la plus anodine et la plus inoffensive qui soit dans le but de déjouer tout soupçon et toute précaution. Culture et raison, esprit critique et lucidité, sont les fins essentielles de l'école républicaine. C'est dire que le souci de vérité est indissociable d'une éducation à la liberté qui ne soit pas désarmée par un relativisme trop souvent considéré comme un signe d'indépendance d'esprit. Activement promue, une compréhension rationnelle de la réalité montre que les pourvoyeurs de sens sont des charlatans qui éludent illusoirement le courage et la difficulté de vivre, impossibles à enfermer dans des recettes ou dans des rites.

Cette action éducative va de pair avec la réactivation de la citoyenneté. La défense explicite des valeurs républicaines et la politique de justice sociale qui la rend crédible peuvent donner davantage de vie et de sens à l'espace public fondé par la laïcité. L'existence même d'un tel espace, à distinguer bien sûr de sa désespérante contrefaçon médiatique, peut éviter les enfermements et les dérives solitaires qui conduisent aux envoûtements sectaires. Confortée par une instruction ouverte à la culture universelle, soucieuse du sens des savoirs et des pratiques, elle rend manifestes les valeurs qui méritent que l'on vive pour elles et par elles.

L'USAGE POLÉMIQUE
DU « DÉSENCHANTEMENT DU MONDE »

Il n'est pas vrai que la laïcité soit synonyme d'un monde désenchanté, privé de repères éthiques et de références. L'idéal laïque unit les hommes par ce qui les *élève* tout en les *déliant* : devenir maître de ses pensées afin de l'être aussi, autant que possible, de ses actions. L'émancipation intellectuelle, tâche assumée par l'école laïque, s'y dote de ses conditions et des repères fournis par une culture ouverte à l'universel. Il s'agit à la fois de dresser un rempart contre les dérives obscurantistes qui conduisent à des modes d'être coupés de la réalité, et de promouvoir, notamment par une instruction soucieuse de culture et de raison, une authentique autonomie des personnes, y compris sur le plan éthique. Celle-ci est essentielle dans la quête et l'invention du sens, mais aussi des valeurs dont s'éclaire la conduite de l'existence.

D'où une position forte contre les charlatans qui promettent le bonheur à bon compte et cherchent à asservir les hommes à une quête presque infantile de recettes et de solutions toutes faites. Les gourous des sectes construisent souvent leur redoutable ascendant en prétendant congédier démagogiquement la difficulté de vivre, pour laquelle il n'est aucune recette. On ne peut neutraliser leur pouvoir qu'en développant publiquement les exigences d'une rationalité critique propre à fonder la lucidité, tout en agissant bien sûr pour faire advenir un monde plus juste et plus humain. Éducation des consciences à la pensée libre et répression juridique des actes qui compromettent effectivement les libertés sont, on l'a vu, deux axes complémentaires.

CHAPITRE V

LA LIBERTÉ ET SON ÉCOLE

DÉCLINAISON DU PRINCIPE DE LAÏCITÉ

Un même principe, mais des exigences différenciées. C'est ainsi que peut être envisagée la traduction concrète de l'idéal laïque selon les contextes de sa mise en œuvre. Catherine Kintzler propose à ce sujet une *décomposition raisonnée* très éclairante du principe de laïcité[1]. Les réflexions qui suivent s'en inspirent librement.

La laïcité de la société civile, tout d'abord, signifie essentiellement que les règles de la vie commune, consignées dans les lois, sont autant que possible affranchies de toute confession religieuse, ou des évaluations éthiques particulières qui s'en inspirent. Cet affranchissement, dans un pays très marqué par l'influence religieuse, est un processus qui ne va pas de soi, tant les résistances qui lui sont opposées sont vives. Pour l'exemple, on peut rappeler que l'intronisation du mari comme « chef de famille », héritage judéo-chrétien, a survécu en France dans le code du mariage jusqu'en 1984 (voir le texte biblique de la Genèse pour la malédiction divine adressée à Ève :

« Tes désirs te porteront vers ton mari, et lui domi-
nera sur toi », Genèse 3, 6).

La laïcisation des grandes fonctions civiles ne se
réduit donc pas à une simple sécularisation administrative, comparable à ce qui s'est produit dans les
pays sous influence protestante. Elle appelle également une émancipation du droit par rapport aux
orientations religieuses qui ont pu l'investir, chaque
fois du moins que celles-ci contredisent les principes
fondamentaux de liberté et d'égalité. Ce volet juridique de la laïcité refonde l'éthique de la tolérance en
la libérant de l'hypothèque que représentait le maintien d'une religion de référence : les tenants des différentes options spirituelles peuvent d'autant mieux
dialoguer et coexister dans la paix laïque qu'aucune
confession ne jouit d'une préférence institutionnelle,
et qu'un plan d'universalité où il est possible de se
mettre à distance des appartenances leur permet
désormais de communiquer sans arrière-pensée de
domination. Si paradoxal que la chose puisse paraître au regard des idées reçues, c'est dans les pays
laïques que les religions sont les plus libres, car la
liberté ne consiste pas à pouvoir s'assujettir la puissance publique, mais à jouir de l'égalité des droits
pour s'affirmer sans tutelle extérieure. N'accorder
aucun avantage à un culte permet en fait de préserver
et de consolider la liberté d'expression religieuse, que
sa forme soit individuelle ou collective. La loi laïque
punit toute perturbation d'un culte, mais ne permet
pas qu'un culte envahisse illégalement la sphère
publique. Du moins en principe. Les égards pour la
religion traditionnelle, comme par exemple la présence d'aumôneries dans les lycées publics, ont un
statut d'exceptions consenties en raison du passé,
mais ne peuvent faire jurisprudence et définir les
bases d'une reconquête cléricale : il serait paradoxal

que l'on retourne contre la laïcité son sens de la conciliation en transformant ces *égards* en *droits*. Les confessions qui ne bénéficient pas des mêmes égards pourraient dès lors à juste titre invoquer un déficit de laïcité.

La laïcité de l'État réside d'abord dans sa neutralité confessionnelle, signe tangible de l'unité du *laos*, et garantie de son impartialité au regard de la pluralité des options spirituelles. Il en résulte une obligation de *réserve*, qui permet aux représentants de l'État d'incarner véritablement cette unité. Mais cette neutralité n'implique aucun relativisme en ce qui concerne les principes philosophiques qui fondent la République. Il y a, on l'a vu, des valeurs propres à la laïcité, qui se situent au niveau juridique des fondements constitutionnels, et sont homogènes aux droits fondamentaux de l'humanité. L'État en a la charge, et s'efforce de les promouvoir positivement par les institutions qui l'incarnent : liberté fondée sur l'autonomie de jugement, égalité déclinée dans les grands registres du droit et de ses conditions d'exercice, souci de l'universel qui relativise les appartenances sans les nier. Au-delà d'une définition des bases sur lesquelles des « différences » peuvent se manifester, un tel horizon esquisse les conditions d'une véritable concorde laïque, qui n'a rien à voir avec un consensus d'opinions. C'est que l'exigence de vérité prend sa source dans la liberté, qui se cultive par le travail de la raison.

La laïcité de l'école doit à son tour se comprendre à partir de la fonction qu'elle remplit dans la République. Celle-ci requiert des « citoyens incommodes », qui ne confondent pas obéissance et servitude. Capables de conjuguer le civisme — vertu républicaine que fonde l'amour des lois et de l'égalité — et la vigilance critique à l'égard de ceux qui exercent le pouvoir, de tels citoyens apprennent à l'école ce qui leur permettra un jour de se passer de maître[2]. Il importe donc qu'ils y forment leur jugement tout en se dotant des références culturelles et des savoirs qui lui fourniront ses repères critiques. La laïcité scolaire s'inscrit dans un tel horizon.

Une première implication en découle : la prise en compte de l'instruction comme processus *conduisant* à l'autonomie effective du jugement, mais ne pouvant la présupposer que comme une potentialité à cultiver. C'est ce que rappelle la notion d'*institution* des élèves, déjà présente chez Montaigne. Instituer le sujet libre dans l'enfant, ou plutôt faire qu'il s'institue lui-même, c'est faire advenir le travail toujours personnel de la pensée par une culture excluant toute censure, toute confusion avec une inculcation confessionnelle ou idéologique.

D'où la seconde implication, qui concerne les programmes d'enseignement : ceux-ci doivent être rigoureusement indépendants de toute allégeance et faire droit, sans transiger, aux exigences de la connaissance et de la réflexion critique qu'elle peut nourrir ; l'enseignement laïque transpose dans le champ scolaire les œuvres et les conquêtes de l'esprit humain, et il n'a pas à souffrir des obstacles qui dans l'histoire réelle ont freiné celui-ci chaque fois qu'une vision du monde, religieuse ou autre, a voulu s'imposer. Galilée et Darwin, Spinoza et Freud, Copernic et Baudelaire ont droit de cité dans l'école laïque, comme d'ailleurs les œuvres de saint Augustin et de Marx, également présentes en France dans la liste des auteurs propres à nourrir l'approche philosophique des grandes questions de l'humanité.

Une troisième implication est à dégager : l'école met en présence des *élèves* et des *instituteurs* (ou des *professeurs*), c'est-à-dire que les êtres qui s'y rencontrent ne s'y trouvent pas à n'importe quel titre, mais dans le cadre d'une *fonction* qu'il s'agit de faire vivre. La disponibilité à l'étude, appelée aussi discipline, doit y valoir simultanément pour l'élève qui maîtrise ses mouvements spontanés et pour le maître qui ne confond pas la fonction qu'il remplit avec l'affirmation de sa vision du monde personnelle. Laïcité de réserve comme condition d'ouverture au travail de la culture, et de la pensée.

Trois implications qui tiennent à l'originalité de l'école comme lieu distinct où la société civile se met à distance d'elle-même par la conscience qu'elle prend des exigences d'une véritable éducation à la liberté. Cette conscience est d'autant plus vive qu'elle sait s'affranchir des préjugés du moment.

LES LOIS FONDATRICES DE L'ÉCOLE LAÏQUE

L'obligation faite à l'État d'assurer un enseignement laïque partout sur le territoire de la République, et à tous les niveaux, donc de la maternelle à l'université, est précisée dans un texte qui a valeur constitutionnelle, le Préambule de la Constitution du 27 octobre 1946, réaffirmé comme référence en vigueur dans la Constitution de la Ve République : « L'organisation de l'enseignement public gratuit et laïque à tous les degrés est un devoir de l'État. »

Le deuxième article de cette Constitution, sous le titre premier « De la souveraineté », stipule explicitement : « La France est une République indivisible, laïque, démocratique et sociale. Elle assure l'égalité devant la loi de tous les citoyens sans distinction d'origine, de race, ou de religion. Elle respecte toutes les croyances. » Si l'on rapproche ces textes de la Déclaration des droits de l'homme et du citoyen du 26 août 1789, également réaffirmée comme partie intégrante des références fondatrices de la Constitution, il est clair qu'ils en explicitent le premier article : « Les hommes naissent et demeurent libres et égaux en droits. Les distinctions sociales ne peuvent être fondées que sur l'utilité commune. » Cet article exclut tout différencialisme fondé sur la religion, la langue, ou des coutumes particulières, qui introduirait d'autres critères de distinction que celui d'une communauté de droit et de l'apport à la vie commune selon le mérite et les compétences.

L'article 11 n'est pas moins décisif, qui insiste sur la liberté de communication des pensées : « La libre communication des pensées et des opinions est un des droits les plus précieux de l'homme ; tout citoyen peut donc parler, écrire, imprimer librement, sauf à répondre de l'abus de cette liberté dans les cas déterminés par la loi. »

Il faut remarquer les implications de ces déclarations de principe, en ce qui concerne le rapport entre liberté et égalité. D'une part, la liberté d'exprimer exclut l'obligation d'exprimer une pensée. Toute disposition faisant obligation à un citoyen de rendre manifeste son option spirituelle est donc contraire aux droits de l'homme, et à la Constitution. Or c'est ce qui se passe lorsqu'on exige des familles qui ne veulent pas de cours de religion pour leurs enfants qu'elles le disent en formulant une demande de dispense : la présence de cours de religion dans les écoles publiques d'Alsace-Moselle est un déni de liberté autant qu'un déni d'égalité. Celle-ci impliquerait, au titre du supposé droit des familles de faire donner l'éducation de leur choix à leurs enfants, que des cours d'athéisme ou d'agnosticisme soient également dispensés dans les écoles publiques. Les familles de croyants peuvent-elles d'ailleurs imaginer la situation inverse, dont elles seraient cette fois-ci victimes, à savoir qu'un cours d'humanisme athée soit inscrit dans l'horaire normal des établissements scolaires, et qu'une possibilité de demande de dérogation leur soit accordée ? Une telle façon de faire entendre qu'une option spirituelle constitue la norme, et une autre la dérogation à la norme, est stigmatisante, et partant injuste. Le « devoir de l'État » est d'assurer un enseignement laïque : cela signifie que l'enseignement n'est pas une prestation quelconque, indifférente en son contenu, mais qu'il doit répondre à certaines exigences. Or la laïcité de l'enseignement exclut tout prosélytisme, toute valorisation d'une croyance religieuse, ou même de la forme religieuse de la croyance, comme elle exclut toute inculcation d'un athéisme officiel. Aucun cours de religion ou de conviction athée n'a donc sa place dans l'école publique. L'égalité de tous rejoint ici la liberté de conscience.

LA DIFFÉRENCE RELATIVISÉE

À la différence de la société civile, l'école réunit des êtres mineurs chez lesquels on ne peut présupposer une autonomie de pensée et d'action, qu'il s'agit justement de faire advenir. L'application des mêmes règles que celles qui valent dans la société civile n'y va pas de soi. L'école laïque, pour instruire en vue de la liberté, doit faire valoir ses exigences propres. Et ce d'autant plus qu'elle s'adresse à des êtres en cours de formation, civilement mineurs, qui ne sont pas encore des sujets juridiques de même statut que les citoyens. L'expression de convictions religieuses ou politiques sous la forme de signes plus ou moins ostentatoires, par exemple, est à cet égard doublement problématique. Relevant de blocages souvent induits par les milieux familiaux, elle tend à faire du lieu scolaire un champ clos d'affrontements reproduisant ceux des adultes, à enfermer celui ou celle qui croit affirmer ainsi sa liberté dans sa « différence » ; et ce pour le plus grand mal de l'éducation raisonnée à l'universel qui doit au contraire lui apprendre à la relativiser sans la nier nécessairement. Consacrant pour l'être civilement mineur la liberté du citoyen majeur, elle compromet l'idée que l'exercice réfléchi du jugement *s'acquiert*, et que la liberté ne se confond pas avec les faux-semblants de la spontanéité. Du même coup, elle installe subrepticement au sein même de l'école une tutelle qu'elle se devait de tenir à distance, dans l'intérêt même de l'émancipation des élèves accueillis.

Arborer un uniforme, c'est savoir déjà ce qu'il faut croire, et se fermer à tout apport extérieur qui pourrait en faire douter. C'est l'*enfant* de telle famille, ou de telle communauté qui se présente ainsi à l'école, et celle-ci, curieusement, « oublie » de lui signifier qu'il doit venir comme *élève*, et qu'un tel statut s'assortit de règles. Il est douteux qu'un tel renoncement soit générateur de liberté, puisque dans le moment même où il confère à l'élève le statut de l'adulte majeur, il l'enferme en réalité dans son être d'*enfant*, appartenant à une famille, et porte-parole des convictions que celle-ci lui a inculquées. C'est précisément à ce niveau que la laïcité peut se détruire sous prétexte de s'ouvrir ou de se replier dans une simple « laïcité d'accueil », car elle laisse le champ libre aux pressions communautaristes et, pire, leur donne une légitimité en un lieu où elles ne peuvent avoir droit de cité sans en détruire aussitôt la raison d'être fondamentale.

L'école n'est pas faite pour introniser les particularismes, mais pour instruire et libérer : la mise à distance des appartenances rend possible le dialogue à partir de l'expérience d'un monde commun aux hommes, celui de la culture et de ses exigences. Et cette expérience, en retour, facilite la mise à distance, dès lors que les conditions lui en sont données. Dialectique féconde qui répond le mieux possible, du moins pour ce qui dépend de la seule école, aux inquiétudes d'un monde où la détresse croissante promeut les replis identitaires et le danger de rupture du lien social qui les accompagne.

Le souci d'une réflexion critique émancipée de toute limitation confessionnelle a pour enjeu la lucidité d'une conscience qui soit en mesure de ne pas confondre une injustice sociale avec une persécution culturelle. Sans quoi le *droit à la différence* risque de déboucher sur la différence des droits. La spécificité du lieu scolaire au regard de la société civile se marque ici par une sorte de dynamique de libération à la fois morale et intellectuelle. La formation authentique du jugement doit en tout état de cause préexister à la figure du débat spontané d'opinions, dans lequel les esprits ne peuvent voir clair tant qu'ils ne sont pas assurés d'eux-mêmes.

LA QUESTION DU VOILE : LIBERTÉ OU CONSÉCRATION D'UNE TUTELLE ?

On prendra ici l'exemple du port du voile, qui n'est d'ailleurs requis que par une certaine interprétation, intégriste, de l'islam. D'une simple recommandation de pudeur, les intégristes font une obligation identitaire, incorporée à la logique juridique d'un code de statut personnel. C'est dire que ce port du voile est autre chose qu'une simple expression individuelle, isolable. Il s'insère dans tout un ensemble qui ressortit à la place subalterne de la femme au sein de la société. Les talibans, en Afghanistan, en ont usé jusqu'à l'extrême, en engloutissant le corps de la femme sous la *burkha*, cet uniforme dont le seul orifice est un grillage de toile pour permettre de voir. La privation d'études, la relégation en dehors de toute activité civile ou politique, la répudiation unilatérale, l'impossibilité de choisir son conjoint, entre autres, font système dans l'univers intégriste. Il serait donc naïf de dissocier le port du voile d'un tel ensemble, et d'y voir la manifestation du libre arbitre individuel, bref de le banaliser en en méconnaissant la portée. Naïveté qui confine à l'irresponsabilité lorsque, sous prétexte de tolérance, on confère en réalité le pouvoir d'une communauté et de ses chefs religieux sur ses membres, réduisant d'autant leur liberté individuelle. Devant une telle perspective, les bons sentiments qui conduisent à admettre provisoirement le voile pour que la jeune fille scolarisée sans condition prenne à terme ses distances relèvent d'une sorte d'angélisme. D'abord parce que le voile, le plus souvent imposé et non désiré, prend place dans une série d'actes de soumission indissociables, car systématisés au sein d'un code de statut personnel qui assujettit la femme : limitation des études, absence de choix du conjoint ; vie sexuelle et personnelle contrôlée par une autorité extérieure, possibilité d'être répudiée unilatéralement, etc. Ensuite parce que toute une stratégie, soutenue par une organisation transnationale, vise à détruire la laïcité, tenue pour un dangereux levier d'émancipation et de distance critique à l'égard du fidéisme religieux. Il est étrange qu'alors qu'on veut reconnaître en l'élève un sujet de droit comparable au citoyen adulte, on puisse consacrer ainsi son statut de porte-drapeau d'une conception religieuse de laquelle elle n'est nullement libre de se démarquer. Qui est sujet de droit ? L'élève, la famille, la communauté particulière ? La réponse proposée par les avis du Conseil d'État qui ont déclaré que le port du voile n'est pas incompatible avec la laïcité est sur ce point très floue et ambiguë, pour ne pas dire incohérente.

Reste que l'instruction est obligatoire, et que la République la doit à tout enfant. La lui doit-elle à n'importe quelle condition ? Là est toute la question. L'obligation de scolariser s'assortit ordinairement d'exigences sans la satisfaction desquelles le travail scolaire n'est guère possible, ou du moins perd la sérénité qui conditionne sa réussite. Que serait une institution publique qui ne pourrait faire valoir aucune exigence propre à son bon fonctionnement ? Admettre *a priori* qu'il ne saurait être question de sanctionner quiconque bafoue les règles, c'est démissionner d'emblée, et rendre celles-ci à la fois inutiles et impuissantes.

La salle de classe, à ce régime, peut devenir le lieu des manifestations intempestives de tous les clivages qui déchirent la société civile, et se banaliser en un lieu comme un autre, dans l'oubli complet de sa destination et des conditions qui la rendent possible. Surtout, en croyant user de tolérance et pratiquer une pédagogie douce de l'émancipation en commençant par admettre le voile, on ne fait en réalité que consacrer une tutelle communautariste ou familiale, bientôt assortie d'autres. La non-assistance au cours de biologie, le refus de l'éducation physique, voire l'interruption des études pour mariage avec un conjoint non choisi, viendront ensuite tout naturellement, au nom d'un code de statut personnel revendiqué comme « droit culturel ». Il serait naïf d'oublier qu'en face de la bonne volonté individuelle du professeur ou du chef d'établissement, il y a une entreprise très méthodique, conduite au niveau national, de subversion de la laïcité scolaire, jugée dangereuse pour la domination communautariste. Il n'est pas inutile de savoir, par exemple, qu'un livre très argumenté et méthodique explique aux familles et aux groupes religieux comment exploiter toutes les possibilités juridiques d'imposer le voile dans les écoles en toute impunité — *Le foulard islamique et la République française : mode d'emploi* [3]. Le titre se passe de commentaire...

Il est étrange que le Conseil d'État, dans son avis sur la question de savoir si le port du foulard est incompatible avec la laïcité, ne fasse aucune référence à la différence entre mineur et majeur, feignant ainsi de croire que le même régime de liberté doit prévaloir dans la société civile et dans l'école. Il l'est également que dans le montage juridique destiné à répondre par l'affirmative à la question, il ne sélectionne que les textes allant dans ce sens, au prix de découpages arbitraires de déclarations de droits et d'omissions significatives. Ainsi, la Convention internationale des droits de la femme, signée par la France en 1984, n'est même pas évoquée. Elle stipule pourtant un engagement bien précis (article 5) : « Modifier les schémas et modèles de comportement socioculturels de l'homme et de la femme en vue de parvenir à l'élimination des préjugés et des pratiques coutumières ou de tout autre type, qui sont fondés sur l'idée de l'infériorité ou de la supériorité de l'un ou l'autre sexe ou d'un rôle stéréotypé des hommes et des femmes[4]. »

Pour une analyse critique approfondie des ambiguïtés de l'avis du Conseil d'État et de ses attendus, qui aujourd'hui ont abouti à une laïcité à géométrie variable, car soumise aux rapports de force locaux, on peut se reporter à notre ouvrage *Dieu et Marianne. Philosophie de la laïcité*[5].

Au moment de la première affaire du voile, en France, à Creil (octobre 1989), le journal du FIS algérien, *Al Munqidh*, part en guerre contre l'émancipation des femmes dans des termes sans ambiguïté : « Un article en français dit "non à la femme émanchipie" [*sic*] [...] tout ce qui se réclame d'une libération de la femme et voudrait changer le code de la famille algérien de 1984 basé sur la Chari'a est dépeint comme une *fitna* — cette sédition interne qui conduit à la ruine de la communauté musulmane[6]. » Compte tenu d'un tel contexte, on ne peut méconnaître que l'on a affaire à une véritable politique d'ensemble de mise en cause de la laïcité. Celle-ci est en effet l'obstacle principal à une réinstauration de rapports de dépendance interpersonnelle au sein de l'*oumma*, communauté religieuse qui entend usurper la communauté humaine particulière et parler en son nom. Et ce à la faveur d'un discours destiné à lui procurer une fierté identitaire, largement thématisée comme résistance et compensation au regard d'un monde environnant dépeint comme hostile. Certes, certaines jeunes filles portent le voile de leur plein gré, mais dans la majeure partie des cas elles le font contraintes et forcées. Il s'agit donc de savoir si la loi du père ou du grand frère, ou encore des chefs religieux de la communauté, régnera désormais à l'école.

Dans l'affirmative, on croit consacrer la liberté d'un sujet maître de ses décisions alors qu'on entérine la soumission d'une personne infériorisée. Ouvrir ainsi l'école, c'est y installer un principe de fermeture, et d'aliénation. Quant à la détresse sociale qui peut susciter des postures ou des allures de provocation compensatrice, elle requiert un traitement approprié, dont le volet scolaire ne peut consister à légitimer la solution illusoire de la fuite dans une identité imaginaire : dans une telle hypothèse, l'aliénation serait paradoxalement renforcée au cœur de l'institution qui doit mettre en cause sa consécration mentale.

Quant à l'insistance unilatérale sur les dangers d'une exclusion des jeunes filles voilées, il faut rappeler que l'exclusion, de durée variable, est une sanction usuelle dans les établissements scolaires, même si elle doit y intervenir de façon exceptionnelle. L'exclusion ne vise pas en l'occurrence le seul port du voile, comme tel, mais le manquement à un règlement intérieur qui comporte bien d'autres exigences. Au demeurant, ce n'est pas la jeune fille qui est exclue, mais le voile. De surcroît, l'obligation scolaire, le temps de l'exclusion, est assurée par le CNED (Centre national d'enseignement à distance) et il est donc inexact de prétendre que la mesure d'exclusion prive l'élève de cette instruction dont elle a tant besoin. Simplement, il s'agit de savoir si l'école laïque a la possibilité de faire respecter des règles qui n'ont rien d'arbitraire, car elles tiennent à sa fonction même. Il faut noter d'ailleurs que le flottement de l'institution, abandonnée aux pressions locales par les instances rectorales et ministérielles, ne fait qu'encourager les groupes islamistes à imposer les voiles, c'est-à-dire à multiplier les occasions de faire reculer la laïcité de l'école.

RAISON, ÉTHIQUE ET CIVISME

La place dévolue à la raison, dans l'idéal laïque, est donc essentielle. Irréductible à une faculté de calcul, la raison vise le vrai et le juste dans l'exercice du jugement, en tant qu'il s'applique aux fins de l'existence humaine. C'est pourquoi elle est faculté critique par excellence, et vit davantage comme une exigence de lucidité sans cesse reconduite que comme un bien dont on disposerait sans effort. Par la culture, qui est réflexion et non simple mémoire d'informations, la conscience instruite permet à chaque homme de cultiver son humanité, et de l'accomplir par la force vive de la pensée. Elle s'élève ainsi à sa dimension éthique par la raison et non contre elle, car elle apprend à étayer le sentiment de solidarité sur les principes qui le fondent. À cet égard, il existe un véritable humanisme laïque, à concevoir de façon critique, à l'abri des illusions idéologiques qui trop souvent ont dévoyé le sens des humanismes traditionnels. Un homme peut certes saisir spontanément ce qu'est son devoir, mais trop de faux-semblants et de préjugés tendent à troubler l'usage de la raison naturelle. Ceux-ci requièrent dès lors la pensée critique, qui ne dissout que leur force trompeuse, libérant la conscience de ce qui la détourne d'elle-même.

La vraie morale se moque donc du moralisme, et récuse tout catéchisme — fût-il républicain — qui reléguerait les exigences de la raison entendue comme présence à soi de la pensée réfléchie. L'école laïque n'est ni l'école sans Dieu que croyait devoir stigmatiser Mgr Freppel, adversaire ecclésiastique résolu de Jules Ferry en 1883, ni l'école avec Dieu dont rêveraient les partisans de la « laïcité ouverte », mais l'école de la liberté où le petit homme apprend à devenir maître de ses jugements pour l'être également de ses actions. Autonomie *éthique* dans le plein sens du mot, qui réfère à la *façon d'être* comme aux principes de la conduite morale.

Condorcet faisait le pari de l'instruction rationnelle dans la mesure où il ne dissociait pas la conduite lucide de la connaissance réfléchie, étayée sur le *cercle raisonné du savoir* (c'est-à-dire l'idée d'*encyclopédie* trop souvent décriée aujourd'hui). La relativité supposée des normes éthiques et juridiques est-elle opposable à l'universalité des connaissances, qui seules de ce fait pourraient être enseignées par l'école laïque ? La question est difficile, et fut controversée. Jules Ferry lui-même semble avoir craint de voir l'école laïque déroger à l'universalité de sa parole en faisant valoir les exigences critiques de la raison dans l'approche de la morale. Il recommandait une éducation morale fondée sur l'exemple et l'accord supposé de tout « honnête homme » (voir la *Lettre aux instituteurs* du 17 novembre 1883). Visait-il ainsi une universalité de droit que la raison humaine est capable de penser aussi bien pour les principes moraux que pour ceux de la justice politique, lorsqu'elle parvient à s'affranchir des limitations idéologiques liées aux intérêts particuliers ? Ou bien misait-il sur un accord de fait, une sorte de « consensus » minimal fondant une « morale sans épithète », ni religieuse ni athée ? Une telle morale, universellement partagée, permettrait-elle à tout « bon père de famille » d'acquiescer aux leçons illustrées de vertu et d'honnêteté dispensées dans la classe, dans la seule mesure où elles éviteraient soigneusement ce qui peut heurter les préjugés de l'heure ? On peut laisser ici la question ouverte en rappelant malgré tout l'exemplarité historique d'une telle alternative. L'opposition cléricale de l'époque amalgamait l'école laïque à l'école immorale, mais guettait tout discours qu'elle pouvait tenir sur la morale en le lui reprochant aussitôt, comme dérogation... à la neutralité laïque ! Pour échapper à ce cercle vicieux de la mauvaise foi dans un contexte où le rapport de force était encore incertain, Jules Ferry semble privilégier la dimension consensuelle d'une morale muette sur ses fondements théoriques, au détriment peut-être de la portée critique d'une réflexion sans complexe car mue par les seules exigences de la raison. Oser toute la puissance émancipatrice de la laïcité conduit à s'interdire les facilités du conformisme, car elles aboutissent à la confusion entre le consensus du moment, idéologiquement déterminé, et l'universalité authentique, source de concorde durable. En ce sens, laïcité et esprit critique vont de pair.

Cette recherche raisonnée de l'universel a partie liée avec le civisme, vertu politique fondée selon Montesquieu sur *l'amour des lois et de l'égalité*. Quand cet amour n'est pas rendu malheureux par l'injustice sociale effective qui en dément les promesses, il débouche sur le sens du bien public, qui irrigue les vertus privées. Le civisme peut être préparé par une approche rationnelle des principes de l'État de droit, et féconder les vertus privées par la manifestation du lien entre intérêt général et accomplissement personnel. Il ne s'agit pas alors de fonder une politique sur une morale des bons sentiments qui souvent laisse intacts les ressorts de la détresse sociale, mais de conjuguer civisme et citoyenneté éclairée, l'exigence morale étant assignée à sa vraie place grâce à la réflexion critique. C'est à ce niveau que pourra se formuler sans ambiguïté le point d'accord entre le croyant qui respecte en tout homme le fils du Dieu auquel il croit et l'athée qui respecte en tout homme l'humanité elle-même, éprouvée comme fraternité de condition et de principe : l'universalisme éthique de Kant permet de penser et de justifier simultanément les deux postures sans les dessaisir de leur originalité. C'est sans doute la raison pour laquelle un des grands penseurs de la laïcité, Ferdinand Buisson, y voyait la possibilité d'une fondation laïque de l'éducation morale, articulant dans la conscience claire de leur distinction les domaines respectifs de la raison et de la croyance.

CHAPITRE VI

DU DROIT À L'HISTOIRE

UNE EXIGENCE LIBÉRATRICE

La définition de la laïcité, telle qu'elle vient d'être rappelée, souffre trop souvent d'une confusion entre la compréhension du droit, et des principes qu'il met en jeu, et le souvenir de l'histoire. Or la lucidité commande de distinguer le sens d'un principe et la dimension conflictuelle de son avènement historique. On évitera ainsi les contresens les plus habituels sur la laïcité, notamment ceux qui en font une guerre déclarée à la religion, une idéologie comme une autre, un trait culturel relatif à une civilisation particulière.

Tournée vers ce qui unit les hommes, le fonds commun de leur dignité, l'idéal laïque a le sens d'une *exigence*, et non d'un donné culturel dont on pourrait souligner la relativité. Il en est de même des droits de l'homme, dont l'invocation, certes, peut relever d'une hypocrisie idéologique lorsque l'incantation abstraite tient lieu de libération effective, mais qu'on ne saurait ravaler au rang d'un quelconque trait de civilisation. Aux croyants qui ne conçoivent pas d'humanité sans religion, voire sans *leur* religion, l'idéal laïque rappelle qu'on peut être homme et ne

pas croire en Dieu. Aux athées qui stigmatisent les
croyants, il précise que la liberté de conscience — qui
fait qu'ils peuvent afficher leur agnosticisme sans
être réprouvés — implique celle de croire. Bref, un
tel idéal fait entendre à tous que la liberté de conviction personnelle exclut toute discrimination juridique ou sociale, mais également toute hiérarchisation
entre ceux qui ne partagent pas les mêmes convictions spirituelles. Celles-ci ne doivent pas nécessairement être tenues comme d'égale valeur intrinsèque, mais l'État de droit implique le refus de tout
privilège de l'une ou de l'autre. La communauté du
laos transcende ainsi les communautés particulières
— affinités religieuses ou idéologiques — comme
l'humanité transcende les figures dans lesquelles elle
s'incarne en sa variation historique et culturelle.

Abstraction d'une humanité qui n'existerait nulle
part ? Sous-estimation des usages et des croyances,
des traditions et des cultures qui en fait façonnent
les hommes ? Ce genre de reproche peut conduire, si
l'on n'y prend garde, à consacrer la soumission et
l'enfermement. Le fait ne peut dicter le droit, et ce
qui est ne peut donner la mesure ni de ce qui doit
être, ni de ce qui peut être. L'esclavage n'aurait
jamais été aboli si on avait pensé le contraire. Veiller
à ce que l'idéal ne sonne pas faux — comme dans le
cas du décalage entre droits proclamés et conditions
concrètes qui en font lettre morte — ne signifie pas
invalider l'idéal lui-même. Il serait d'ailleurs paradoxal d'asservir la spiritualité à une consécration du
fait.

INDIVIDU ET COMMUNAUTÉ

Identité ? Celle-ci ne peut être confondue avec la somme des déterminismes culturels ou des engagements. Pour chaque homme singulier, sa dimension individuelle est inséparable de la liberté de se réapproprier sans cesse ce dans quoi il se reconnaît provisoirement, ce par quoi il se définit à un moment donné. *A fortiori*, l'identité individuelle ne peut être soumise à ce que l'on a cru devoir appeler, non sans ambiguïté, « identité collective ». Mesure-t-on en effet les dangers, voire l'illégitimité, de ce qui n'est identité que par métaphore ? Spinoza ne vivait pas sa foi — ou sa conviction personnelle — comme l'entendait la communauté juive d'Amsterdam. Il avait jugé utile, notamment, de prendre ses distances à l'égard des thèmes les plus dangereusement ambigus de la Bible — comme celui du peuple élu de Dieu. L'accuser pour cela de « trahison », comme le fait Lévinas dans *Difficile liberté*[1], peut sembler grave, et projette une ombre singulière sur une œuvre qui prétend se construire à partir du respect sans condition de l'autre. Que devient la liberté individuelle dès lors que son usage est ainsi disqualifié au nom de l'« identité collective » ? Certes un peuple est une histoire et pas seulement un contrat. Mais l'idée qu'il se constitue par l'adhésion volontaire à des principes permettant à la liberté de chacun de coexister avec celle des autres est essentielle. Un homme peut dès lors changer de religion, interpréter différemment la sienne, voire renoncer à toute religion, sans être stigmatisé pour autant. Le « droit à la différence » assigné à l'individu et non aux groupes interdit ce genre d'ostracisme. Consacrant au contraire la tutelle des com-

munautés particulières sur leurs « membres », il
devient mortifère pour le libre arbitre individuel.

On peut saisir maintenant toute l'ampleur du
malentendu qui consiste à définir la laïcité par l'hostilité à la religion. Les préjugés condensés dans la
dangereuse notion d'« identité collective » recoupent
le refus de concevoir la richesse potentielle de l'humanité par-delà les limites des situations de fait. Une
définition purement négative de la laïcité ne permet
guère d'en saisir le sens — et elle se rencontre généralement chez ses seuls adversaires. Ceux-ci, curieusement, s'attachent à la relativiser par des analyses
de type sociologique ou historique. Mais ils se gar-
dent bien d'appliquer ces mêmes analyses à la religion. La transcendance, entendue comme faculté de
distance et d'élévation, ne semble à leurs yeux pouvoir être laïque ; elle est pourtant présente chez tous
ceux qui, croyants ou non croyants, s'efforcent de
s'affranchir de toute conception sectaire et exclusive
de leur conviction particulière pour faire advenir un
monde commun de sens et de valeurs, tout en restant
libres en tant qu'individus.

UN PRINCIPE POSITIF

On rappellera ici que la laïcité, principe positif
d'affirmation de la liberté et de l'égalité, définit un
idéal dont la compréhension, dans l'ordre du droit,
se suffit à elle-même. Le souvenir des conflits historiques nécessaires à la reconnaissance de cet idéal
ne vaut qu'à titre de démonstration par l'absurde.
Que se passe-t-il lorsque la laïcité n'existe pas ?

Inquisition, guerres de religion, persécutions ou discriminations visant les « infidèles » ou les libres penseurs sont à cet égard significatives. Le fait que des pays où l'État n'est pas indépendant d'une confession puissent respecter la liberté de conscience ne suffit pas à les mettre sur le même plan que les pays laïques, puisque ces derniers respectent en outre le principe d'égalité éthique de tous les citoyens, en refusant de privilégier une option spirituelle particulière.

Un athéisme militant de la puissance publique ferait injure aux croyants, qui ne pourraient se reconnaître en elle. Inversement, son marquage confessionnel ferait injure aux athées, qui ne pourraient non plus se reconnaître en elle. C'est pourquoi la République ne peut organiser ses cérémonies officielles dans une Église, pas plus qu'elle ne peut leur donner la forme d'un rassemblement placé sous l'égide de l'athéisme. L'anticléricalisme lui-même ne fait donc pas partie de la définition de la laïcité, sauf à confondre le droit et l'histoire. *De droit*, la laïcité est la dévolution de la puissance publique à l'ensemble du peuple souverain, dans le strict respect de la liberté de conscience et de l'égalité. *De fait*, la captation cléricale de la puissance publique a requis des luttes historiques souvent très dures pour que le droit laïque soit enfin reconnu. Mais ces luttes, simple conséquence négative des résistances cléricales à l'émancipation laïque, appartiennent à l'histoire, tout comme celles qui furent nécessaires pour que la Déclaration des droits de l'homme et du citoyen voie le jour. Elles ne peuvent donc être confondues avec les principes de l'idéal laïque. Si les militants laïques ont développé, dans des circonstances précises, un anticléricalisme de combat, c'est davantage en raison du refus des puissances cléricales de restituer les institutions publiques à leur vocation que par l'effet d'une hostilité inscrite dans l'idéal laïque lui-même. Il n'y a « laïcité de combat » que parce qu'il y a eu un « cléricalisme de combat ». De même qu'il y a eu un combat des droits de l'homme face aux tenants des privilèges.

UNE FILIATION DOUTEUSE

Une thèse récente vise à faire de la laïcité, ainsi que des droits de l'homme, un produit direct de la religion chrétienne. Celle-ci aurait fait advenir l'idée de la dignité de l'humanité, et l'aurait déployée notamment en affirmant l'égalité de tous les hommes, tout en libérant la sphère spirituelle de la sphère temporelle par la thématique des deux royaumes. Or cette revendication de paternité, qui coexiste paradoxalement avec un effort pour relativiser la laïcité, voire lui imputer les désordres de la modernité, peut sembler abusive à bien des égards. Tout d'abord l'idée d'égalité n'est pas une invention chrétienne, mais un thème essentiel de la philosophie politique grecque : on la trouve chez Platon et Aristote, et aussi chez les stoïciens lorsqu'ils s'attachent à préciser ce qui définit essentiellement l'humanité. L'empereur Marc Aurèle se dit l'élève de l'esclave Épictète. Certes, sa version politique et juridique y contraste avec l'absence de critique de l'esclavage, mais au moins l'idée d'une universalité de l'humanité y est envisagée. Le judaïsme et le christianisme ont également une visée universaliste. Mais le christianisme ne la transpose pas dans le champ politique et juridique. La distinction chrétienne des deux royaumes — César et Dieu — ne décline l'égalité qu'au niveau métaphysique de la condition humaine dans ses traits les plus généraux. On peut rappeler que Pascal, disciple fidèle de saint Augustin, ne situait l'égalité des hommes qu'au niveau de leur finitude d'êtres créés, et entérinait parallèlement les hiérarchies sociales existantes (voir le premier *Discours sur la condition des grands* [2]).

C'est à l'idéal des Lumières, précédé et préparé par l'humanisme rationaliste de toute la tradition philosophique, que revient d'avoir construit le modèle politique et juridique de l'égalité, et des droits de l'homme. Il en va de même pour la reconnaissance pleine et entière de la liberté de conscience, et de l'exigence d'autonomie rationnelle du jugement qui lui donne tout son sens. On a vu sur ce point que le texte biblique ne peut guère servir de référence fondatrice. La tradition dominante, notamment de l'Église catholique, a été celle du refus d'une telle liberté jusqu'à une époque très récente. Le pape Pie IX déclarait les droits de l'homme « impies et contraires à la religion », et son *Syllabus* de 1864, qui affichait sa nostalgie de l'alliance du sacerdoce et de l'empire, lançait l'anathème contre la liberté de conscience. Le texte stipule en effet : « ANATHÈME À QUI DIRA. *Art. XI* : Il est libre à chaque homme d'embrasser et de professer la religion qu'il aura réputée vraie d'après les lumières de sa raison. [...] ANATHÈME À QUI DIRA. *Art. V, proposition 24* : L'Église n'a pas le droit d'employer la force. ANATHÈME À QUI DIRA. *Art. LXXIX* : Il est faux que la liberté civile de tous les cultes, et le plein pouvoir accordé à tous de manifester ouvertement et publiquement toutes leurs idées et toutes leurs opinions, contribuent à corrompre les mœurs, à pervertir l'esprit des peuples, et à propager le fléau de l'indifférentisme. »

De fait, s'il y avait dans le message du Christ la

potentialité d'une affirmation des droits de l'homme — liberté et égalité —, l'Église a tardé à s'en aviser. Un millénaire et demi de persécution cléricale a précédé la prise de conscience.

DEUXIÈME PARTIE

La laïcité aujourd'hui

CHAPITRE VII

LA LAÏCITÉ EN QUESTION

UN VOCABULAIRE POLÉMIQUE

La mise en cause de la laïcité prend aujourd'hui des formes insidieuses, qui présentent le paradoxe de prétendre la respecter... tout en la redéfinissant. Or ces redéfinitions ressemblent le plus souvent à une contestation radicale qui n'avoue pas son nom. Qu'on en juge.

Première invention polémique : la notion de « laïcité ouverte », qui suggère que la laïcité « tout court » serait « fermée ». Que peut donc vouloir dire une telle insinuation ? S'agit-il de rouvrir la sphère publique à des emprises officielles des puissances religieuses ? Mais dans ce cas, la religion cesserait d'être une affaire privée, relevant de la liberté de conscience de chacun, et le régime de droit public qui lui serait restitué bafouerait le principe d'égalité éthique des citoyens. L'esprit d'ouverture est une qualité. Mais il ne prend sens que par opposition à un défaut : la fermeture. C'est pourquoi on n'éprouve la nécessité d'ouvrir que ce qui exclut, enferme, et assujettit. Et on le fait au nom d'idéaux qui, quant à eux, formulent tout haut des exigences de justice. Les droits de l'homme, par exemple, proclament la liberté et l'égalité pour tous les êtres sans discrimination d'origine, de sexe, de religion ou de conviction spirituelle. Viendrait-il à l'idée de dire que les « droits de l'homme » doivent « s'ouvrir » ? Pour répondre, il faut se demander ce que précisément signifierait une telle « ouverture ». Prenons la *liberté*. Faut-il en ouvrir le sens à ce qui n'est pas elle ? Mais en ce cas, c'est à la non-liberté qu'une liberté « ouverte » devrait s'ouvrir. Quant à l'*égalité*, faut-il l'ouvrir à l'inégalité ? Comme on le voit, la notion même de « droits de l'homme ouverts » n'a pas de sens. Elle est insultante pour les droits de l'homme authentiques, puisqu'elle insinue leur fermeture.

Faisons le même raisonnement pour la notion polémique de « laïcité ouverte ». La laïcité, rappelons-le, c'est l'affirmation simultanée de trois valeurs qui sont aussi des principes d'organisation politique : la *liberté de conscience* fondée sur l'*autonomie de la personne et de sa sphère privée*, la pleine *égalité* des athées, des agnostiques et des divers croyants, et le *souci d'universalité* de la sphère publique, la loi commune ne devant promouvoir que ce qui est d'intérêt commun à tous. Ainsi comprise, la laïcité n'a pas à s'ouvrir ou à se fermer. Elle doit vivre, tout simplement, sans aucun empiétement sur les principes qui font d'elle un idéal de concorde, ouvert à tous sans discrimination. La notion de *laïcité ouverte* est maniée par ceux qui en réalité contestent la vraie laïcité, mais n'osent pas s'opposer franchement aux valeurs qui la définissent. Que pourrait signifier ouvrir la laïcité, sinon mettre en cause un de ses trois principes constitutifs, voire les trois en même temps ? Qu'on en juge.

Faut-il une *liberté de conscience* « ouverte » ? Mais si les mots ont un sens, cela veut dire qu'une autre exigence que la liberté de conscience doit être reconnue, et que serait-elle sinon l'imposition d'un credo, comme par exemple l'obligation de se conformer à un certain code religieux ? Cas limite de cette obligation : l'intégrisme, qui d'une certaine norme religieuse veut faire une loi politique. La condamnation du divorce, ou de l'apostasie, ou de l'humanisme athée, est souvent pratiquée par des religieux qui ne cessent de parler de laïcité ouverte.

Faut-il une *égalité* « ouverte » ? Qu'est-ce à dire sinon que certains privilèges maintenus pour les croyances religieuses seraient compatibles avec une telle « laïcité », qui consisterait donc à donner plus de droits aux croyants qu'aux athées dans la sphère publique ? Des dignitaires catholiques peuvent ainsi, simultanément, plaider pour une « laïcité ouverte » et refuser publiquement de remettre en cause le régime concordataire d'Alsace-Moselle, qui pourtant prévoit des privilèges pour trois religions (catholique, protestante et judaïque), notamment par un subventionnement public tant des ministres du culte que d'un enseignement confessionnel dans les écoles publiques. Pourquoi pas un enseignement des autres religions et de l'athéisme pour ceux qui le veulent ? Une telle voie ne réaliserait l'égalité qu'en fractionnant indéfiniment la sphère publique, oblitérée alors par la mosaïque des communautarismes, alors qu'elle doit rester le lieu d'affirmation et de promotion de ce qui est commun à tous.

Les partisans généralement religieux de la laïcité dite « ouverte » demandent l'extension d'un tel régime de privilèges, qui bafoue le principe de l'égalité des citoyens, à toute la République. On peut se demander ce que penseraient les mêmes adeptes de la laïcité ouverte d'une notion polémique similaire, à propos de leur religion cette fois-ci : le « christianisme ouvert », le « judaïsme ouvert » ou encore l'« islam ouvert ». De telles notions ne seraient pas pourtant inconvenantes, puisqu'il peut exister pour ces trois religions des figures intégristes et « fermées ». Qu'est-ce qu'un chrétien « ouvert » ? C'est quelqu'un qui non seulement admet qu'on puisse ne pas croire en Dieu, mais considère que les autres types de croyants, les athées, et lui-même, doivent jouir rigoureusement des mêmes droits, et se trouver sur un plan de stricte égalité, ce qui exclut tout privilège.

On évitera cependant les notions polémiques de « religions ouvertes », en distinguant simplement les religions comme témoignages spirituels et leurs instrumentalisations politiques toujours plus ou moins mortifères, comme le montre l'histoire passée et présente, des croisades à la guerre sainte, de l'Inquisition aux fanatismes religieux. L'idéal laïque, lui, est comme celui des droits de l'homme : il ne peut se réaliser qu'en conformité à ses principes constitutifs. Toute autre démarche, qui substituerait par exemple un athéisme officiel à la religion officielle, serait non pas une version possible de la laïcité, mais sa négation pure et simple.

Au niveau européen, des représentants officiels des religions ont demandé un privilège en voulant faire inscrire dans la Charte européenne des droits fondamentaux la reconnaissance d'une inspiration religieuse, au demeurant très contestable, et formulée à l'exclusion des humanismes athées ou agnostiques. Pourquoi cette quête fébrile de privilèges juridiques si l'on s'est rallié de bon cœur au principe d'égalité ? La question mérite d'être posée.

Une précision importante, afin d'éviter tout malentendu. Il est évident que le privilège que l'idéal laïque refuse à la religion, il se doit également de le refuser à l'athéisme, qui n'est, comme la religion, qu'une vision du monde particulière, et n'a, pas plus qu'elle, à revendiquer d'avantages publics. Lorsque l'Union soviétique stalinienne a persécuté les religions, et favorisé officiellement l'athéisme, elle a bafoué la laïcité aussi nettement que ceux qui veulent privilégier les figures religieuses de la conviction spirituelle.

Notion désobligeante pour la vraie laïcité, la notion de « laïcité ouverte » est en réalité utilisée pour contester la reconduction de la religion à la sphère privée, et à l'universalité ainsi conquise pour la sphère publique. Pourtant, c'est ainsi que cette sphère publique peut mériter enfin son beau nom de république, *res publica* : bien commun à tous. Deuxième invention polémique : la notion de « laïcité plurielle ». Que signifie ce pluriel que l'on croit pouvoir opposer à la laïcité, alors que dans sa définition stricte celle-ci permet l'expression libre du pluralisme des options spirituelles, religieuses ou non religieuses, dans le respect strict de l'égalité ? S'il s'agit de faire droit à cette pluralité au sein de la sphère publique, l'impossibilité que cela implique est évidente. Faudra-t-il y représenter toutes les options, et dans les mêmes proportions afin d'être équitable ? Tâche pratiquement impossible, qui aurait d'ailleurs le grave inconvénient de morceler l'espace public, et à court terme de le faire disparaître sous la mosaïque des accaparements communautaristes.

À ces expressions polémiques se rattache en fait la mise en cause de l'indépendance de cet espace public, et des institutions qui en relèvent, comme l'école. Imaginant un « nouveau pacte laïque », Jean Baubérot esquisse l'idée d'une laïcité négociable entre les confessions qui se développent dans la société civile, sans faire droit, visiblement, à la libre pensée et aux variantes de l'humanisme athée. Double point aveugle d'une telle conception : cer-

taines options spirituelles sont écartées au profit des
seules religions, mais surtout la notion de pacte n'est
pas adéquate à la nature de l'idéal laïque, qui, on l'a
vu, n'a rien à voir avec un compromis interconfes-
sionnel ; la laïcité n'a pas à se conquérir à partir des
religions et de leurs rapports de force éventuels, mais
à s'affirmer, simplement, comme promotion active
de ce qui unit les hommes en deçà de leurs appartenances et de leurs options spirituelles respectives.
Une telle laïcité n'est ni « dure » ni « molle » : elle
correspond à l'affranchissement de la sphère publique par rapport à toute tutelle religieuse ; entre un
tel affranchissement et une réattribution d'emprises
publiques à la religion, il n'y a pas de troisième voie.
L'alternative est donc bien : affirmation ou négation
de la laïcité.

Dire qu'un tel propos relève de la « laïcité de combat », c'est renverser les rôles : la nouvelle figure de
l'hostilité à la laïcité consiste en effet à en exiger une
redéfinition qui serait une dénaturation. C'est plutôt
une telle exigence qui atteste une posture de combat,
puisqu'elle vise en fait une remise en cause. Quant à
l'argument de l'« exception française », si souvent
mêlé désormais à cette remise en cause, il n'a aucune
valeur probante : un fait ne démontre rien contre le
droit. Et la solitude n'est pas un signe d'erreur ou
d'injustice. La France était seule en 1789.

SPHÈRE PUBLIQUE, SPHÈRE PRIVÉE :
UN PARTAGE CRUCIAL

En termes de droit, est public ce qui concerne tous
les hommes d'une nation ou d'une communauté poli-

tique. Est privé ce qui concerne un homme ou plusieurs, librement associés par exemple dans une communauté religieuse. La dimension collective d'une confession ne lui confère donc pas un statut public, qui ne peut correspondre qu'à ce qui est universellement partagé. Une telle distinction est essentielle à la laïcité. Faire de la religion une affaire juridiquement privée ne signifie pas en méconnaître la dimension collective, mais refuser d'aliéner l'espace public à un credo particulier, et préserver ainsi la neutralité confessionnelle qui lui permet d'être authentiquement consacré à tous. Pour parler comme Rousseau, toute restauration d'emprise publique d'une religion serait une usurpation.

La reconnaissance de l'indépendance de la sphère privée implique une délimitation du domaine d'intervention des lois, c'est-à-dire une juste mesure des attributions de l'État : celui-ci n'est pas — ou plus — habilité à imposer ou à favoriser une option spirituelle, et doit avoir le souci de représenter, y compris dans ce qui le symbolise, ce qui est effectivement partagé par tous. Il assume ainsi en même temps le respect de la sphère privée et le souci d'une représentativité réellement universelle.

Ainsi comprise, la laïcité semble appeler en bonne logique le principe de la dévolution de l'argent public à la seule école laïque et publique. Comment une école privée peut-elle en effet tout à la fois revendiquer son *caractère propre* et prétendre à un financement public ? Deux questions de principe sont ici en jeu. Un tel financement, dans le cadre de la redistribution qui prévaut pour les services publics, n'est pas ventilé selon le seul principe de la contractualisation d'une prestation conçue sur le mode commercial : les citoyens cotisent selon leurs moyens, mais ils accèdent à l'instruction selon leurs besoins, qui sont ceux de tout homme, et ne peuvent se moduler en fonction de l'origine sociale. L'école laïque assume cette exigence à la fois par sa gratuité, rendue possible par une fiscalité distributive, et par l'indépendance de la culture qu'elle dispense par rapport à toute censure confessionnelle et à tout prosélytisme religieux ou politique. Son « caractère propre » résulte de la dimension libre et universelle de son enseignement. Le caractère propre des écoles privées se situe dans l'apparentement social ou confessionnel ; le financement par des deniers publics de tels apparentements ne va pas de soi, du moins en république. On connaît l'argument souvent avancé en leur faveur : de telles écoles rendent un service. La contractualisation du financement public le reconnaît, mais toute la question est de savoir si l'argent ainsi accordé s'assortit des mêmes exigences que celles qui s'imposent à l'école publique. Dans le cas contraire, il y a injustice, et le principe d'égalité est rompu. Deux exemples sensibles : l'école publique ne peut pas choisir les élèves qu'elle accueille, et la laïcité lui fait obligation de respecter, par la neutralité confessionnelle, la liberté de conscience. Si ces deux obligations sont appliquées aux écoles privées comme conditions d'un financement public, que reste-t-il de leur caractère propre ? Si elles ne le sont pas, que reste-t-il du principe d'égalité républicaine, qui veut que les mêmes devoirs correspondent aux mêmes droits dans l'attribution des fonds publics ? L'attribution de fonds publics aux écoles privées ne va donc pas de soi. Et il peut sembler pour le moins légitime, chaque fois qu'elle est effectuée, qu'elle s'assortisse d'exigences contractuelles tendant à la parité stricte des obligations par rapport à celles qui s'imposent à l'école publique. À défaut de quoi s'instaure un privilège sans fondement, comme tous les privilèges.

LA MÉPRISE RELATIVISTE

En présupposant la distinction éthique et juridique du privé et du public, la laïcité ne s'inscrit-elle pas dans la relativité d'une culture très particulière, intransposable dans d'autres cultures, où cette distinction n'a pas de sens ? Là encore la distinction du droit et du fait recoupe la conception dynamique de la culture, irréductible à la pesanteur des traditions collectives passivement subies et reconduites. En tout lieu, la sédimentation des usages, qui prend le nom de culture de façon très ambiguë, a pour limite la distance critique propre à la pensée qui en réfléchit le sens, et en met à l'épreuve le fondement.

Pour l'exemple, on peut rappeler que dans le monde de tradition chrétienne, la reconnaissance de la sphère privée a été une longue conquête historique, et ne saurait être attribuée de façon univoque à un héritage spirituel dont d'ailleurs de multiples versions se sont affrontées. La configuration sociale qui a conduit à privilégier, en fait, et pendant longtemps, la dénégation de l'autonomie de la sphère privée conjuguait la contrainte religieuse exercée sur la conscience individuelle et l'imposition d'un modèle d'accomplissement unique, rejetant dans l'opprobre de la déviance et de l'« anormal » toute autre figure existentielle. C'est dans le sang et les larmes qu'en Occident ont été conquis les principes des droits de l'homme qui sous-tendent l'idéal laïque, et non par une sorte d'engendrement spontané à partir des options spirituelles initiales, dont on a vu qu'elles

pouvaient justifier ou susciter des attitudes opposées. Rien n'interdit de penser la transposition de
telles conquêtes de l'esprit de liberté et d'égalité dans
d'autres civilisations, et ce serait faire preuve d'un
singulier ethnocentrisme que de nier une telle possibilité.

La laïcité n'est nullement considérée, dans les
milieux progressistes de Turquie, comme une impor-
tation étrangère à la culture du pays. Il en est de
même pour l'Algérie et l'Égypte[1]. Il faut rappeler ici
que le modèle organiciste du « corps mystique »
appliqué à la communauté religieuse puis transposé
à la communauté politique fut d'abord chrétien, et
ne s'est assorti alors d'aucune reconnaissance de
l'indépendance de la sphère privée : il a même fourni
à la justification de l'ordre établi un redoutable
modèle intégrateur, dont Ernst Kantorowicz a souligné le ressort théologico-politique[2]. La sacralisation
de la personne du roi, dans la dualité qui lui permet
d'incarner la communauté politique elle-même,
conjugue l'efficacité idéologique du modèle de l'organisme (la communauté politique comme *corps*), et
celle de la justification théologique du pouvoir temporel de domination. Le transfert du modèle d'intégration de l'Église comme corps mystique à l'État
traditionnel investit le lien de soumission politique
d'une religiosité qui lui assure une puissance accrue.
La laïcisation de l'État rompra simultanément avec
la logique de domination, avec la dépendance réciproque du religieux et du politique, et avec cette religiosité de soumission.

Reste que le partage entre privé et public peut lui-
même varier selon les domaines de son application.
Si la liberté de conscience, l'autonomie éthique et
l'égalité de principe des options spirituelles requiè-

rent l'abstention de l'État, l'instruction publique et la justice sociale qui évite les enfermements communautaristes requièrent en revanche son affirmation résolue. Pour que la liberté individuelle propre à la sphère privée ne tombe pas immédiatement sous l'emprise de rapports de force et de groupes de pression qui la compromettent, il faut en effet que l'État, entendu comme l'auto-organisation de l'intérêt commun, s'attache à promouvoir les conditions positives de l'autonomie humaine. En effet, la jungle capitaliste, pudiquement rebaptisée « société libérale », et les communautarismes religieux qui lui apportent un supplément d'âme n'y pourvoient guère. À ce titre, la solidarité fondamentale de la communauté politique républicaine ne consiste pas à assujettir les consciences ; elle n'a en vue que les conditions de possibilité de leur liberté respective. L'*État de droit*, grâce à la laïcité, réalise la plénitude de ses exigences, mais il ne peut prendre chair et vie que si l'existence matérielle ne conduit pas au désespoir, et si l'accès à la culture n'est pas abandonné à la disparité des conditions de fortune.

UN DIAGNOSTIC TENDANCIEUX

La nostalgie des emprises cléricales inspire parfois un diagnostic lourd de ressentiment sur les causes de la nouvelle misère du monde. Celle-ci serait liée à la laïcisation, qui aurait détruit les repères éthiques traditionnels, « désenchanté » la vie, et livré la vie sociale aux affres d'une domination de « la science » et de « la technique ». Le naufrage du sens, si souvent évoqué, ne serait-il pas imputable au reflux de la

régulation religieuse des sociétés, elle-même accen-
tuée par la séparation de la puissance publique et
des Églises ? Diagnostic relevant lui-même d'une
vision abstraite, presque fétichiste, de la science et
de la technique, saisies comme des entités indépendamment des rapports sociaux qui les mettent en
œuvre et en déterminent l'appropriation. Mgr Lustiger, archevêque de Paris, va même jusqu'à suggérer
que le rationalisme des Lumières aurait conduit à la
Shoah[3]. De façon récurrente, l'idée ainsi lancée
acquiert la ténacité d'un lieu commun, d'un véritable
préjugé. Avec en filigrane une prétention à reclérica-
liser la sphère publique, au nom de la défaillance
supposée des idéaux laïques.

Ce genre de diagnostic est intenable. La détresse
sociale provient à l'évidence d'un mode de développement économique où la polarisation de la richesse
coexiste avec les nouvelles formes de pauvreté, tandis
que la mercantilisation tendancielle des relations
humaines met aussi bien en question la raison que
le sentiment. La laïcité relève d'une problématique
de la générosité, qui tient que l'homme vaut toujours
plus que ce à quoi tendent à le réduire les conditions
du moment ; c'est pourquoi elle parie sur la liberté
et la raison comme puissance éthique irréductible à
une faculté de calcul. Son idéal de dignité humaine
et d'élévation spirituelle n'a rien à envier aux humanismes religieux, dont elle ne partage pas les compromissions ancestrales avec des logiques de domination temporelle. Quant à la thèse de la filiation
supposée de la mystique raciste propre au nazisme
et du rationalisme des Lumières, elle est un défi au
bon sens. Car enfin c'est aux Lumières que remon-
tent l'idée de l'égalité des peuples, l'émancipation des
juifs que l'Église stigmatisait depuis des siècles
comme « peuple déicide » (voir l'œuvre et l'action de

Condorcet), la genèse des droits de l'homme, la radicalisation de la tolérance en liberté de conscience, la
lutte contre l'obscurantisme. Hitler d'ailleurs ne s'y
trompait pas, qui vomissait à la suite des penseurs
contre-révolutionnaires et racistes les idéaux des
Lumières (l'*Aufklärung*), coupables de véhiculer une
idée « abstraite » de l'humanité, c'est-à-dire en fait
d'énoncer un idéal de portée universelle, levier
d'émancipation de tous les peuples et stipulant leur
égale dignité.

Quant aux usages détournés des progrès du savoir
scientifique et technique, il est facile de voir qu'ils ne
mettent en cause que leur appropriation sociale, et
les rapports de pouvoir qui les sous-tendent. L'anti-
rationalisme et la technophobie modernes relèvent
de diagnostics paresseux et idéologiquement orien-
tés ; ils résonnent avec la stigmatisation du moment
mémorable où la raison humaine, émancipée de la
tutelle cléricale, a fondé l'idée de souveraineté sans
référence obligée à un credo.

Reste qu'une émancipation authentique ne peut se
limiter à ses conditions juridiques, et que le naufrage
apparent du sens dans les sociétés laïcisées n'est
imputable qu'aux facteurs concrets de la détresse
humaine. Les autres sociétés ne font d'ailleurs pas
mieux, à ceci près que la spiritualité religieuse ne s'y
dégage pas toujours de l'emprise statutairement
exercée sur les consciences. Sans la justice sociale,
l'idéal laïque d'émancipation risque de rester lettre
morte ; sans l'idéal laïque, la misère du présent tend
à être reconduite par la conjugaison des nouveaux
obscurantismes et des bons sentiments qui laissent
en place les ressorts de la détresse.

LES NOUVEAUX CLÉRICALISMES

L'indépendance des institutions publiques, requise par la laïcité pour leur permettre de remplir effectivement leur rôle, peut être menacée par deux types de pressions. Le premier type, traditionnellement, venait d'un pouvoir investi par la soif de domination cléricale. La séparation juridique de l'État et des Églises, en principe, y met fin. Le second type de menace prend sa source dans la société elle-même, en raison des groupes de pression qui la colonisent. Un État laïcisé qui, sous prétexte de s'« ouvrir » au monde social, ferait droit à ces groupes se nierait lui-même. Si dans les pays de tradition protestante, le cléricalisme ne prend pas nécessairement la forme qu'il a prise dans les pays dominés par le catholicisme, il n'en est pas moins efficace : paré des vertus supposées de la société civile, il tend à se subordonner des institutions qui ont pourtant pour raison d'être de placer celle-ci à distance d'elle-même, afin de fonder une conscience critique capable de repérer ses limites.

Les pressions sur les programmes d'enseignement de certaines universités américaines illustrent parfaitement ce point : en Arkansas, des variantes des Églises protestantes ont voulu empêcher l'enseignement des conceptions darwiniennes. Dans les pays où l'État est radicalement laïcisé, comme en France, la demande d'une nouvelle reconnaissance officielle croit pouvoir s'autoriser du rôle social rempli par les organisations caritatives ou humanitaires, alors que ce rôle est joué également par des organisations d'inspiration spirituelle opposée, qui ne réclament pas pour autant des emprises publiques. Secours catholique et Secours populaire jouent en France un rôle humanitaire non négligeable, mais sur des bases philosophiques ou confessionnelles distinctes, dont aucune ne peut être privilégiée par la puissance publique : le dispositif fiscal destiné à encourager les dons ne reconnaît d'utilité publique qu'aux *actions* de solidarité, et non à l'option spirituelle qui les inspire.

Autre aspect des nouvelles revendications cléricales sur la sphère publique : la confusion délibérée entre le *respect des croyances* et le *respect des croyants*, que manifeste la volonté d'inscrire dans le droit public des sanctions pénales visant toute mise en cause des doctrines religieuses ou de leurs symboles. Vouloir interdire la projection du film de Martin Scorsese *La dernière tentation du Christ*, ou la publication des *Versets sataniques*, ou encore sanctionner le *blasphème* — qui n'existe d'ailleurs comme tel qu'aux yeux des croyants —, revient à transformer une conviction particulière en loi s'imposant à tous, et partant à porter atteinte à la liberté. Des propos provocants ou injurieux à l'égard d'une conviction ne permettent certes pas le meilleur accomplissement de cette liberté ; mais sauf dangereux mélange des genres et retour de l'ordre moral, on ne punit pas par la loi une faute de tact ou de courtoisie. Et la libre critique peut aller jusqu'à la satire ou à la dérision, lesquelles ne visent pas des personnes comme telles, mais des croyances ou des idéologies qu'aucun principe d'autorité ne doit soustraire au jugement. Si des chrétiens entendent faire condamner juridiquement toute critique ou toute satire de leur confession, des communistes seront également habilités à faire proscrire tout article anticommuniste, puisque le respect du droit de former librement des convictions sera devenu, par un glissement subreptice, le respect strict des convictions elles-mêmes. À promouvoir une telle confusion, les démocraties hypothèqueraient un de leurs biens les plus précieux, à savoir l'esprit critique nécessaire à l'exercice éclairé de la citoyenneté. Spinoza et Voltaire, Bayle et Descartes, Diderot et Rousseau n'étaient pas en leur temps « politiquement corrects ». Cesseraient-ils de l'être à nouveau ?

CHAPITRE VIII

DROIT ET LAÏCITÉ :
LA LOI DE SÉPARATION

L'EXEMPLARITÉ D'UN DÉBAT

Le débat juridique sur les conditions les plus adéquates à la libération simultanée des religions et de l'État prend une portée exemplaire en raison de la diversité de ses implications. Mais il est souvent brouillé par le mélange plus ou moins intéressé de notions relevant de registres différents, et la construction artificielle d'une « évolution » de la laïcité dans le sens de sa propre relativisation, voire de sa négation. C'est ainsi qu'une certaine historiographie du processus de laïcisation ne veut voir en lui qu'une « sécularisation », un mouvement de transfert à des autorités inscrites dans le siècle, c'est-à-dire profanes, de fonctions jadis exercées par les autorités religieuses. Cette thèse présente l'inconvénient de penser à partir d'une matrice religieuse un processus qui en réalité a une signification historique et juridique d'une autre portée. Elle donne comme première la structuration religieuse du lien social de l'organisation politique. On pourrait tout aussi bien penser que ces exigences sont indépendantes de leur version religieuse, et leur préexistent. Et poser que la laïcisation les prend en charge directement, en les délivrant des limites et des modalités qu'une telle version leur impose. De même que la révolution démocratique change non seulement les finalités mais aussi les modalités de la fonction politique — Marianne n'est plus César —, la révolution laïque change la définition des fonctions normatives du pouvoir et leurs modalités dans le moment même où elle refond le statut juridique du religieux. Le retour de celui-ci à sa vocation de témoignage spirituel libère la sphère privée, affranchit le droit de toute vision éthique imposée, reconduit chaque individu à la libre détermination de son art de vivre et de ses références spirituelles. Et c'est par une loi, non par un pacte, que s'accomplit une tel affranchissement.

UNE LOI ET NON UN PACTE

Qu'est-ce qu'une loi ? En démocratie, c'est une décision prise par le peuple souverain, et qui énonce une règle commune, valable pour tous. D'où son caractère général, valant pour tous les citoyens, sans distinction de particularismes. Cette abstraction, il faut le rappeler, ne vise pas à méconnaître ou à effacer les différences, mais à faire en sorte que celles-ci n'engendrent pas d'inégalités de droit. Dans le domaine spirituel, une loi soucieuse de promouvoir simultanément la liberté d'adopter une conviction plutôt qu'une autre et l'égalité, qui doit régir un tel choix comme ses conséquences, mettent en œuvre des principes directement inspirés d'une reconnaissance des droits, et valables pour tous. Elle n'est pas faite pour des chrétiens, des musulmans, des juifs, des athées ou des agnostiques, mais pour que chaque homme dispose pleinement, dans sa vie personnelle, de sa faculté de libre choix d'une conviction, religieuse ou non, et que l'exercice de cette faculté ne s'assortisse ni d'un privilège ni d'une stigmatisation.

Ainsi, en 1905, il s'agissait de sortir d'une situation de tension et d'injustice, liée aux privilèges publics dont jouissait la religion dominante de l'époque (le catholicisme). Le concordat napoléonien avait rétabli ce privilège un moment mis en cause par la Révolution, tout en l'étendant aux religions réformée et juive. Cette situation relevait de toute une tradition de domination théologico-politique multiforme de l'Église sur l'État, les institutions publiques, le droit et l'école. Cette tradition avait été battue en brèche par les grandes lois de laïcisation des années 1880-1886, portant sur les lieux publics, les cimetières, l'école, etc. Entre autres, les lois Goblet et Ferry avaient affranchi l'école publique de toute tutelle religieuse, et jeté les bases d'un enseignement laïque.

Un tel processus n'avait rien d'antireligieux. Il signifiait simplement que la République considérait désormais la diversité des options spirituelles et des convictions philosophiques dans son ampleur véritable, et qu'elle plaçait sur le même pied d'égalité, à côté des religions, les figures athée et agnostique de la conviction. C'est qu'elle assurait non la seule « liberté religieuse », comme se plaisent à le dire ceux qui pratiquent la discrimination à l'égard des humanismes athée et agnostique, mais la liberté de conscience, liberté la plus générale, qui englobe tous les cas de figure. Il est trop facile de dire que la liberté de manifester ses croyances est essentielle, puis de définir les athées et les agnostiques de façon négative, par l'« incroyance ». Ainsi, ces « incroyants » n'ont rien à manifester, et leur liberté est celle du silence, tandis que les croyants, eux, se voient reconnaître, au titre de leur liberté de manifestation publique, une sorte de préséance dans la sphère publique. Le tour est joué, qui veut voir dans l'utilisation de lieux de culte publics, car propriété d'État, une des formes de la « liberté religieuse ».

Le processus de laïcisation ne se contente donc pas de transférer des fonctions identiques : il les change en les réassignant. Le fait que le peuple tout entier (*laos* en grec) devienne ou redevienne la référence unique des lois modifie non seulement les orientations régulatrices de celles-ci mais aussi leur champ d'application et leur registre propre. Le peuple souverain se donne à lui-même ses lois, et de ce fait il ne peut ni étendre leur pouvoir normatif au-delà du nécessaire (voir Rousseau, *Du contrat social*, II, 4), ni stipuler par elles une quelconque disposition discriminatoire qui briserait sa propre unité. Le religieux étant l'affaire de certains et non de tous doit donc par nécessité recouvrer un statut de droit privé. La laïcité assure d'un même mouvement la liberté de conscience la plus étendue, et l'égalité de principe de tous les citoyens dans l'exercice intérieur et extérieur de celle-ci. C'est que sans la stricte égalité des croyants, des athées et des agnostiques, la liberté de conscience n'accède pas à sa plénitude, et la laïcité n'est pas authentique. La séparation de l'État et des Églises constitue la garantie institutionnelle de l'égalité comme de la liberté de tous. Elle n'a pas été négociée avec les Églises, mais rendue possible par une loi, décision souveraine des représentants du peuple. Cette loi a énoncé des principes, dont il est clair qu'ils ne dépendent pas de la configuration particulière du paysage religieux d'alors, mais fixent une conception nouvelle et générale des rapports entre le religieux et le politique. Le souci de la République n'a pas été d'agir en simple « gestionnaire » du donné immédiat, mais de régler ces rapports, désormais, sur une exigence de justice. Nul pacte n'a alors été mis en œuvre : d'ailleurs, l'Église catholique ne voulait pas entendre parler de cette loi, et rien n'a été négocié avec elle. Une chose est sûre : ce n'est pas spontanément qu'elle s'est vu dessaisir de ses privilèges.

LE CONCEPT DE SÉPARATION

L'idée de séparation est à cet égard totalement iné-dite : elle rompt avec toutes les formes antérieures de rapport entre religion et politique. Il n'est évidem-ment plus question d'ériger la loi religieuse en loi *politique* (théocratie, fondamentalisme). Il n'est pas plus possible de sanctifier l'autorité politique en la tenant pour service profane de la divinité (monarchie de droit divin) que de faire du chef temporel le repré-sentant patenté de Dieu (césaro-papisme). Enfin il n'est plus question de faire du pouvoir politique une instance de contrôle des affaires internes des Églises (gallicanisme ou anglicanisme), ni de reconduire une logique concordataire attribuant à celles-ci des pri-vilèges en échange d'une légitimation religieuse de l'ordre établi (concordat napoléonien de 1801, suivi du catéchisme impérial de 1806).

La loi du 9 décembre 1905, dite de séparation des Églises et de l'État, est donc à analyser non seule-ment au regard du contexte historique propre à la France de l'époque, mais aussi en raison du type plus général de conception du rapport entre religion et politique qu'elle représente. Son exemplarité est ici interrogée à partir d'un travail d'interprétation du texte élaboré par les législateurs (Aristide Briand et Jean Jaurès). Pour mettre à l'épreuve cette analyse, on peut se reporter au texte intégral de la loi rappelé en annexe.

La loi du 9 décembre 1905 est bien une loi de séparation, correspondant à la formule de Victor Hugo en 1850 : « Je veux l'Église chez elle, et l'État chez lui. » Le concept de séparation est crucial. Il consiste à reconduire la religion à un statut de droit privé, et à redéfinir à la fois les finalités et les modalités de l'État, qui cesse d'être arbitre des croyances et observe une stricte neutralité confessionnelle. Cette neutralité ne consiste pas à tenir la balance égale entre toutes les confessions dans le cadre d'un espace public pluriconfessionnel, mais à se tenir en dehors du champ des diverses options spirituelles, confessionnelles ou non, selon le principe d'un espace non confessionnel. C'est tout le sens, notamment, des deux premiers articles, inséparables du fait qu'ils sont regroupés, significativement, sous le même titre (« Principes »). On y reviendra, après l'évocation du contexte de l'élaboration de la loi.

LE CONTEXTE HISTORIQUE
DE LA LOI DE 1905

Dans son esprit comme dans ses principes, la loi de séparation laïque, conçue notamment par Aristide Briand, a parachevé le processus de laïcisation entamé entre 1881 et 1886 avec les lois Goblet et Ferry. Elle a en effet promu simultanément les trois valeurs essentielles de l'émancipation laïque : la liberté de conscience, irréductible à la seule « liberté religieuse », l'égalité de tous les hommes quelles que soient leurs options spirituelles, religieuses ou d'une autre nature, et le recentrage de la loi commune comme de l'espace public sur l'intérêt commun à tous, c'est-à-dire sur ce qui est universel. Libérant l'individu de toute mise en tutelle religieuse, elle a marqué un temps fort de l'affranchissement du droit commun par rapport aux traditions plus ou moins oppressives qui le conditionnaient.

La nécessité de légiférer, pour atteindre de tels objectifs, peut certes être référée à une situation particulière, historiquement déterminée, mais les principes qui ont alors été mis en œuvre ne sont pas pour autant relatifs à cette situation. Autant dire sinon que la Déclaration des droits de l'homme n'a pas de valeur indépendamment de la situation conflictuelle qui l'a précédée, ou que l'*habeas corpus* ne vaut que dans le contexte particulier de sa première formulation par la loi anglaise. Autant dire également aux religieux anti-laïques soudain férus de relativisme historique que la loi d'amour qu'ils attribuent au Christ est obsolète, puisqu'elle a deux millénaires. Analysons plutôt, sans prévention, le sens de cette loi.

Avant 1905, l'Église catholique, et dans une moindre mesure les institutions religieuses protestantes et juives, jouissaient de privilèges, liés notamment à une reconnaissance officielle assortie de financements publics et d'emprises diverses sur la sphère publique, notamment en raison des dispositions discriminatoires du concordat de Napoléon (1801-1802).

CONCORDAT ET CATÉCHISME IMPÉRIAL :
LA DISCRIMINATION

C'est Napoléon qui avait encouragé l'esquisse d'une démarche communautariste, en appelant les citoyens à se définir par une appartenance religieuse, et en suscitant l'émergence de groupements associatifs religieux dotés du pouvoir de représenter leurs membres, de parler en leur nom, et de disposer d'emprises publiques non négligeables, puisque des subsides sont versés par l'État à ces groupes, et que le droit de faire du prosélytisme dans les établissements scolaires publics leur est reconnu, avec appointements sur deniers publics de maîtres désignés par les autorités religieuses. Ce concordat, consécration de privilèges pour les croyances religieuses, n'est nullement « pacificateur » comme le prétendent ceux qui réécrivent l'histoire : il constitue bien plutôt une régression notoire vers l'Ancien Régime, en réinstaurant un dispositif théologico-politique de domination : César donne à Dieu des emprises temporelles discriminatoires (puisqu'en sont exclus les athées et les agnostiques, ainsi que les religions non prises en compte) ; en échange, les tenants des religions privilégiées confortent l'ordre social et tout spécialement le César de l'heure. Pour preuve, le fameux *catéchisme impérial*, imposé au clergé en 1806, qui fera obligation aux Églises subventionnées par Napoléon de promouvoir l'allégeance servile au pouvoir en place, renouant ainsi avec une sacralisation spirituelle du pouvoir temporel, au mépris de la nécessaire séparation des genres. Selon ce catéchisme, Dieu « a établi Napoléon notre souverain, l'a rendu le ministre de sa puissance et son image sur la Terre. Honorer et servir notre empereur est donc honorer et servir Dieu même ». Bref, le fait qu'en 1804 Napoléon se soit posé lui-même la couronne du sacrement sur la tête, selon une option franchement gallicane, ne change rien à l'affaire : le concordat relève davantage d'une logique de domination théologico-politique d'Ancien Régime que d'une pacification ou d'un « seuil de laïcisation ». Comment comprendre sinon qu'il instaure un privilège des seules religions, au mépris de l'égalité, et qu'il s'assortisse d'une clause de légitimation d'un pouvoir personnel peu compatible avec l'émancipation révolutionnaire ? Une telle allégeance n'a rien à voir avec l'obéissance civique requise par la République, fondée sur la souveraineté du peuple tout entier, du *laos* dont l'indivision de principe interdit tout privilège des croyants ou des athées.

Il est clair de ce point de vue que tout système concordataire atteste la survivance simultanée de l'inégalité des citoyens et d'un type de domination politique exprimée naguère par la formule *Cujus regio, ejus religio* (tel roi, telle religion), à ceci près que Napoléon esquisse l'extension à plusieurs religions du privilège réservé auparavant au catholicisme. Si l'on admet que l'œcuménisme interreligieux a quelque chose de discriminatoire puisqu'il ne fait pas droit aux athées et aux agnostiques, le caractère pluriconfessionnel de la sphère publique déroge aux exigences démocratiques d'égalité comme de liberté de conscience. On en voit un exemple frappant dans les établissements scolaires publics d'Alsace-Moselle, où l'on ne peut échapper au prosélytisme religieux qu'en sollicitant une dispense, démarche humiliante pour ceux dont on laisse ainsi entendre que l'option spirituelle est inférieure à l'option religieuse érigée en norme, et cela au nom de la culture. Référence usurpée, qui joue sur les deux sens opposés du mot culture : soumission à la tradition, ou distance libératrice rendue possible par le savoir et l'autonomie de jugement. Une observation qui n'est pas négligeable : en Europe aujourd'hui les Églises jouissent de privilèges hérités pour la plupart de concordats passés avec les puissances fascistes ou impériale (Mussolini en 1929 — accords de Latran —, Hitler en 1933 — concordat de Rome — et Franco en 1953 — concordat de Madrid — ont conclu des concordats avec le Vatican, comme Napoléon en 1801-1802). Quant à la France, c'est de Vichy que date la restauration du financement public d'écoles privées religieuses.

LA FONDATION JURIDIQUE DE L'ÉTAT LAÏQUE
(« PRINCIPES »)

Les deux premiers articles de la loi, regroupés sous le titre « Principes », sont inséparables. On les étudiera donc comme tels, c'est-à-dire comme principes explicitement choisis par le législateur, et indiquant ce qu'est désormais la nouvelle norme. Il faut préciser d'abord que la privatisation du statut de droit des religions ne signifie pas qu'elles ne sont pas autorisées à s'exprimer *dans* l'espace public, comme toute conviction peut le faire pour vivifier le débat démocratique, mais qu'elles perdent toute emprise *sur* l'espace public, ce qui est bien différent. L'article premier précise que la République se doit d'assurer la liberté de conscience. Celle-ci, dans sa généralité, s'applique à tous les citoyens, croyants, athées, ou agnostiques. Il serait inexact de la réduire à la

« liberté religieuse », car celle-ci ne recouvre qu'une option spirituelle sur trois. De fait, la liberté s'entend de tous et pour tous, et elle est indissociable de l'égalité. C'est pourquoi la République ne peut continuer à accorder une reconnaissance préférentielle aux figures religieuses de la conviction. D'où la netteté de l'article 2 de la loi de 1905 dans sa triple négation des privilèges et des emprises auparavant accordés aux cultes : la République ne *reconnaît* plus, ne *salarie* plus, ne *subventionne* plus les cultes. Les trois termes sont importants. On voit que l'article s'énonce sous forme négative afin d'indiquer que désormais l'égalité de tous requiert que nul culte ne puisse jouir d'une reconnaissance sélective, d'un salariat d'État, d'un financement public.

Ne plus reconnaître les religions doit s'entendre en un sens juridique : il s'agit de les reconduire à la sphère privée, avec statut d'options spirituelles libres, donc facultatives. La conviction religieuse est traitée en cela comme les autres types de conviction, c'est-à-dire la conviction athée et la conviction agnostique : si le registre de la vie spirituelle est pleinement libre et conforme à l'égalité de tous, il ne peut s'assortir d'une consécration discriminatoire, ni prétendre fixer une norme spirituelle de référence. Ce caractère volontaire des options spirituelles est illustré par la notion de *profession de foi*, qui réimpute logiquement à l'individu comme tel l'engagement religieux ou métaphysique de sa conscience : il tranche à l'évidence avec la servitude d'une personne soumise sans appel à la loi de sa communauté religieuse.

Pour une raison similaire, l'espace public ne peut être pluriconfessionnel, car il n'a pas à valoriser les confessions religieuses au détriment des autres visions du monde, ni non plus à se dissoudre dans la mosaïque des particularismes. En s'effaçant ainsi sous prétexte de faire droit à la diversité humaine, il détruirait l'unique moyen d'éviter l'enfermement dans la différence, et, à terme, consacrerait des différences exclusives les unes des autres : la différence des droits, c'est-à-dire l'inégalité, serait alors la dérive presque inévitable d'un tel différencialisme.

Il n'est bien sûr pas question d'interdire l'expression des différences, mais de la rendre possible de telle façon qu'elle n'hypothèque pas une loi commune productrice d'égalité et de liberté. Rousseau rappelait ce principe dans le *Contrat social* en des termes qui n'ont rien perdu de leur actualité : « toute dépendance particulière est autant de force ôtée au corps de l'État ». Il entendait par État la communauté de droit universelle qui promeut la liberté de la personne en l'émancipant de tout assujettissement personnel. Les exemples illustrant le cas de figure envisagé par Rousseau sont aisés à trouver. Qu'est-ce que la liberté d'une femme de choisir son conjoint si la famille en décide pour elle ? Qu'est-ce que la liberté d'une femme de ne pas porter le voile si le frère ou le guide religieux de sa « communauté » l'oblige à le porter ? Ces observations impliquent simultanément que seul l'*individu* comme tel est porteur de droits, à l'exclusion de toute communauté particulière, et que la loi commune ne doit affirmer que ce qui en droit est universel, à l'exclusion de tout credo ou de toute éthique de vie de caractère particulier. À noter qu'une telle exigence d'universalité peut s'appliquer également dans le champ social et économique : un État qui défend les intérêts d'une classe sociale alors qu'il se prétend porteur de l'intérêt général met en scène une mystification.

Le refus de reconnaître les communautés religieuses comme telles a un sens et une portée juridiques, conformes à l'exigence simultanée d'abstention de la puissance publique, et d'universalité de ses références officielles. L'abstention signifie que Marianne n'est pas arbitre des croyances, et qu'elle se tient en dehors de toute approche confessionnelle, désormais reconduite à la sphère privée. Elle atteste une profonde rupture avec la lettre comme avec l'esprit du concordat napoléonien. La liberté de choisir une religion, d'en cultiver les valeurs et les exigences, doit désormais relever d'une démarche individuelle et volontaire de ceux qui le veulent bien. Elle leur ouvre la possibilité de s'associer, mais une telle association doit relever du droit privé. Le droit commun reconnaît en effet les libertés individuelles et collectives, mais il ne se construit pas par addition des collectifs particuliers. Le découplage radical du politique et du religieux a donc pour condition et pour conséquence la privatisation de l'option religieuse, comme de l'option athée.

Le refus de salarier les responsables officiels du culte va de pair avec cette réassignation. Un État républicain ne peut salarier que ses fonctionnaires, c'est-à-dire ceux qui sont en charge du bien commun et des services publics. Or tel n'est pas le cas des prêtres ou des autorités des diverses religions, qui n'ont de raison d'être que par rapport à une croyance privée. La décision de ne plus les payer est le corollaire de l'universalisme de principe de la puissance publique laïque : la religion n'est plus une affaire commune.

Enfin, le refus de subventionner les cultes relève d'une règle intangible de préservation du bien public, et de la déontologie qui l'accompagne. Il est du même ordre que l'obligation faite à tout fonctionnaire d'État de ne jamais détourner d'argent public à des fins particulières ou personnelles. Qu'il ne soit pas respecté sous des prétextes divers ne saurait être invoqué pour remettre en question la loi qui l'a établi. Sauf à considérer que l'infraction à la loi doit faire jurisprudence dès lors qu'elle est impunie, par opportunisme ou par lâcheté. Pétain, pour sa part, décida de changer la loi, carrément, en rétablissant le subventionnement public des écoles privées confessionnelles, que la loi laïque de Goblet avait interdit en 1886.

En résumé, les deux premiers articles de la loi attestent l'importance de la mutation laïque. Chaque mot compte. L'État assure désormais la *liberté de conscience* (dont la liberté religieuse est une espèce particulière). Par l'article 2, il rompt avec la logique théologico-politique sur les trois plans du droit, des fonctions publiques et du financement. Cette triple mutation de l'État décline en quelque sorte le sens de la séparation laïque : elle en constitue le noyau principiel.

LA LOI DE SÉPARATION COMME ABOLITION DES DISCRIMINATIONS

Quand Marianne, République soucieuse de l'égalité des citoyens qui la composent, prend la place de César, elle ne peut évidemment laisser subsister de telles discriminations ni perpétuer une logique de domination. Il lui revient donc de les détruire sans faire violence au libre exercice des cultes religieux, reconduits à la liberté de la sphère privée. La confusion n'est pas possible entre la liberté des cultes et la reconnaissance publique de ceux-ci, pas plus qu'elle ne l'est entre la liberté des associations d'humanistes athées et la reconnaissance publique de celles-ci. La

laïcité pleine et entière s'affirme comme solidarité de
la liberté de conscience et de l'égalité de tous, agnostiques, croyants et athées. En conséquence, elle ne
reconnaît par principe que des citoyens, sans référence aux convictions particulières, qui d'ailleurs ne
résument pas leur identité. Et elle doit se garder de
les enfermer à toute force dans des « communautés »
particulières en les forçant à se définir par une appartenance religieuse, voire par une orthodoxie consensuelle interne à une confession. Une telle démarche
ferait courir le risque aux individus de ne plus exister
qu'en référence à cette « identité collective » supposée, vite convertie en allégeance personnelle.

La liberté de conscience, impliquant la fin du credo
obligé ou privilégié, est de l'ordre du tout ou rien : elle
existe entièrement, sans option privilégiée, ou elle
n'existe pas du tout. Elle ne se réduit pas à la liberté
d'avoir une religion, ou d'en changer, pourvu qu'on en
ait une. Elle implique la plus totale liberté de conviction personnelle, quelle qu'en soit la nature. Il en est
de même de l'égalité stricte des trois grands types
d'options spirituelles, c'est-à-dire de l'athéisme, de
l'agnosticisme et de la croyance religieuse. Tout privilège, toute bienveillance sélective, confine à la discrimination, et contredit le principe. Même remarque
enfin pour l'universalité de la loi commune, chargée
de promouvoir seulement ce qui est d'intérêt commun à tous : tout marquage des institutions publiques ou du droit par une option particulière déroge à
cette universalité.

À l'évidence, de ces trois idéaux, le troisième est
sans doute le plus difficile, et le plus long à atteindre.
La prégnance d'une histoire et d'une tradition particulières a laissé des traces dans le droit, comme par
exemple la notion machiste de « chef de famille », et
un certain privilège légal de la forme mariage, tous

deux liés à une conception chrétienne primitive. Le processus de laïcisation, sur ce point, s'accomplit par étapes, mais cette progressivité n'implique nullement un déficit juridique de laïcité ou un traitement privilégié de la religion traditionnellement dominante. Elle ne peut non plus donner à entendre que les lois communes peuvent être relativisées par un droit coutumier qui revendiquerait un pouvoir normatif au nom de l'« identité culturelle ».

Ainsi, les islamistes politiques qui militent pour la reconnaissance d'un statut personnel « musulman », tout en se déclarant favorables à une laïcité réduite à une organisation juridique minimale de la coexistence des communautés, poursuivent une stratégie dont il serait temps de prendre la mesure au lieu d'y voir étourdiment l'occasion d'une prétendue « rénovation » de la laïcité. Il serait dangereux de flatter cette stratégie même si ingénument on croit ainsi donner des gages de repentir à l'égard de populations jadis colonisées. Car enfin on perd alors sur tous les tableaux. Celui de la *liberté individuelle* d'abord, puisqu'on légitime ainsi une emprise des groupes particuliers sur leurs membres, au péril de la sphère privée. Celui de l'*égalité* ensuite, puisque sont prisées certaines façons de concevoir l'identité, et non d'autres. Celui de l'*intégration* enfin, puisqu'on dresse entre les individus ravalés au rang de « membres » d'une communauté et la République commune à tous une sorte d'écran et d'obstacle, représentés par les contraintes propres à un groupe particulier.

RÉGLER LE PRÉSENT
ET L'HÉRITAGE DU PASSÉ :
UNE LOI GÉNÉREUSE

Les principes de la refondation laïque, tels qu'ils viennent d'être rappelés, font donc référence. Mais comme aucune loi ne peut valoir rétroactivement, du moins dans un État de droit, il convenait également d'organiser une situation de fait dans l'esprit de la loi, mais aussi dans la prise en compte de l'histoire, sans qu'une telle prise en compte puisse avoir valeur juris-prudentielle contradictoire par rapport aux principes. C'est cette difficile équation que la loi de 1905 s'efforce de résoudre. Une équation difficile, puisque la plupart des Églises étaient propriété publique depuis la Révolution, et que leur utilisation religieuse, à distinguer rigoureusement de leur place dans le patrimoine artistique et culturel, est désormais privée. Voyons comment la difficulté a été résolue.

Le droit laïque qui fait référence à partir du 9 décembre 1905 ne se lit pas dans les dispositions destinées à assurer la transition, mais dans celles qui dérivent des nouveaux principes. Ainsi du financement de la construction de nouveaux édifices religieux, désormais entièrement à la charge des fidèles et non de la collectivité publique, puisque l'article 2, incorporé au titre « Principes », déclare : « La République ne reconnaît, ne salarie, ni ne subventionne aucun culte. » Date d'effet : le 1er janvier 1906. Après cette date, toute dépense publique créant un patrimoine religieux nouveau est donc illégale. C'est dire que la construction de la cathédrale d'Évry avec une subvention déguisée en financement d'un « musée d'art chrétien » est une infraction caractérisée à la loi : l'argent public a généré un patrimoine privé, propriété de l'Église. Il serait paradoxal qu'une infraction fasse jurisprudence. Or, par un étrange raisonnement, les partisans de la révision de la loi invoquent les manquements qui la bafouent... pour en conclure qu'il faut la changer. Grillons donc les feux rouges : on pourra ainsi réclamer leur abolition.

En réalité, la loi de 1905 a statué indépendamment de la nature spécifique des religions qui existaient alors. En rupture avec toute visée de contrôle des confessions, qui empiéterait sur leur liberté, mais également avec tout système concordataire — qui reviendrait à privilégier les croyants ou leurs représentants —, la loi de séparation constitue une double libération : de Dieu et de Marianne — si l'on peut prendre ici ces termes comme allégories de la République et de la croyance religieuse. Napoléon, on l'a vu, avait besoin des religions pour asseoir, voire légitimer sa dérive tyrannique ; en échange, il leur accordait des privilèges publics qui faisaient fi de l'idéal révolutionnaire d'égalité. Reconduction de la complicité de Dieu et de César, au mépris de la distinction des royaumes et des registres attribuée à Jésus-Christ. Les auteurs de la loi de 1905 n'ont pas négocié son contenu avec les institutions religieuses, tout simplement parce que ce contenu avait pour essence la reconnaissance de principes non négociables, et que ces institutions y étaient hostiles, à l'exception peut-être de celles qui étaient dominées au regard de la toute-puissance de l'Église catholique. Il n'y a donc pas eu de « pacte laïque » comme l'affirme une historiographie inexacte, destinée à suggérer la relativité historique de la loi et son caractère révisable au gré des modifications du paysage religieux.

LA TRANSITION ET SES DIFFICULTÉS

Aucune loi n'est rétroactive, du moins dans un État de droit. La loi de 1905 doit donc aussi régler le sort des lieux de culte détenus par l'État depuis la Révolution française, constitués pour l'essentiel d'églises. Quelque trente-trois mille églises et cathédrales, transférées à la nation par la Révolution, qui a sans doute considéré que leur construction n'a été rendue possible que par un financement de type « public », à savoir la fameuse dîme, impôt religieux prélevé par l'Église à ses fins propres. Le problème à résoudre est difficile, puisque ces édifices sont de caractère public, et que la religion est désormais privée — au sens juridique. Il faut concilier l'héritage de l'histoire et la redéfinition des nouvelles règles juridiques.

La solution adoptée vise à éviter toute violence à l'égard des croyants, en assurant la continuité de l'affectation des lieux de culte à leur destination originelle. Les titres suivants de la loi organisent l'« attribution des biens » conformément à cette exigence. Les lieux de culte qui sont propriété de la nation le resteront, et feront partie du patrimoine culturel public, notamment à titre d'œuvres d'art accessibles à tous. Quant à leur usufruit partiel, pour le culte, il sera bien privé, mais s'exercera dans le cadre de leur mise à disposition gratuite par l'État. Celui-ci en confie l'utilisation, clairement limitée à la pratique du culte, aux « associations cultuelles » que les croyants devront constituer. C'est ce dispositif qui sera beaucoup plus tard source de controverses.

Les religions dominées y verront la consécration d'un privilège pour la religion dominante de l'époque, habilitée par la force des choses et le legs de l'histoire à jouir d'un patrimoine architectural considérable, sans avoir de surcroît à l'entretenir, puisque la charge en incombe à l'État. Mais était-il possible de régler autrement la transition, sauf à prévoir l'instauration graduelle d'un « loyer » qui à la longue aurait mis toutes les religions sur le même plan ? Le législateur n'a pas osé retenir cette solution, sans doute en raison d'un contexte déjà très tendu.

Le débat contemporain s'organise autour d'interprétations divergentes des portées respectives des deux parties du texte de loi. L'une, constituée par l'énoncé des principes (titre premier), stipule sans ambiguïté la privatisation juridique de religieux, et exclut tout financement public de nouvelles constructions de lieux de culte. L'autre, comme on l'a vu, invente un dispositif d'interface entre public et privé afin d'éviter tout sentiment de violence subie chez les croyants. L'héritage du passé est ainsi fait que le nombre des églises en France est alors incomparable avec celui des mosquées, mais le législateur de l'époque n'y peut rien : il s'agit d'un fait. Ce qui lui importe est que ce fait n'engendre plus désormais de privilèges, c'est-à-dire de droits détenus par les uns et refusés aux autres. L'attribution de ce qui est ne peut donc à ses yeux avoir valeur jurisprudentielle, et régler ce qui doit être. Dans l'esprit de Jaurès, c'est donc bien la nouvelle norme qui doit valoir. À compter du 9 décembre 1905, avec date d'effet au 1er janvier 1906, toute construction d'église, ou plus généralement de lieu de culte, sera à la charge des croyants qui en décident, et d'eux seuls, si du moins la loi est respectée. Depuis, elle ne l'a pas toujours été, mais est-ce une raison pour la remettre en cause ?

L'essentiel du débat est de savoir si, un siècle après, la modification du « paysage religieux », avec notamment l'émergence de l'islam, devenu deuxième reli-

gion de France, appelle une redéfinition des principes. Pour les partisans d'une telle révision, celle-ci se
fonderait sur le dispositif d'attribution des lieux de
culte détenus par l'État et non sur les principes énoncés dans les deux premiers articles. Pour les adversaires de cette révision, la restauration d'un financement public des lieux de culte contreviendrait à la
laïcité de l'État, et notamment au principe de réassignation de la religion à la sphère de droit privé.

L'invocation de l'inégalité des divers croyants ne
saurait selon une conviction laïque servir de prétexte
à une telle mise en cause : si le problème est réel, il
requiert sans doute une solution de type social, res-
pectueuse de la séparation laïque. Ainsi, par exemple,
les conditions de vie, sur le plan économique, doivent
permettre à tous ceux qui le désirent de contribuer à
l'édification de lieux de culte. Dans le même temps,
toute discrimination dans la vente de terrains à des
musulmans qui désirent y faire édifier des mosquées
serait à combattre de façon appropriée, mais le financement de celles-ci doit rester de leur seul ressort.

NI FINANCEMENT PUBLIC
NI CONTRÔLE CONFESSIONNEL

L'argument souvent avancé selon lequel le financement de mosquées par l'Arabie saoudite risque de
s'assortir de la promotion de la version la plus intégriste de l'islam n'est pas opposable à l'exigence
laïque. En effet, il présuppose que la construction par
l'État de telles mosquées lui donnerait droit de regard
sur l'orientation confessionnelle des guides religieux
qui y interviennent. Mais cette ingérence n'est ni légi-

time ni même possible. La laïcité comme séparation implique qu'en matière religieuse les croyants soient maîtres chez eux : la République n'est plus arbitre des croyances. Si la version intégriste de l'islam doit être neutralisée, c'est aux musulmans eux-mêmes de le faire. L'État laïque pour sa part assure la diffusion de la culture et de l'exercice de la raison par l'école publique, ainsi que par une attention soutenue aux conditions de vie des hommes qui vivent sur le territoire national. Il contribue ainsi de façon indirecte à la lutte contre les causes de la dérive intégriste : le souci d'une véritable égalité de droits et des moyens de leur exercice est en l'occurrence plus décisif que toute prétention de régulation religieuse. Celle-ci serait à la fois antilaïque et illusoire ; elle ne manquerait pas de soulever la protestation des musulmans, qui auraient quelque raison de se sentir traités de façon paternaliste, et de rejeter cette immixtion. On ne peut pas acheter les consciences avec des murs de mosquée.

Une authentique promotion des services publics de santé, d'éducation, d'aide sociale et scolaire, de culture émancipatrice, dans les quartiers les plus déshérités où souvent les immigrés cumulent des sentiments d'abandon social et d'exclusion, ferait sans doute davantage pour l'émergence d'un islam éclairé qu'une dépense publique consacrée à des lieux de culte, alors que resteraient en l'état les facteurs sociaux de l'exclusion.

Il est illégitime d'opposer laïcité et égalité, en faisant valoir l'existence d'un grand nombre de lieux de culte chrétiens, au regard du petit nombre de mosquées. Car l'égalité ne doit pas concerner les seuls croyants des diverses religions, mais tous les hommes, quelles que soient leurs options spirituelles. Devra-t-on pour assurer cette égalité-là construire des maisons du peuple pour libres penseurs athées, et des lieux d'accueil pour des symposiums d'humanistes agnostiques ? Certains représentants du monde religieux, notamment protestants et musulmans, n'hésitent pas à demander l'abandon du principe laïque selon lequel l'État ne doit subventionner aucun culte. Pourtant ce principe figure bien dans la loi, et il a été en général respecté depuis 1905, sauf cas exceptionnels, comme lors de la construction en 1925 de la grande mosquée de Paris par le très laïque Édouard Herriot, qui entendait ainsi rendre hommage aux citoyens français de confession musulmane tombés en grand nombre au cours de la Première Guerre mondiale. À situation exceptionnelle, mesure exceptionnelle, qui atteste que la République peut et doit avoir des égards sans pour autant bouleverser les conquêtes du droit qui font toute sa valeur.

L'APPLICATION DE LA DISTINCTION PRIVÉ-PUBLIC

La solution apportée par la loi de 1905 à la difficulté résultant de la nature publique de la plupart des édifices du culte, catholiques pour l'essentiel, et de la nature désormais privée de leur utilisation, a relevé, on l'a vu, d'un souci de ne pas heurter les fidèles. La seule concession faite alors a été la gratuité de la mise à disposition des lieux de culte déjà existants, mais elle ne s'est aucunement assortie d'un engagement à en construire de nouveaux sur fonds publics. Sur ce point, l'article 2 est très net. Il n'est donc pas juste de donner à un dispositif destiné à gérer l'héritage d'une situation passée un caractère jurisprudentiel, puisque le premier titre de la loi précise ce que sont désormais les « principes » qui doivent régler les rapports entre État et religions.

Nombre de mesures énoncées dans les articles suivants relèvent de cet esprit, ainsi que du souci d'appliquer avec rigueur les conséquences de la partition entre sphère publique et sphère privée. Ainsi des services d'aumôneries, qui peuvent avoir leur place légitime dans les internats de lycées, en raison du fait que les élèves y passent tout leur temps : la sphère privée et la sphère publique se situent alors dans le même lieu, et la liberté, privée, de se rendre à l'aumônerie doit bien y être rendue possible. En revanche, quand d'anciens internats sont devenus des externats, le maintien d'une aumônerie dans l'établissement scolaire n'a plus aucune légitimité, puisque les parents qui le veulent peuvent faire donner à leurs enfants une éducation religieuse en dehors de l'école. Il en est de même dans tous les lieux où la distinction privé-public ne se matérialise ni dans le temps ni dans l'espace, comme les prisons et les hôpitaux. Cependant, l'équité nécessiterait que tous les types d'accompagnement spirituel y soient prévus, y compris ceux des humanistes athées ou agnostiques.

Autre question : celle des emblèmes religieux. L'article 28 prévoit qu'ils ne doivent plus être apposés dans les lieux publics et monuments publics, et ce afin de préserver l'universalité des repères et des symboles communs à tous. Cette exigence ne concerne évidemment pas les œuvres artistiques léguées par le passé, comme par exemple les calvaires sculptés des carrefours bretons ou des cimetières. Mais il est clair que nulle mairie ou école publique ne peut exhiber d'emblèmes religieux sans déroger à la laïcité. Quant à la question de l'enseignement laïque et de la déontologie qu'il requiert, elle sera traitée plus loin, au chapitre XI.

CHAPITRE IX

LAÏCITÉ ET DIFFÉRENCES :
L'INTÉGRATION RÉPUBLICAINE

DE L'ACCUEIL À LA PLÉNITUDE
DE L'INTÉGRATION

L'immigration, qui a souvent pour origine des contraintes économiques, une exigence de survie, ou la recherche d'un asile politique, reste liée à la douleur de la rupture, de l'arrachement, de l'exil. Elle n'a pas d'abord pour vocation la fixation dans le pays d'accueil. Pourtant, après des décennies, cette immigration de travail s'est transformée en immigration de peuplement. Dès lors a surgi la question essentielle. Comment devenir une composante de la société française tout en préservant son identité d'origine ? C'est à une telle question que doit répondre le pays d'accueil. Comment doit-il le faire ? La réponse met en jeu une certaine idée de la nation et de la communauté politique qui la définit.

Traditionnellement, avant sa refonte révolutionnaire et républicaine, la nation se définit sur la base de références qui tendent à produire de l'exclusion : le droit du sang, la religion, voire des usages coutumiers qui peuvent envelopper des rapports de dépendance. Avec la Révolution française, la nation se redéfinit. Elle devient une communauté de citoyens, décidés à vivre ensemble selon des principes de droit qu'ils adoptent en tant que peuple souverain. La Déclaration des droits de l'homme et du citoyen d'août 1789 met hors jeu toute différence autre que celle du mérite, librement redéfinissable par l'effort de chacun. Elle proclame pour cela l'égalité de droit de tous les êtres humains. Et c'est à tous, simultanément, qu'est reconnue la liberté. La coexistence des libertés individuelles est organisée par la loi commune, qui s'abstient d'imposer toute exigence que ne justifierait pas un tel souci. La sphère privée est ainsi libérée. Chacun choisit librement une religion ou une conception athée, une philosophie du bonheur et des valeurs personnelles. Il peut cultiver ce choix en commun avec d'autres, car la sphère privée concerne, au-delà de l'existence individuelle, la libre association. On peut se retrouver entre personnes soucieuses de cultiver une mémoire et une culture singulières, mais sans jamais se séparer des autres hommes. La seule exigence légitimement compréhensible est en l'occurrence que la condition de possibilité d'une telle coexistence soit mise en place et préservée. La république laïque est comme la condition transcendantale, au sens kantien, d'une intégration réussie : elle est à la fois condition de possibilité d'une certain type de rapports harmonieux entre des êtres d'origines et de traditions diverses, et la garantie de leur stabilité par le fait que la justice qui les fonde manifeste sans cesse ses effets.

Dans l'État de droit républicain, la même justice doit valoir pour tous, immigrés aussi bien que natifs du pays. Les « immigrés » n'ont plus à être distingués. Ils sont devenus une composante de la population. Il faut donc qu'aucun choix particulier, en matière de religion ou de vie privée, ne soit privilégié par la loi commune. C'est justement ce qui définit la laïcité : croyants des diverses religions ou athées se voient reconnaître la liberté absolue de conscience, et l'égalité dans tous les domaines. Ce qui implique la neutralité confessionnelle de l'État, et son souci de mettre en valeur ce qui unit tous les hommes. Les valeurs laïques répondent à cette exigence : liberté, égalité, fraternité. La fraternité, authentique, peut advenir entre les hommes dès lors qu'ils forment un monde commun à tous, où nul n'est privilégié ou au contraire stigmatisé du fait de son origine ou de sa croyance, religieuse ou non.

LE STATUT DES « DIFFÉRENCES »
EN PAYS LAÏQUE

On voit que les différences de culture ou de religion ne sont pas niées, mais vécues de telle façon que demeure possible un espace régi par le seul bien commun, et ouvert à tous. C'est ce qui unit les hommes, non ce qui les sépare ou les divise, qui finalise cet espace. Communauté de citoyens, la nation républicaine ne se fonde en principe sur aucune référence religieuse, aucun particularisme culturel, aucune conception obligée de la vie privée. La république n'est pas chrétienne ou islamique : elle s'interdit de se réclamer d'une confession militante, ou d'un athéisme officiel : et c'est pour cela qu'elle accueille tous les hommes en les plaçant sur le même pied d'égalité, quelle que soit leur option personnelle. Il n'y a rien en elle qui puisse justifier l'exclusion, ou la rendre possible.

Bien sûr, il faut que les hommes puissent coexister harmonieusement et qu'en cultivant leurs préférences singulières ils ne soient pas conduits à l'affrontement. En république laïque, le rôle de la loi commune est de rendre possible et d'organiser cette coexistence, et de préserver le bien commun que constitue un espace civique accueillant à tous. Le respect des préférences privées a dès lors pour condition qu'elles ne prétendent pas annexer la sphère publique, ni compromettre la recherche de l'intérêt commun par des privilèges légaux accordés aux religions ou aux spiritualités athées. Dans une telle conception, les individus sont sujets de droit, et nul groupe particulier ne peut leur imposer quoi que ce soit. Il s'agit de permettre aux hommes de cultiver leurs différences sans se replier ni s'enfermer dans des ghettos dont les frontières deviennent vite conflictuelles. En France, telle qu'elle se construit, la république laïque peut d'autant mieux accueillir des hommes auxquels sont familiers d'autres contextes qu'elle résulte d'une mise à distance des traditions occidentales. Le droit républicain et laïque n'est l'héritier d'aucune religion particulière, car il a dû bien plutôt se conquérir contre la domination d'une religion, chrétienne en l'occurrence, sur la vie civile et politique.

Il ne s'agit donc pas d'imposer un particularisme contre un autre, mais d'émanciper le droit de l'emprise de tout particularisme. Il ne s'agit pas non plus d'assurer l'hégémonie d'une culture ou d'une « civilisation » sur une autre, mais de fonder les lois sur des exigences de justice qui sont bonnes pour tous les peuples. Ainsi, en France, l'imposition à l'école publique d'un message religieux a été congédiée par les grandes lois laïques de 1883, soucieuses de faire que l'enseignement donne à tous la culture, et assure l'exercice autonome du jugement. Le rôle des familles, dans la sphère privée, s'en est trouvé libéré, puisqu'elles peuvent désormais faire dispenser à leurs enfants, si elles le veulent, l'enseignement confessionnel ou philosophique de leur choix, sans subir un prosélytisme officiel. Cette possibilité doit s'exercer en dehors de l'école publique, qui en principe ne peut enseigner que ce qui vaut universellement. Un autre exemple de laïcisation est la disparition de la notion machiste de chef de famille, d'inspiration chrétienne, rayée du livret de famille traditionnel, au profit d'une direction conjointe du foyer par mari et femme. Une telle égalité des sexes n'est nullement le produit spontané d'une culture particulière, mais une conquête effectuée contre la dimension machiste de la culture chrétienne traditionnelle.

De telles conquêtes sont partielles, et s'inscrivent dans un processus de laïcisation du droit et de la société qui est encore loin de son terme idéal. Mais elles peuvent d'ores et déjà bénéficier aux immigrés, car ils arrivent ainsi dans une république soucieuse de s'émanciper de toute préférence religieuse ou culturelle. L'erreur serait de demander l'extension à toutes les religions des privilèges indus dont jouissent encore les Églises (écoles privées financées par l'État, régime concordataire en Alsace-Moselle). C'est bien plutôt par la suppression de ces privilèges que se réalisera l'émancipation définitive du droit, et par elle la plénitude de l'égalité.

Bref, la république laïque ne dit pas à ceux qu'elle intègre : « renoncez à votre culture pour vous soumettre à une autre culture », mais : « soyez bienvenus dans un pays où la laïcité s'efforce de tenir à distance toute idéologie particulière, religieuse ou athée, qui voudrait s'imposer à vous ». Pour ceux qui désormais sont partie prenante de la population, la laïcité du pays d'accueil est la meilleure des garanties. Évidemment, cette garantie a pour condition une exigence qui s'impose à tous, sans exception : respecter la sphère publique et les lois qui la font vivre, puisque celles-ci, en principe, n'ont pour raison d'être que le bien commun. C'est précisément pour cela que le modèle républicain est intégrateur. Et l'intégration ne produit nullement l'effacement des patrimoines culturels.

LES VÉRITABLES OBSTACLES
À L'INTÉGRATION

Schéma idéal dira-t-on, car la pratique est autre. Certes. Mais concrètement qu'est-ce qui explique un tel décalage ? Il y a bien d'autres facteurs concrets qui nuisent à une intégration pourtant promue par le droit.

Peut-être faut-il commencer par l'héritage historique, et les traces que la culture et la religion dominantes y ont laissées. Calendrier, fêtes, usages, références quotidiennes sont propres à un lieu, et paraissent étranges à celui qui vient d'ailleurs, et possède d'autres repères. Mais faut-il les gommer pour mieux accueillir ceux qui ont d'autres univers familiers ? Cela est à la fois impossible et impensable. L'important n'est pas de réécrire l'histoire, mais de laïciser son héritage. Le cadre d'accueil de ceux qui ont vocation à partager la vie commune a certes un caractère singulier, marqué par l'inscription du christianisme dans la culture et les repères quotidiens. Mais ce qui compte, c'est que plus aucun privilège juridique ne soit accordé au christianisme de ce fait. C'est ce que permet l'émancipation laïque.

Reste que d'autres facteurs, économiques ou sociaux, voire idéologiques ou psychologiques, peuvent quant à eux produire de l'exclusion. Les mauvaises conditions de vie, l'exploitation sociale particulièrement intense, mais aussi des réflexes de xénophobie ou de racisme, d'intolérance à l'égard de l'autre, jouent ce triste rôle. C'est à ces facteurs qu'il convient de s'attaquer, car ils brouillent l'image de la république et altèrent sa fonction d'intégration. On remarquera d'ailleurs que la laïcisation des esprits consiste ici à faire respecter l'humanité des hommes indépendamment des figures particulières qu'elle prend du fait des diversités d'allure, de coutumes et de croyances religieuses. Cela ne veut pas dire refuser la « différence », mais au contraire l'admettre en voyant en elle une des expressions de la richesse humaine. Toutefois, admettre ainsi la différence, cela ne veut pas dire non plus s'interdire tout jugement sur des pratiques attestant un pouvoir de domination ou d'assujettissement. Respecter toutes les cultures, par principe, ce n'est pas tout respecter dans les cultures, ou plutôt respecter tout ce qui au nom d'une culture constitue une chose en soi inacceptable. Le respect de la différence a pour limite la dimension obscurantiste d'un relativisme qui aboutirait à entériner, voire à légitimer, des pratiques oppressives que bien souvent des personnes contestent au sein même de ces cultures. Les Afghanes et les Algériennes qui refusent le voile, les Maliennes et les Sénégalaises qui refusent l'excision du clitoris ne sont pas, jusqu'à preuve du contraire, des adeptes clandestines de l'idéologie néo-colonialiste. Et Taslima Nasreen récusant la mainmise de l'islamisme sur la culture n'est pas non plus, comme on l'a insinué parfois, une épigone de l'idéologie occidentale.

L'erreur trop souvent commise concernant les difficultés de l'intégration est d'imputer à la république ce qui ne relève pas d'elle. On voudrait voir dans les exigences laïques et républicaines la source d'une exclusion qui a de tout autres causes. Erreur souvent dictée par la mauvaise conscience liée au souvenir de la colonisation. Celle-ci, pourtant, n'est pas imputable au modèle républicain comme tel, et il faut rappeler que Clemenceau, au nom des valeurs républicaines, a condamné avec vigueur l'entreprise colonialiste de la IIIe République. Il convient de ne pas oublier que la laïcité a rendu possible le « creuset français ». Il serait paradoxal de renoncer à des principes qui ont joué un tel rôle, sous prétexte de mieux intégrer, alors qu'on prendrait ainsi le chemin exactement inverse. Il faut surtout veiller à ce que la justice sociale donne à la république le visage humain que profile son cadre juridique. Faute de quoi le reproche d'abstraction aura quelque légitimité. Victor Hugo et Jaurès unissaient dans un même idéal la république sociale et l'émancipation laïque

LAÏCITÉ ET POLITIQUE D'INTÉGRATION

Une politique d'intégration repose d'abord sur un droit du travail aussi juste que possible, soucieux de régler de façon humaine les conditions de l'embauche et du licenciement. Elle suppose une maîtrise sociale des gains de productivité, ainsi qu'une redistribution équitable de la richesse produite, qui doit beaucoup au travail de la nouvelle composante de la population que sont les immigrés, ou leurs enfants. Ceux qui donnent tant à la république, en assumant des tâches souvent ingrates et mal rétribuées, doivent jouir de la plénitude des acquis sociaux, sans discrimination implicite ou explicite. Les quartiers où ils vivent, souvent déshérités, doivent retenir l'attention des pouvoirs publics : développement des équipements publics de santé et de loisirs, des établissements scolaires et des bibliothèques, des centres d'aide sociale et de soutien scolaire pour les élèves en difficulté, véritable politique sociale de l'enfance, centres de formation permanente et de conseil pour l'orientation professionnelle, etc. Enfin, il faut que soit assurée une visibilité de toutes les composantes de la république parmi les acteurs de la vie sociale, dans les médias, ainsi que dans l'art.

La laïcité délie le droit de toute tradition particulière. Elle le conçoit à partir d'exigences de justice, comme la liberté de conscience, l'égalité sans discrimination d'origine, de conviction, de sexe. Ces exigences ne relèvent pas d'une façon d'être coutumière particulière. Le cadre d'accueil que la république laïque met en place est par principe ouvert à tous. Les différences imputables à la culture entendue au sens ethnographique, aux coutumes, et aux options religieuses, ne sont donc pas un obstacle pour l'intégration à la république laïque. La loi commune, on l'a vu, ne requiert aucun nivellement des différences, mais une invitation à les vivre selon un régime d'affirmation compatible avec les règles de droit. Si d'autres facteurs, par exemple de type économique, nuisent à l'intégration, la laïcité comme telle ne saurait en être rendue responsable dès lors qu'elle définit les principes d'une coexistence sur des bases de droit et s'interdit tout privilège accordé à un particularisme.

L'ambiguïté de la notion de « droits culturels » ou de celle de « droit à la différence » résulte souvent de la confusion des domaines. On peut en effet se demander si la libre valorisation d'un patrimoine culturel et affectif singulier, d'une mémoire partagée, implique l'instauration de droits spécifiques tels que ceux que revendiquent les partisans d'un statut de droit personnel, qui risque d'être à la discrétion des guides religieux autoproclamés d'une communauté. L'intégration républicaine dessine une voie difficile entre l'assimilation pure et simple, qui disqualifierait toute référence identitaire, et le communautarisme, qui tire l'identité vers des références exclusives, et compromet le lien social en effaçant tout horizon d'universalité. C'est cette difficulté qui doit être abordée, notamment au regard des périls de l'enfermement communautariste tant pour la liberté des individus que pour la paix dans des sociétés dites « multiculturelles ».

LES « DIFFÉRENCES »
AU REGARD DU DROIT

Accueillir des hommes, ce n'est pas les juxtaposer dans des ghettos, mais les faire participer à un monde commun. La république laïque constitue le cadre adéquat d'une terre d'asile. Le geste d'accueil, en effet, a égard à l'humanité des hommes autant qu'à la façon dont elle s'est particularisée dans des coutumes. Or la création d'un monde commun comporte des exigences essentielles. Tous les usages qui procèdent des civilisations particulières ne sont pas compatibles en effet. Le respect des « cultures », au sens ethnographique du terme, n'implique nullement la consécration de toutes les pratiques traditionnelles qui les ont marquées.

Dès lors, une tension peut apparaître entre la visée d'un monde commun — présente dans l'intégration républicaine — et le respect de ce que l'on appelle souvent, non sans ambiguïté, les « différences culturelles ». Cette tension peut mettre en jeu deux attitudes extrêmes, qui souvent se nourrissent l'une l'autre. La première attitude, relevant d'une confusion entre intégration républicaine et assimilation négatrice de toute différence, comporte le risque de disqualifier l'idée même de république, de bien commun aux hommes, aux yeux des personnes victimes de cette confusion. La seconde attitude, en symétrie inverse, exalte la « différence » en un communautarisme crispé, replié sur des normes particulières, et ce au risque de compromettre la coexistence avec les membres des autres « communautés ». Cette exaltation relève parfois d'une affirmation victimaire contre une intégration qui se confondrait avec une assimilation négatrice. Les deux attitudes, en ce cas, s'alimentent réciproquement.

Un équilibre s'impose, qui cherche à faire valoir une conception juste des principes de l'intégration comme de l'affirmation identitaire. Du côté de la logique d'intégration, le principe sera de distinguer les exigences qui ont valeur universelle dans la fondation sociale, et les traits particuliers d'une façon d'être collective, d'un héritage culturel, de coutumes spécifiques. Un tel partage n'est pas toujours aisé à effectuer, mais il est nécessaire lorsqu'il s'agit de définir ce qui est légitimement exigible pour que l'intégration soit effectivement possible. Un exemple permettra d'indiquer sommairement le sens de ce partage. Dans une Constitution républicaine où les droits de l'homme ont un rôle fondateur, la liberté individuelle et l'égalité des sexes, par exemple, sont des principes qu'aucune pratique culturelle, fût-elle coutumière ou ancestrale, ne saurait battre en brèche. Sur ce point, rien ne peut véritablement être négocié, sauf à consentir un pouvoir aux groupes de pression qui entendent s'imposer à une communauté particulière.

Un tel constat ne signifie pas que rien ne doive être fait pour mettre en évidence le sens et la valeur des conditions de l'intégration, ainsi que des exigences qui leur sont liées. Les pratiques quotidiennes, les usages familiaux, et l'ensemble du patrimoine esthétique et affectif, en revanche, sont respectables en leur libre affirmation, et acceptables, si l'on veut, en leur « différence », aussi longtemps qu'est préservée la loi commune, fondement d'intégration pour tous.

Toute la difficulté apparaît dès lors que des normes d'assujettissement interpersonnel, des rapports de pouvoir et de dépendance interpersonnelle se trouvent impliqués dans le patrimoine culturel évoqué. Faut-il s'abstenir de les juger sous prétexte que le « droit à la différence » ne saurait être relativisé ? Faut-il au contraire rejeter globalement une culture du seul fait que des rapports d'assujettissement y sont impliqués ? La première posture conduit à une démission devant l'inacceptable et débouche sur une sorte de servitude. La seconde tend à renouer avec l'ethnocentrisme et s'apparente au refus de toute différence culturelle sous prétexte de défendre la justice. Il est d'ailleurs peu probable qu'une telle « défense » soit comprise et admise dès lors qu'elle se solidarise avec une attitude de rejet global dans laquelle on peut fort bien identifier une posture d'intolérance et de refus de l'autre. La première attitude risque de glisser bien vite de la tolérance au relativisme. Tout repère et tout principe de référence sont alors disqualifiés car frappés du soupçon de résurgence d'une volonté de domination. La seconde rend peu crédible la perspective d'intégration, car elle confond les traits particuliers d'une civilisation et les principes universels capables de fonder la concorde entre les hommes. L'impasse à laquelle conduit chacune de ces voies est manifeste.

La ghettoïsation et la mosaïque des communautés juxtaposées, dont les frontières sont souvent conflictuelles, dessinent la figure d'une démocratie qui se prive de toute référence à un bien commun, et court à une conflictualité larvée ou explicite, dont les affrontements intercommunautaires en Inde (entre hindous et musulmans) ont donné récemment une illustration tragique. La figure correspondant à la première attitude est repérable aujourd'hui dans certaines dérives communautaristes du monde anglo-saxon. Quant à la deuxième attitude, si elle semble en partie révolue depuis la critique décisive des idéologies colonialistes et ethnocentristes, elle peut resurgir sous des formes renouvelées dans les racismes modernes que ne manque pas de nourrir la crise économique et sociale liée au libéralisme débridé qui caractérise la mondialisation capitaliste. L'idéologie du prétendu « clash des civilisations » (Samuel Huntington) pratique et enchaîne les amalgames en forme de poupées russes. Les individus sont cloués à leurs particularismes religieux ou coutumiers, les groupes sont rivés à des identités collectives elles-mêmes fondées sur des références exclusives, et finalement l'humanité une n'existe même plus comme horizon de référence, sinon dans la rhétorique enfantine du « village planétaire » ou le sirop de droits de l'homme d'autant plus évoqués qu'ils sont effectivement moins respectés par l'intronisation de particularismes exclusifs.

Pour sortir d'une telle impasse, il faut donc rechercher une autre voie. De façon générale, elle consiste à distinguer le patrimoine culturel des rapports de pouvoir et des normes qui leur sont liées. Les rapports féodaux de servage ont eu quelque chose à voir avec l'art des troubadours, mais l'admiration de ces derniers n'implique nul consentement aux rapports d'assujettissement qui lui ont été associés. Les negrospirituals ne sont pas sans rapport avec l'esclavage des Noirs en Amérique, mais à l'évidence le patrimoine culturel qu'ils représentent en est rigoureusement dissociable. La culture liée au christianisme véhicula longtemps la soumission de la femme à l'homme, comme le fait aujourd'hui aussi une certaine interprétation du Coran. Mais le respect des cultures et des différences ne peut aller jusqu'à s'incliner devant toute norme ou toute coutume : ici intervient la distinction évoquée. Pour être traditionnellement inscrite dans les cultures marquées par les trois grands monothéismes, l'inégalité des sexes n'est pas pour autant respectable.

On s'affranchira donc d'une question mal posée, qui est celle du respect de toutes les cultures, en rappelant que tout n'est pas respectable dans les coutumes, et que nulle civilisation ne peut échapper à l'esprit critique, qui doit distinguer ce qui se donne comme « culturel » pour mieux s'imposer — à savoir des rapports de domination et des normes contestables — et ce qui, réellement, peut valoir comme patrimoine culturel. Un des critères somme toute assez aisé à repérer est le caractère neutre d'un usage au regard des rapports de pouvoir ou de domination. L'excision du clitoris, les mutilations corporelles érigées en châtiment, la répudiation unilatérale d'une

femme par un homme, la domination masculine multiforme, illustrée notamment par la notion machiste
de chef de famille, sont autant d'exemples de faits irre-
cevables qu'on ne saurait labelliser comme « culturels » sans risquer aussitôt de les légitimer.

De telles remarques valent autant pour l'Occident
chrétien que pour les autres contrées du monde.
L'égalité des sexes, la liberté de conscience, la reconnaissance des droits n'y advinrent en effet que par
des luttes qui, à bien des égards, prenaient le contre-
pied des usages et des traditions. La réalisation des
idéaux n'y est d'ailleurs que partiellement accomplie.

On ne peut donc que rejeter comme mystificateur
l'ethnocentrisme, ou cette réécriture de l'histoire qui
consisterait à laisser croire que l'Occident chrétien a
produit spontanément les droits de l'homme, alors
que ceux-ci y furent conquis, pour l'essentiel, contre
la tradition cléricale chrétienne. Rappelons que
l'Église catholique a attendu le XXᵉ siècle pour reconnaître la liberté de conscience, l'autonomie de la
démarche scientifique et l'égalité principielle de tous
les hommes, croyants ou non : toutes choses que le
pape Pie IX anathémisait encore dans son *Syllabus*
de 1864. Quant à l'Index des livres interdits, où
l'Église a inscrit tous les ouvrages qui dérangeaient
son dogmatisme, il a fallu attendre 1962 et Vatican II
pour qu'il soit supprimé...

LES MALENTENDUS
DE L'« IDENTITÉ COLLECTIVE »

L'« affirmation identitaire », si souvent invoquée
comme un droit à part entière, ne va pas sans ambi-

guïté. Vaut-elle pour les individus ou pour les groupes humains ? Si l'identité personnelle est une construction relevant du libre arbitre, elle ne peut se résorber dans la simple allégeance à une communauté particulière. En l'occurrence, le droit de l'individu prime sur celui que l'on serait tenté de reconnaître à la « communauté » à laquelle il est dit « appartenir ». Ce dernier terme, à la réflexion, se révèle très contestable. Nul être humain n'« appartient », au sens strict, à un groupe — sauf à fonder le principe d'une allégeance non consentie qui peut aller loin dans l'aliénation.

La jeune musulmane qui refuse de porter le voile doit-elle y être contrainte au nom du prétendu droit de sa communauté ? La femme malienne qui s'insurge contre la mutilation traditionnelle du clitoris sera-t-elle considérée comme trahissant sa culture ? La femme chrétienne qui refuse de réduire la sexualité à la procréation sera-t-elle stigmatisée par l'autorité cléricale ? Ces exemples soulignent le risque que comporte l'attribution de l'affirmation identitaire aux groupes et non aux individus. Le « droit à la différence », c'est aussi le droit, pour un être humain, d'être différent de sa différence, si l'on entend par cette dernière la réification de traditions, de normes et de coutumes dans ce qui est appelé une « identité culturelle ».

Octroyer des droits à des « communautés » comme telles, ce peut donc être courir le risque de leur aliéner les individus qui ne se reconnaissent en elles que de façon mesurée et distanciée, c'est-à-dire libres. Au demeurant, il faut souligner le caractère à la fois douteux et dangereux de la notion d'identité collective, notamment lorsqu'elle se constitue comme affirmation exclusive cristallisée dans une fiction politique. Certes, cette affirmation peut avoir souvent un

caractère victimaire : on chérit d'autant plus une identité collective imaginaire qu'on a davantage de motifs de se la représenter comme meurtrie et bafouée par l'histoire passée. Le retour aux traditions après la décolonisation a souvent relevé de ce ressort, comme il le fait également aujourd'hui dans le contexte d'une immigration victime d'exclusion sociale ou économique, voire de racisme ou de xénophobie. Mais le caractère réactif d'une telle cristallisation imaginaire ne peut échapper à la réflexion. Peut-on fonder des droits différents sur un tel caractère, sinon par volonté de compensation ?

L'identité individuelle elle-même, plus recevable, ne saurait avoir un caractère figé, incompatible avec la liberté proprement humaine de se définir, voir de se redéfinir. Jusqu'au dernier souffle, cette liberté dont dispose un être humain de décider de son être est essentielle. Et elle suppose que les facteurs identitaires soient librement adoptés au lieu de s'imposer de façon muette à travers contraintes et conditionnements. Une telle liberté ne présuppose pas un être désincarné, fantôme exempt de toute histoire et de tout patrimoine affectif ou symbolique. Elle tient dans la faculté de réflexion sur soi et le passé, telle que peut la promouvoir la conjonction de conditions de vie décentes et de l'autonomie de jugement favorisée par l'instruction.

Il y a donc un point aveugle du différencialisme auquel, étourdiment, on croit devoir consentir par tolérance alors qu'on risque ainsi de consacrer la mise en tutelle des individus. Ici se pose la difficile question du statut des références culturelles communautaires, considérées comme éléments de construction de l'identité personnelle, mais non comme facteurs obligés d'allégeance. Une culture qui prétend s'imposer n'est plus une culture, mais une politique.

Elle relève donc d'un traitement politique, avec droit de regard sur le sort qu'elle réserve aux libertés. Tout individu, on l'a vu, doit pouvoir disposer librement de ses références culturelles, et non être contraint par elles. Il en est ainsi, bien sûr, pour la religion qui ne peut sans bafouer les droits de la personne prendre la forme d'un credo obligé. La liberté, là encore, doit rester un principe intangible. L'individu qui assume sa culture ne consent pas nécessairement à toutes les traditions en lesquelles, naguère, elle a pu s'exprimer. Il apprend à la vivre comme telle, c'est-à-dire comme une culture particulière, que d'autres hommes ne partagent peut-être pas. Il apprend également à distinguer ce qui peut être accepté de ce qui est contestable : il vit ainsi son « appartenance » de façon suffisamment distanciée pour ne pas s'enfermer en elle, et se fermer aux autres hommes. Il peut ainsi éviter tout fanatisme.

Or c'est très exactement cette exigence, qui conjugue affirmation et distanciation, que relaie l'intégration républicaine pour faire advenir un monde commun à tous les hommes, quelles que soient par ailleurs les références culturelles dans lesquelles ils se reconnaissent. L'ouverture à l'universel exclut l'enfermement dans la différence. Pour la république comme pour l'école laïques, il n'y a pas d'étranger. L'universel, lui-même, n'est l'authentique partage de ce qui est ou peut être commun à tous les hommes que s'il se conçoit de façon critique, par dépassement des particularismes et affranchissement des références culturelles par rapport aux relations d'assujettissement.

Dans une telle perspective, la laïcité définit le cadre le plus adéquat qui soit pour accueillir les différences culturelles sans concéder quoi que ce soit aux pouvoirs de domination et aux allégeances qui préten-

draient s'en autoriser. Liberté de conscience, égalité stricte des croyants et des non-croyants, autonomie de jugement cultivée en chacun grâce à une école laïque dépositaire de la culture universelle, constituent en effet les valeurs majeures de la laïcité. La séparation de l'État et des Églises n'a pas pour fin de lutter contre les religions, mais de mettre en avant ce qui unit ou peut unir tous les hommes, croyants de religions diverses ou croyants et non-croyants.

L'effort que chacun accomplit pour distinguer en lui ce qu'il sait et ce qu'il croit, pour prendre conscience de ce qui peut l'unir à d'autres hommes sans exiger d'eux qu'ils aient la même confession ou la même vision du monde, est le corollaire d'un tel idéal. Dans des sociétés souvent déchirées, l'idéal laïque montre la voie d'un humanisme critique, d'un monde véritablement commun. Nul besoin pour cela que les hommes renoncent à leurs références culturelles : il leur suffit d'identifier les principes qui fondent le « vivre ensemble » sans léser aucun d'entre eux. Le croyant peut fort bien comprendre qu'un marquage confessionnel de la puissance publique blesse le non-croyant. Et celui-ci, réciproquement, peut fort bien admettre qu'un État qui professerait un athéisme militant serait mal accepté par le croyant.

La laïcité de la puissance publique, pour l'affirmation de ce qui est commun à tous les hommes, implique la neutralité radicale de l'État sur le plan confessionnel, c'est-à-dire en fait son caractère rigoureusement non confessionnel. Celui-ci n'est donc que la conséquence du principe positif de pleine égalité. La laïcité requiert un effort d'ouverture et de retenue tout à la fois puisqu'elle entend préserver la sphère publique de toute captation partisane, que ce soit au nom d'une culture ou au nom d'une religion. Cet effort est celui-là même qu'ont à faire les hommes pour apprendre à vivre ensemble dans le respect de leurs libertés de penser et d'agir. Ainsi peuvent se concilier l'intégration républicaine et le respect de tous.

Il convient de faire ici sa place à l'examen critique d'une stigmatisation unilatérale de l'islam, arbitrairement cloué à sa figure intégriste, alors que le christianisme est le plus souvent distingué des réalités historiques les plus cruelles qui se sont réclamées de lui. L'islam serait, pour certains analystes, inassimilable par la société française, contrairement aux autres « religions du Livre ». Et l'on passe alors sous silence que ces dernières, au temps de leur domination politique, ont été aussi mortifères pour la liberté et pour l'égalité que la version intégriste de l'islam. Présenté comme ignorant la distinction laïque entre la sphère privée et la sphère publique, il signerait l'obsolescence du modèle républicain d'intégration.

D'autres approches, au contraire, affichent une certaine « islamophilie » et demandent à la République de réviser sa laïcité, notamment en finançant sur fonds publics des mosquées ou l'intervention de religieux musulmans dans les établissements scolaires. Bref, de rétablir une reconnaissance officielle des religions, dont profiteraient logiquement toutes les confessions. Ainsi, l'archevêque de Strasbourg a-t-il suggéré que le régime concordataire d'Alsace-Moselle, qui consacre des discriminations positives pour les religions catholique, réformée et juive, pourrait bien constituer un modèle pour toute la France. Et l'on demande son extension à la religion musulmane, sans s'aviser que l'on consacrerait ainsi l'extension partielle d'un privilège, et non la promotion d'une égalité de tous, incluant les athées et les agnostiques.

Une conception laïque du lien social ne peut admettre la réduction de l'universalisme à l'œcuménisme religieux, qui est évidemment discriminatoire à l'égard des athées et des agnostiques. C'est dire qu'elle conduit à douter qu'une meilleure connaissance des religions soit la panacée pour promouvoir une intégration. D'autres écoles de tolérance sont à rappeler ici. Raison et culture scientifique, goût de la pensée rationnelle et philosophique, développement de la culture artistique ont un rôle largement aussi décisif à jouer dans une telle perspective. Avant tout, il semble salutaire de cesser de clouer les citoyens à leurs appartenances religieuses ou culturelles, de les communautariser ne serait-ce que par le langage qui tend malheureusement à s'imposer. Pourquoi parler sans cesse de « musulmans », de « juifs », de « chrétiens » ? Il serait préférable de s'en tenir à une désignation qui a le mérite de rappeler que l'humanité d'un homme ne se réduit pas à son allégeance ou à son « appartenance » : citoyen de confession musulmane, ou chrétienne, ou juive.

Bref, il est temps de rendre lisible, sans abstraction mystifiante, ce qui rappelle aux hommes l'humanité commune dont relèvent leurs différenciations respectives.

CHAPITRE X

LE DÉFI COMMUNAUTARISTE

QUELLE CONCEPTION DE L'UNIVERSALITÉ ?

L'intégration républicaine repose donc sur la laïcité, qui affranchit les lois de toute tradition religieuse ou coutumière particulière, et entend les définir à partir d'exigences de droit. C'est une telle émancipation, on l'a vu, qui rend possible l'accueil puis l'installation prolongée, voire définitive, dans un cadre institutionnel commun à tous. Certes, ce cadre se met en place dans un contexte hérité d'une histoire, et à ce titre marqué par des références particulières — tant dans l'organisation de l'espace et du temps que dans celle des repères collectifs : architecture, calendrier, fêtes, etc., sont un legs qui ne saurait être effacé sous prétexte de favoriser l'intégration. Mais l'important n'est pas que ces éléments existent : c'est que désormais ils ne soient plus porteurs de stigmatisation ou de privilège. C'est toujours quelque part et à un moment donné qu'il s'agit de vivre, et cette particularité ne saurait être effacée au nom des idéaux qui se sont constitués au-delà de telles limites, à partir du processus de distance à soi qui a rendu possible un tel dépassement.

Il serait donc inexact de considérer que l'universel a élu sa demeure en un lieu déterminé, ni qu'il puisse le faire, sauf à retomber dans l'illusion ethnocentriste naguère instrumentalisée par l'idéologie colonialiste. Pour la même raison, il serait tout aussi inexact de penser ces idéaux comme une manifestation parmi d'autres d'un mode de vie particulier, une sorte d'idiotisme culturel. C'est à ce dernier amalgame que procèdent tous ceux qui se défient de la laïcité, et entendent la clouer à une vision du monde particulière, voire à un trait de culture de même statut que les usages propres à un peuple. Il est ainsi plus commode de la refuser ensuite au nom de l'« identité culturelle », et de maintenir sous ce label des rapports d'assujettissement ou des privilèges.

Le voile imposé, l'excision du clitoris, le code de la famille, le privilège public de la religion sur l'athéisme sont ainsi tour à tour revendiqués au nom de cette « identité culturelle », et la laïcité n'est plus conçue alors, quand on veut bien en admettre encore le terme, que comme une simple technique de gestion du « pluralisme culturel » ou du « pluralisme religieux ». Avec, en toile de fond, la valorisation de l'apparentement communautaire, jugé concret et chaleureux, proche des racines et soucieux des êtres immédiats, en opposition à un État et à des lois dont l'abstraction serait signe d'inhumanité, voire de froideur, et couvrirait hypocritement les pratiques corrompues et intéressées du capitalisme le plus cynique. De fait, cette thématisation est de plus en plus répandue : elle consiste à amalgamer les valeurs de la démocratie, dont la laïcité et l'idéal républicain, avec les mécanismes d'une économie génératrice de déshérence, et à vanter en regard la dimension charitable d'un credo ressourcé à une tradition d'autant plus valorisée qu'elle semble avoir été longtemps refoulée, voire niée, par une modernité désormais disqualifiée. Par ailleurs, le souvenir de la colonisation semble conforter la disqualification qu'opère un tel amalgame : il est devenu courant d'associer le Jules Ferry colonisateur et le Jules Ferry laïcisateur, comme si les deux démarches avaient une évidente parenté. L'imaginaire d'une mémoire collective culpabilisée conduit ainsi à soupçonner l'exigence laïque, lorsqu'elle est opposée aux prétentions de l'islamisme politique, de reproduire un réflexe néo-colonialiste. Les théoriciens de cet islamisme ne manquent pas d'exploiter à fond ce soupçon pour mener une guerre d'usure contre la laïcité républicaine, tandis que les adversaires plus traditionnels de la laïcité saisissent l'occasion pour appeler à son « ouverture », c'est-à-dire en fait à sa remise en cause.

L'amalgame polémique de la laïcité avec l'athéisme, de l'athéisme soit avec les crimes du stalinisme, soit avec « les eaux glacées du calcul égoïste », est une des figures les plus répandues du discours de dénigrement. Quant à la version de la communauté resserrée autour de son credo et de sa tradition, identité familière et rassurante assortie de dépendances interpersonnelles données comme naturelles, voire sacrées, elle semble alors s'ériger en alternative à ce monde inhumain du donnant-donnant, des lois abstraites rendues illisibles tant la réalité semble en démentir les exigences idéales. L'intégration républicaine et laïque perd alors tout crédit. Mais ce qui la met alors en échec, du moins en apparence, ce sont des situations qui ne dépendent pas d'elles, car elles mettent en jeu des ressorts qui lui échappent.

LIEN SOCIAL ET LAÏCITÉ

En fait, ce qui se joue ici, c'est la conception du lien social, et la persistance d'une certaine opposition entre *communauté* proche et *société* lointaine. Le néologisme devenu usuel de *communautarisme* ne peut se comprendre qu'au regard d'une sorte d'alternative dans la façon de concevoir le lien social global, et c'est une telle alternative qu'il convient d'expliciter.

Tonnies, dans *Communauté et société : catégories de la sociologie pure*[1], définit d'abord la communauté comme un type d'union interhumaine reposant sur un accord implicite sur les normes de la vie commune, plus ou moins rendu spontané par la perpétuation d'une tradition. Cette communauté organise les pratiques et les mœurs sans qu'une telle organisation fasse l'objet d'une délibération ; elle met en jeu les ressorts de la coutume et de ses mimétismes, de la croyance et des peurs qu'elle met en jeu, de la soumission tacite à une référence indiscutée, en général une religion. Au plus près des relations spontanées induites par la famille ou le clan, elle se structure dans des rapports de dépendance interpersonnelle forts, qui se conjuguent à la puissance normative du credo commun pour dessiner un cadre de vie à la fois proche et familier, plus ou moins superstitieux et ritualisé. La proximité du « vivre ensemble » s'y conjugue avec la distance requise par l'élément sacré pour surplomber la communauté totale. Celle-ci se représente le plus souvent de telle façon que les individus qui la composent n'existent pas pour eux-mêmes. Simples rouages d'une grande machine dans la figure mécaniste par laquelle Durkheim caractérise la « solidarité mécanique » des sociétés traditionnelles. Simples membres d'un corps total, selon la métaphore de l'organisme dans le modèle organiciste souvent retenu.

Distincte de la *communauté*, la *société* suppose un type de lien et de ciment tout différent : celui qu'établit une convention plus ou moins délibérée et explicitée, passée entre des volontés individuelles, détenant un arbitre propre, et se manifestant donc, à terme, comme sujets de droits. Cette convention peut prendre la forme d'une Constitution fondant les règles, les lois qui organisent la vie commune. Le modèle de l'association ainsi mis en œuvre ne débouche pas tant sur la « société civile », entendue comme sphère des activités économiques et de la vie sociale, que sur la *république*, ou Cité, entendue comme organisation réfléchie de l'espace commun à tous et du bien public qui lui correspond. Sphère politique où chacun, au-delà du rôle qu'il joue dans la division du travail, peut intervenir comme citoyen, détenteur d'une parcelle de souveraineté, et auteur, de façon directe ou indirecte, des lois auxquelles il aura à obéir.

La généralité des énoncés de lois, formulés en troisième personne, correspond à l'affranchissement à l'égard des rapports de dépendance interpersonnelle, et implique dans l'État de droit moderne un souci d'égalité de tous, exclusif de toutes discriminations selon l'origine, le sexe, la conviction spirituelle. Elle a pour corollaire l'idée que seuls les individus sont sujets de droits. S'il se trouve qu'une discrimination de même type frappe des individus en raison d'un particularisme qu'ils ont en commun, l'abolition de cette discrimination ne consiste pas à reconnaître ce particularisme comme tel, mais à faire en sorte que la loi en fasse abstraction, afin par exemple que l'obtention d'un poste ou la jouissance d'un droit ne

se voie pas opposer ce particularisme. Dans l'Espagne du « national-catholicisme », les athées, ou les
juifs, ou les musulmans, ne jouissaient pas des mêmes
droits que les catholiques. Supprimer cette discrimination ne pouvait évidemment pas consister à leur
donner une prime de réparation, en inversant les
bénéficiaires de privilèges, ni à leur attribuer des
droits spécifiques en tant que collectif particulier.

SPHÈRE PUBLIQUE ET PARTICULARISMES

La sphère publique ne se construit pas par addition
et juxtaposition de collectifs, mais par production
originale d'un espace d'universalité, concrètement
constitué par l'intérêt commun à tous, et source, en
raison de son ordre propre, d'ouverture à un horizon
délié des limites inhérentes aux différents particularismes. C'est dire que dans la perspective de la cor-
rection des injustices, les athées n'ont pas à jouir de
droits collectifs comme tels, mais à être crédités,
comme hommes, de la possibilité de choisir librement leur option spirituelle, à l'exclusion de tout
credo obligé ou privilégié. Et une telle liberté, que
l'on ne peut pas plus qualifier d'« athée » que de
« religieuse », concerne tout simplement une faculté
de se déterminer définie à son niveau le plus général.
C'est dire aussi que l'« abstraction » des idéaux qui
émancipent une telle faculté n'est telle qu'au regard
de l'effet d'enfermement des allégeances concrètes ou
des logiques claniques dont le principe est de définir
un critère d'union tel qu'il implique l'exclusion.
   Dans une république laïque, croyants divers,
athées et agnostiques ont leur place, la même, assor-

tie des mêmes droits et des mêmes devoirs. Dans une « communauté », voire un pays qui érige une religion en norme officielle, les autres croyants, les athées, et les agnostiques, n'ont évidemment pas la même place, ni les mêmes droits. C'est que le critère d'union est tout uniment un critère d'appartenance et un critère d'exclusion. Et l'on conçoit aisément que dans un tel contexte la reconnaissance de droits spécifiques dont les sujets seraient les groupes comme tels, selon un marquage coutumier ou religieux, ampute ou compromet les droits des individus qui les composent, selon un principe de « vases communicants » assez néfaste. Le port obligatoire du voile ou l'attribution d'un conjoint imposé, par exemple, risquent alors de devenir des violences subies, contraires au libre arbitre individuel. Elles sont perçues grâce au label des « droits culturels » comme de simples manifestations identitaires, vues avec d'autant plus de sympathie que la mauvaise conscience liée au souvenir de la colonisation leur donne la couleur d'une sorte de revanche accordée. Dangereuse méprise, au-delà des bons sentiments, car pendant ce temps des personnes sont comme clouées à leur différence et partiellement dessaisies de leurs droits individuels.

La laïcité n'est nullement incompatible avec l'affirmation des particularismes, qu'elle rend au contraire possible sur la base de l'égalité, tout en préservant la sphère publique de leur emprise. Ce souci n'a rien d'arbitraire : il est même essentiel si l'on considère qu'une telle sphère publique est la condition de possibilité de la liberté dans l'égalité pour tous. Il s'agit d'assurer le droit à la différence sans dériver vers la différence des droits, et le démantèlement de l'espace commun de référence.

Faire abstraction, juridiquement, des particularismes, ce n'est pas les nier, mais signifier qu'ils ne sauraient désormais valoir comme norme commune à tous. Le seul fait de leur pluralité signale bien qu'il ne pourrait en résulter qu'un conflit : si des athées et des croyants de plusieurs religions veulent tous marquer la norme commune, publique, du sceau de leurs convictions respectives, le conflit est inévitable. La difficulté alors est de permettre à ces particularismes, malgré tout, de se vivre et de s'affirmer, puisqu'ils correspondent à quelque chose d'essentiel pour la formation des individus et notamment pour leur être personnel, tout en évitant qu'ils soient source d'affrontements virtuels ou réels. La solution républicaine et laïque consiste à les assigner à la sphère privée, au sens juridique, ce qui ne signifie nullement leur dénier une dimension sociale.

L'alternative entre société et communauté peut prendre alors un autre sens : la société organisée en *Cité* — « communauté politique » si l'on veut — n'est pas incompatible avec l'existence de « communautés » destinées à valoriser certains particularismes, mais à une triple condition. D'abord, la *liberté* absolue des futurs membres des communautés de s'engager ou non en elles, et de définir eux-mêmes les niveaux de normativité qu'ils lui reconnaîtront, ainsi que le degré de leur participation. Seul l'individu doit rester sujet de droit. Ensuite, la stricte *égalité* de traitement de toutes les options spirituelles ou de toutes les éthiques de vie, pourvu bien sûr qu'elles soient affirmées dans le respect du droit commun. Enfin, le *primat de la loi commune à tous* sur toute dépendance particulière pouvant résulter d'un ascendant intracommunautaire. On le voit, ces trois exigences sont indissociables, et s'impliquent mutuellement dans une république laïque.

Quant au brassage des populations qui se produit dans un tel cadre, accueillant à l'immigration, il

contribue grandement à cette « laïcisation » de repères que le droit laïque a dessaisi de toute dimension
spécifiquement religieuse ou normative. Les fêtes
elles-mêmes, parfois inscrites dans un cadre plus
ancien (Noël et la célébration païenne du solstice
d'hiver) ou liées à des événements sans rapport avec
une religion particulière (le 1er Mai, fête des Travail-
leurs, le 14 Juillet, prise de la Bastille, le 11 Novembre ou le 8 Mai, armistices), peuvent d'ailleurs recevoir une signification de portée plus large que celle
d'une simple assignation à résidence.

DROITS DE L'INDIVIDU
ET ACCOMPLISSEMENT PERSONNEL

En considérant que seul l'individu est porteur de
droits, la laïcité méconnaît-elle l'importance du
lien social, et des apparentements par lesquels se
construit la personne ? C'est un des reproches les plus
fréquents qui lui est adressé, et qui prend d'autant
plus de relief que la mondialisation ultralibérale
défait sans appel certaines des solidarités traditionnelles ou conquises par les luttes sociales. Selon la
critique la plus courante, l'idéal laïque conjuguerait
deux abstractions symétriques. D'une part, celle
d'une république unissant les hommes par des rapports de droit et les lois générales qui les font valoir.
D'autre part, celle d'un individu qu'on élève à l'universalité en faisant abstraction des particularismes coutumiers ou religieux qui tendent à marquer sa per-
sonnalité par imprégnation éducative ou par simple
osmose familiale, voire par mimétisme identitaire.
Une telle objection, à double détente, est cepen-

dant contestable, car elle repose sur deux présuppo-
sés symétriques. Le premier voudrait faire croire
qu'il y a opposition absolue entre la personne
concrète, si absorbée par ses particularismes qu'elle
ne se définit que par eux, et l'individu abstrait, promu
citoyen et personne libre disposant des mêmes droits
que tous, désincarné de ce fait en un fantôme juridique. Le second met en place une opposition tout
aussi radicale entre la communauté concrète scellée
par le partage d'un cadre de vie, d'une histoire, de
références religieuses et culturelles dominantes, et la
république définie par les lois communes qui en font
une union de droit, de portée universelle. Il convient
d'observer que dans un cas comme dans l'autre, le
fait que la laïcité mette l'accent sur le droit et les
références universelles partageables par tous est
interprété comme relevant d'un juridisme étroit, solidaire d'un individualisme tout aussi étroit, et impliqué dans un centralisme républicain oppressif des
particularismes. Or cette vision atteste une incompréhension fondamentale du sens de l'universalisme
laïque. Celui-ci, en effet, n'entend pas écraser ou nier
les particularismes, mais les situer dans un horizon
qui les accueille sans s'aliéner à aucun d'eux. Il crédite tout être du libre choix de ses références et de
son éthique de vie, comme de ses convictions spirituelles ou religieuses. Ainsi, les droits universels servent à fonder la libre disposition de soi en chaque
individu singulier : singularité et universalité sont
donc solidaires. Quant aux particularismes culturels,
ils peuvent contribuer à la socialisation ou à l'ouverture sociale vers l'universalité, mais à la condition de
ne pas être convertis en instruments de domination
au nom de l'identité culturelle. Bref, ils valent comme
médiation du singulier à l'universel s'ils ont réellement valeur éducative et formatrice, à l'exclusion de

tout rapport de pouvoir et de domination. L'invocation du droit de pratiquer une culture particulière peut en effet héberger, par une confusion trop fréquente, des oppressions plus ou moins déguisées, trop vite légitimées et labellisées par l'invocation du patrimoine culturel. Tel est le point aveugle du culturalisme, du communautarisme, et de la notion ambiguë de « droits culturels ».

DE LA MISÈRE DU MONDE
AU COMMUNAUTARISME

Le déracinement, toujours douloureux lorsqu'il signifie passage de la familiarité d'un horizon à l'étrangeté d'un autre, ne peut être confondu avec l'oppression d'une culture par une autre que par une extrapolation et un amalgame peu sensés. En revanche, les conditions économiques et sociales d'existence peuvent inspirer un véritable sentiment d'exclusion. Surtout s'ils se conjuguent avec des réflexes de méfiance racistes ou xénophobes, qui d'emblée déconsidèrent le cadre d'accueil par leur répétition. La nostalgie des origines, érigée en fantasme identitaire, peut facilement être exploitée à des fins politico-religieuses ou simplement cléricales dès lors que les frustrations engendrées prennent un tour aigu. Mais le pire sans doute serait d'encourager ce fantasme identitaire en entretenant la confusion sur les véritables facteurs d'exclusion, en encourageant une contre-affirmation crispée de la différence, au lieu de s'attaquer aux causes qui fragilisent le processus d'intégration.

En Grande-Bretagne, le communautarisme a été

encouragé par l'ultralibéralisme : l'État se déchargeant de ses responsabilités en matière de justice sociale et de services publics a joué sur le « relais » d'associations caritatives souvent religieuses, dont certaines, selon les analyses de Gilles Kepel dans *La revanche de Dieu*[2], ont ainsi jeté les bases d'une « islamisation par le bas », assortie d'une dérive communautariste. La revendication d'un code de statut personnel, toujours au nom de la différence culturelle, en a été le trait le plus marquant. L'individu esseulé, ayant le sentiment d'être abandonné par la sphère publique, croit alors trouver refuge et réconfort dans la chaleur d'une communauté qui exalte ses origines ou restaure une référence religieuse fondatrice d'identité imaginaire. La pente communautariste s'amorce alors comme une exaltation de la différence exclusive et compensatrice : elle est l'une en même temps que l'autre. Et une aliénation insensible se déroule à mesure que l'individu ne se reconnaît plus d'autre existence que celle que lui donne son identification sans limites à une communauté religieuse qu'il vit comme son élément naturel d'accomplissement, comme son milieu nourricier, comme sa « culture » en un sens d'autant plus exclusif qu'il joue un rôle compensatoire.

C'est dire que pour éviter une telle dérive il faut que chaque individu soit rendu effectivement maître de tous les droits que la république laïque lui confère, et qu'il en éprouve l'authenticité au cœur même de la vie économique et sociale. Sans quoi, il sera évidemment tenté par ce qui lui apparaîtra comme une sphère plus humaine, plus accueillante, quelles que soient les allégeances qu'elle requiert. Le communautarisme est une mauvaise réponse à une question mal formulée. Faut-il tenir pour incompatibles le souci de cultiver une mémoire, un patrimoine culturel propre, et la jouissance des droits universels, reconnus à tout être humains, indépendamment de ses origines et des particularismes ? Le seul fait que la question puisse se poser en ces termes atteste un vrai malaise. Le sens des droits en question n'a-t-il pas été brouillé dès lors qu'ils sont en quelque sorte rendus illisibles par une réalité effective d'exclusion ? Et la libre affirmation d'un patrimoine culturel lié à des origines n'est-elle pas non plus brouillée dès lors qu'on croit devoir l'assortir d'allégeances à des pouvoirs dominateurs en même temps qu'à des traditions rétrogrades ? Il y a une symétrie et une complémentarité saisissantes entre ces deux questions. La mauvaise réponse du communautarisme est liée au projet de domination qu'il recouvre : sous prétexte de solidarité, il tend à imposer d'autres normes que celles de la loi commune à tous, et à utiliser la référence religieuse sur le mode réactif qui tient à sa fonction compensatoire travestie en fierté identitaire.

Le sentiment d'exclusion ou de rejet, injustifié si l'on se rapporte à la laïcité des lois, peut prendre consistance en raison de l'expérience sociale, et c'est de ce phénomène que naît d'abord la tentation du repli communautariste, même si ensuite les fanatiques du fondamentalisme religieux en tirent le parti maximal en portant à son paroxysme le fantasme identitaire.

COMMUNAUTARISME ET INTÉGRISME

Le rejet de la distinction de la sphère publique et de la sphère privée, comme de l'indépendance réciproque du politique et du religieux, est la marque de la démarche intégriste et communautariste. Elle a beau jeu en effet de tourner en dérision les droits de l'individu proclamés par un pays d'accueil qui ne se soucie guère de leur donner une consistance effective en développant une action préventive contre les diverses formes d'exclusion sociale.

Reste que le rejet de la distinction entre sphère privée et sphère publique se trouve aux antipodes de la laïcité. L'intégrisme est ainsi appelé parce qu'il s'ordonne à une volonté d'identité une, intégrale, tant collective qu'individuelle, qui assujettit tous les domaines de la vie, sans distinction de registres. Forme aiguë de totalitarisme, il reproduit le schéma d'une communauté religieuse qui se comprend comme un corps au sens strict. Lorsqu'un groupe humain se vit comme assiégé par un monde jugé hostile, il trouve ou croit trouver dans sa cohésion intérieure, extrapolée, la meilleure forme de résistance. Les chefs religieux qui le dominent captent un tel sentiment, et donnent de cette cohésion la version la plus autoritaire et la plus oppressive qui soit, en prétendant assurer la solidarité par l'imposition de la loi religieuse à l'intégralité des aspects de la vie, quels qu'en soient les registres et les domaines. La démarche intégriste s'explicite alors par un fidéisme aveugle à la totalité du texte sacré de référence : l'écriture dite sainte devient un mode d'emploi en forme de bréviaire de la vie quotidienne, dont elle ritualise les moindres aspects. La lecture qui rend possible une telle transposition juridique est littérale, aveugle à toute relativisation par le contexte, mais en même temps elle s'exerce de façon très sélective, excluant tout extrait qui ne pourrait s'intégrer à l'instrumentalisation politique visée. Les traits d'un tel processus ne sont pas propres à une religion particulière. Il serait donc à la fois inexact et injuste d'oublier que chaque monothéisme a donné sa version originale du communautarisme, même si les formes prises par celui-ci diffèrent. On peut d'ailleurs voir qu'à ces formes traditionnelles correspondent aujourd'hui des entreprises de conquête de la sphère publique au nom des trois grandes religions en jeu.

LES FIGURES DU COMMUNAUTARISME

Le premier grand modèle théocratique de la communauté à la fois religieuse et politique est le royaume hébreu primitif, dont Spinoza donne une description dans le cinquième chapitre du *Traité des autorités théologique et politique*. La crainte envers un Dieu législateur y réunit une multitude d'hommes par une croyance fidéiste que nourrit la superstition. Contrainte implicite, mais omniprésente, car si fortement intériorisée qu'elle ne laisse aucune marge de distance et de critique à la conscience individuelle, elle-même subjuguée et prête à obtempérer aux injonctions du représentant d'un Dieu extérieur intraitable, qui n'accorde son « alliance » à son peuple qu'à la condition que celui-ci se soumette à lui de façon totale et exclusive. Peuple élu, terre promise, rites figés de reconnaissance confinée à une nation confortent alors la communauté ainsi formée dans la conscience de son identité imaginée en même temps qu'elle la régule par confusion générale de l'éthique, du civique et du rituel. Le lien social est ici intégralement théologico-politique, et ne laisse en dehors de lui aucune sphère privée. Il s'organise autour d'une distinction entre l'ensemble des fidèles qui se rapportent par la crainte et la superstition à un Dieu jaloux de sa puissance et de ses attributs exclusifs et ses intercesseurs patentés, qui entendent monopoliser le pouvoir temporel en déployant autoritairement voire arbitrairement ce qu'ils estiment être les implications du texte sacré. Le spirituel n'existe dès lors que par le truchement de la domination politique qui s'en réclame. Ce sont d'ailleurs des biens tout matériels qui se trouvent aussi mis en jeu : les richesses possédées le sont dans le cadre d'un ordre politique sécuritaire. Le thème du peuple élu dessine une inclusion des fidèles d'une religion particulière par exclusion des autres, et la communauté se scelle selon un conformisme intraitable que systématise le thème de l'alliance avec un Dieu approprié à un seul peuple. Une telle communauté se soude à elle-même par le grand récit d'une identité imaginaire : celle du peuple élu par Dieu, nettement séparé de tous les autres peuples jugés impies, dont il faudra le moment venu briser les « idoles ».

Selon le texte du Deutéronome 7, Moïse s'adresse en ces termes aux Hébreux : « Lorsque Yahvé ton Dieu t'aura fait entrer dans le pays dont tu vas prendre possession, des nations nombreuses tomberont devant toi : les Hittites, les Girgachites, les Amorites, les Cananéens, les Perizzites, les Hiwnites, les Jébuséens, sept nations plus nombreuses et plus puissantes que toi. Yahvé ton Dieu te les livrera et tu les battras. Tu les dévoueras par anathème. Tu ne concluras pas d'alliance avec elles, tu ne leur feras pas grâce. Tu ne contracteras pas de mariage avec elles, tu ne donneras pas ta fille à leur fils, ni ne prendras leur fille pour ton fils. Car ton fils serait détourné de me suivre ; il servirait d'autres dieux ; et la colère de Yahvé s'enflammerait contre vous et il t'exterminerait promptement. Mais voici comment vous devrez agir à leur égard : vous démolirez leurs autels, vous briserez leurs stèles, vous couperez leurs pieux sacrés et vous brûlerez leurs idoles. Car tu es un peuple consacré à Yahvé ton Dieu ; c'est toi que Yahvé ton Dieu a choisi pour son peuple à lui, parmi toutes les nations qui sont sur la terre. »

Dans le modèle théocratique, la vie de la communauté qui se pense comme peuple élu est marquée par la suspicion vétilleuse et constante des uns vis-à-vis des autres : chacun épie son voisin pour juger de sa conduite et de son observance rigoureuse des rites, censées attester la rectitude de la foi. L'autorité théologico-politique est sans cesse flattée, et l'obéissance confine à la servitude. Nulle « hérésie » n'est tolérée, et l'absence complète de recul critique est encore aggravée par la confusion totale du politique et du religieux. Il faut noter que dans un tel contexte la solidarité obtenue repose tour à tour sur la crainte et sur un conditionnement total des consciences, dépourvues de toute faculté de distance. L'identité collective, identité imaginaire en forme de fiction structurante, s'établit par un jeu de mimétismes et de conformismes rigidifiés. Le « peuple élu » ne peut dès lors se mettre en mesure de comprendre le processus historique dont relève l'illusion qu'il nourrit sur lui-même, et il est prêt à exclure pour trahison toute personne qui se hasarderait à douter d'une telle élection sélective, voire à mettre en évidence la genèse historique d'un tel mythe. C'est ce que fit Spinoza, et on sait ce qu'il lui en coûta : l'exclusion, assortie de menaces sur sa vie et sa résidence. Ainsi, dans un tel communautarisme, il n'y a pas place pour la liberté individuelle, ni pour l'esprit critique, ni pour la connaissance éclairée. Tout esprit libre est condamné comme « traître[3] ». Exclu de la communauté juive d'Amsterdam, Spinoza sera également suspect, comme juif cette fois-ci, aux calvinistes. Un certain judaïsme officiel n'est pas en reste dans cet ostracisme, comme le montre l'ouvrage de Yirmiyahu Yovel[4].

Ce qui précède n'est pas que de l'histoire, puisque le communautarisme juif nourrit aujourd'hui une conception exclusive de la nation israélienne, déniant aux Palestiniens tout droit sur leur terre, et faisant des citoyens arabes d'Israël des citoyens de seconde zone. C'est contre un tel mouvement que le progressisme laïque de nombreux Israéliens s'efforce de résister, afin d'éviter la dérive de leur État vers une entité ethnico-religieuse de caractère raciste dans les faits malgré la référence à la démocratie dans le droit. Il faut rappeler que le mouvement politico-religieux Goush Emounim (« Bloc des fidèles »), créé après la guerre israélo-arabe de 1973, entend conjuguer une rejudaïsation intégrale de l'État d'Israël, au détriment de toute conception laïque, et une conquête des territoires palestiniens, au nom de l'alliance passée entre le Dieu d'Israël et le peuple dit élu, crédité de la « terre promise ». Cette terre pourtant est habitée par un autre peuple, mais la conception ethnico-religieuse n'entend pas en tenir compte : elle étend le communautarisme exclusif à l'échelle de tout un État, et il est symptomatique que le Goush Emounim, suivi depuis par certains secteurs de l'opinion israélienne, utilise le concept biblique de terre d'Israël (*Eretz Yisrael*) pour subvertir la notion juridique d'*État d'Israël*[5].

Là encore, la conception communautariste se déploie autour d'une matrice théologico-politique productrice d'exclusion et fixée en un credo identitaire qui somme les individus de se conformer à une fiction sacralisée. Dans le cas extrême, elle engendre la mort, comme on l'a vu avec le massacre de Palestiniens par un extrémiste à Hébron, ou encore avec l'assassinat d'Yitzhak Rabin par un fanatique. La superstition liée au récit fondateur fait du religieux un levier de légitimation d'une politique : ce trait se retrouve dans les communautarismes fondamentalistes chrétien et islamiste. Une conception oppressive et obscurantiste du lien intra-communautaire s'assortit en l'occurrence d'une conception exclusive du rapport aux autres communautés : un jeu de miroir négatif de communautarismes opposés se construit, comme on peut le voir au Proche-Orient dans la symétrie conflictuelle des intégristes juifs du Goush Emounim et des intégristes musulmans du Hamas.

En second lieu, et sans faire d'analogie illégitime, il faut mentionner le modèle organiciste de l'Église comme corps mystique, *corpus christi*, tel que le définit saint Paul. Ce modèle s'applique à la communauté religieuse : « Un corps a beau avoir plusieurs membres, tous les membres du corps ne font qu'un unique corps, et il en est ainsi du Christ. Car nous avons tous été immergé dans l'unique esprit pour un unique corps, Juifs ou Grecs, esclaves ou libres, et on nous a fait tous boire à l'unique Esprit. Et le corps n'est pas un membre unique, mais plusieurs. Si le pied disait : puisque je ne suis pas la main, je ne suis pas du corps, il n'en serait pas moins du corps. Et si l'oreille disait : puisque je ne suis pas l'œil, je ne suis pas du corps, elle n'en serait pas moins du corps. Si le corps n'était qu'œil, où serait l'ouïe ? S'il n'était qu'oreille, où serait l'odorat ? Mais Dieu a mis chacun des membres dans le corps comme il a voulu ; s'ils étaient le même membre, où serait le corps ? Mais il y a un corps unique. [...] Or vous êtes chacun membres du Christ, vous êtes son corps » (Première Épître aux Corinthiens 12, 12-27). Ernst Kantorowicz a caractérisé le double mouvement d'ancrage de la puissance spirituelle de l'Église dans le siècle, et de sacralisation d'un État séculier monarchique, c'est-à-dire essentiellement conçu comme pouvoir de domination. Il écrit : « Alors que l'idée grandiose de l'Église en tant que *corpus mysticum cujus caput Christus* (corps mystique dont le Christ est la tête) se gonflait d'un contenu séculier, corporatif aussi bien que juridique, l'État séculier lui-même — partant, en quelque sorte, de l'autre extrémité — essayait d'obtenir sa propre exaltation et une glorification quasi religieuse[6]. »

Ainsi, la liaison intime des consciences dans l'assemblée ecclésiale doit correspondre à l'unité du « corps mystique » du royaume, éternel comme le corps mystique de l'Église : nulle dissidence ne peut surgir, ni dans l'ordre politique sacralisé par l'Église et pensé comme naturel à travers la thématisation organique du « corps social », ni dans l'ordre religieux où l'allégeance aux autorités ecclésiastiques est une garantie de soumission à la fois temporelle et spirituelle. Kantorowicz parle à ce sujet d'une « communauté politique dotée d'un caractère mystique clairement exprimé par l'Église[7] ».

Relevant d'une telle logique de domination, et du partage entre clercs et laïcs, l'ordre symbolique traditionnel se caractérise par une certaine façon de produire la croyance, ou de l'entretenir. « Le pouvoir du roi est le pouvoir de Dieu. Ce pouvoir, en effet, est à Dieu par nature et au roi par la grâce (*natura et gratia*). Donc le roi aussi est Dieu et Christ, mais par la grâce, et quoi qu'il fasse, il le fait non seulement en tant qu'homme, mais comme quelqu'un qui est *devenu* Christ et Dieu par la Grâce[8]. »

Il est inutile sans doute de souligner le rôle qu'a pu jouer un tel communautarisme chrétien dans la traditionnelle répression de ceux qui ne pensaient pas — ou ne croyaient pas — comme il faut. « Gangrène » de la chrétienté officielle, ils étaient amputés comme on le fait d'un membre. Voltaire signale dans le quatorzième chapitre du *Traité sur la tolérance* (intitulé « Si l'intolérance a été enseignée par Jésus-Christ ») que toutes les utilisations des Évangiles pour justifier les persécutions au nom de la foi, et promulguer des lois de contrainte religieuse, sont illégitimes. Elles abusent en effet d'une lecture tendancieuse du texte, sans aucun souci d'interprétation rationnelle. Elles peuvent parfois mettre à profit certaines formulations effectivement contestables, comme la fameuse parole « Contrains-les d'entrer » (*Compelle intrare*) (Luc 14, 23). Mais la contradiction qui résulte d'une lecture platement littérale de cette injonction apparaît lorsqu'on la confronte à un autre extrait, par exemple l'incitation à une éthique de la réciprocité, qui inspirerait le rejet de toute contrainte unilatérale : « Tout ce que vous voudriez que les hommes fassent pour vous, faites-le donc pour eux ; c'est cela, la Loi et les Prophètes » (Sermon sur la montagne, Matthieu 7, 12). Bref, la justification théologique d'un ordre théocratique convertissant la loi religieuse en loi politique contraignante semble bien fragile.

Si le christianisme aujourd'hui présente un visage plus avenant, jusqu'à revendiquer la paternité de droits de l'homme qu'il a longtemps bafoués, ce n'est pas par son évolution spontanée qu'il y est arrivé. Des luttes douloureuses pour la liberté de conscience et l'égalité de tous les hommes quelles que soient leurs options spirituelles, on l'a vu, ont été nécessaires. Et l'on peut s'interroger sur l'authenticité d'un ralliement à des valeurs autrefois vilipendées lorsqu'on observe que partout où les Églises disposent encore de privilèges dans la sphère publique, ainsi que de la possibilité d'y imposer un enseignement religieux, elles ne s'en défont pas spontanément, ce que pourtant elles devraient faire afin de respecter l'égalité des croyants et des athées, et la liberté de conscience revendiquées comme valeurs issues du christianisme. Plus grave, dans les débats concernant la Charte européenne des droits fondamentaux, l'insistance du Vatican pour que soit reconnue une dette à l'égard de la religion dès le préambule d'un texte qui prendra valeur constitutionnelle, et ce dans le registre le plus fondamental de la norme, atteste une volonté de discrimination évidente. Un texte de droit s'adresse et s'applique à tous les citoyens, qu'ils soient croyants, athées ou agnostiques. Pourquoi devrait-il prévoir d'emblée un tel privilège, ou une telle discrimination ? Et s'il est de la religion comme libre témoignage spirituel de ne pas s'assortir d'une volonté de pouvoir temporel, pourquoi un tel souci de marquage des références fondatrices de la norme juridique ? D'une revendication hors sujet ne peut-on conclure qu'il y a bien là comme une trace de communautarisme chrétien, puisque dans une Europe ainsi marquée confessionnellement les citoyens athées ou agnostiques jouiraient de moins de droits que les autres ? Le cardinal Ratzinger, penseur de choc d'un catholicisme soucieux de reconquérir un statut de droit public, est sur ce point très direct : « Ce repli sur la vie privée, cette intégration dans le panthéon de tous les systèmes de valeurs possibles, s'oppose à la prétention de vérité de la foi, qui, comme telle, est une revendication publique[9]. » Et d'affirmer : « Quand l'Église elle-même devient État, la liberté se perd. Mais il est également vrai que la liberté se perd quand l'Église est supprimée comme entité publique, jouissant d'une influence publique[10]. » Bref, une telle volonté de remettre en question le principe d'égalité des athées, des agnostiques et des croyants divers révèle un type de christianisme qui n'est pas encore acquis véritablement aux valeurs qu'il prétend pourtant défendre.

Bertrand Russell fait remarquer dans son livre *Pourquoi je ne suis pas chrétien* : « Il est amusant d'entendre le chrétien moderne expliquer que le christianisme est empreint de douceur et de rationalisme, et ne pas tenir compte du fait que toute cette douceur et ce rationalisme sont dus à l'enseignement d'hommes qui en leur temps furent persécutés par tous les chrétiens orthodoxes[11]. » Ce n'est pas spontanément que le christianisme a rompu avec les formes d'assimilation forcée et d'oppression des non-chrétiens, ou des chrétiens jugés hérétiques au nom du dogme. En Espagne, les rois catholiques Isabelle de Castille et Ferdinand d'Aragon ont développé à l'extrême le « national-catholicisme », et persécuté tous ceux qui n'adoptaient pas spontanément ce facteur identitaire supposé, notamment les musulmans et les juifs (voir la tragédie des « conversos »). Bref, l'« identité chrétienne » de l'Europe tient à la fois de la fiction dangereuse et du mythe négateur de la diversité.

En troisième lieu enfin, on évoquera la conception de l'*oumma* musulmane, communauté humaine cimentée par une croyance religieuse inconditionnelle, dont le pouvoir normatif s'étend également à l'ensemble des aspects de l'existence. Selon un récit des origines plus ou moins idéalisé, voire mythifié, la première communauté musulmane s'est constituée autour du prophète Mahomet en 624, lorsqu'une armée de Mecquois la menaçait d'extermination. Détaché de ces circonstances, le thème de la guerre sainte défensive (*jihad*) prend le sens de guerre sainte offensive. De même, la notion de *sharia* — dont le sens originel est, selon Julien Berque, « voie pertinente, chemin tracé » — est interprétée abusivement comme ordre légal contraignant, traduisant dans la réalité politique la loi religieuse. Retour à une exigence fondamentale, selon les intégristes. Mais le fondamental, en l'occurrence, c'est une interprétation tendancieuse du texte religieux afin d'en faire la légitimation sans appel, car sacralisante, d'un projet de domination bien terrestre. Le communautarisme se nourrit ici d'une sorte de mythe qui lui permet de transformer, pour l'imaginaire collectif d'un groupe humain, un projet politique de domination en résistance héroïque à un environnement hostile. En Inde, la Jama'at al tabligh (« Société pour l'expansion de l'islam ») entend assurer la cohésion des musulmans, minoritaires au regard des hindous. La légende de Mahomet, et de sa marche victorieuse sur La Mecque, sert de référence. Avec toute une série de consignes normatives pour régir l'existence : le religieux se fait norme juridique et politique à partir d'une sollicitation du texte très orientée par le projet de la domination à établir.

Décontexté, le thème de la guerre sainte défensive (*jihad*) prend le sens de guerre sainte offensive : après la conquête de La Mecque, en 630, il s'agit de convertir de gré ou de force les païens qui l'occupent, jugés coupables de la persécution initiale des musulmans. Les versets écrits en conséquence renvoient à une situation concrète vécue comme menace pour les musulmans, et toute utilisation des exhortations à la violence qu'ils comportent en dehors de ce contexte est donc sans fondement. Ainsi de passages célèbres du Coran, telle la sourate IX, 36 : « Oui, le nombre des mois, pour Dieu, est de douze mois inscrits dans le Livre de Dieu, le jour où il créa les cieux et la terre. Quatre d'entre eux sont sacrés. Telle est la Religion immuable. Ne vous faites pas tort à vous-mêmes

durant ce temps. Combattez les polythéistes totalement, comme ils vous combattent totalement et
sachez que Dieu est avec ceux qui le craignent[12] ». À
noter que la tournure de la phrase semble donner
comme une injustice la lutte contre les polythéistes,
avant de la présenter comme la réponse à une persécution subie de leur part, ce qui corrobore le caractère défensif de l'appel. On peut également citer
l'extrait IX, 123 : « Ô vous qui croyez ! Combattez
ceux des incrédules qui sont près de vous[13]. » Quant
aux fidèles des autres « religions du Livre », il s'agit
de les soumettre en leur imposant de payer un tribut :
« Combattez ceux qui ne croient pas en Dieu et au
Jour dernier, ceux qui ne déclarent pas illicite ce que
Dieu et son Prophète ont déclaré illicite ; ceux qui,
parmi les gens du Livre, ne pratiquent pas la vraie
Religion. Combattez-les jusqu'à ce qu'ils payent
directement le tribut après s'être humiliés » (sourate
IX, 29)[14], afin d'éviter toute fragilisation intérieure
de la communauté musulmane, du fait d'éventuelles
séditions religieuses.

Tous les versets de cet ordre contredisent le principe
de liberté de conscience énoncé dans la deuxième
sourate (verset 256 : « point de contrainte en matière
de religion »). Ils ne s'accordent pas non plus avec le
déni de tout pouvoir de contrainte au prophète, et
partant à ceux qui prétendent parler en son nom. Sur
ce point, la sourate LXXXVIII est explicite : « Fais
entendre le Rappel ! Tu n'es que celui qui fait entendre le Rappel et tu n'es pas chargé de les surveiller.
Quant à celui qui se sera détourné et qui était incré-
dule : Dieu le châtiera du châtiment le plus grand[15]. »
De tels versets, qui réservent à Dieu le châtiment des
incrédules, le dénient aux hommes qui parlent en son
nom. Et si châtiment il y a, il advient au moment du
« retour », c'est-à-dire en somme à la fin de l'exis-

tence temporelle : il est donc d'essence spirituelle et non d'essence temporelle. On a ici l'équivalent du Jugement dernier des chrétiens, « à la fin des temps ». Nul homme ne peut l'anticiper, ni le transposer en sanction terrestre, ce qui est une condamnation de toute confusion du théologique et du politique.

D'où le statut si controversé d'un droit qui se comprendrait comme « musulman » à la fois en matière religieuse et en matière de régulation des conduites, alors que des textes décisifs du Coran distinguent les deux ordres de références : le « Rappel » est celui de la parole divine, non d'un fondamentalisme théologico-politique. Les exégètes relevant d'un islam éclairé précisent que les « versets guerriers » n'ont de sens et de raison d'être que par rapport à une situation historique précise, aujourd'hui révolue, et que le fait de leur attribuer une valeur en dehors de ce contexte est illégitime, alors que le verset 256 de la deuxième sourate, évident pour la raison, ne requiert aucune interprétation relativiste. Ils appliquent ainsi une herméneutique recommandée par Averroès dans le *Traité décisif*[16].

La conversion de la foi islamique en loi politique méconnaît d'ailleurs que le terme *sharia* signifie d'abord et essentiellement « voie tracée » (selon Jacques Berque encore, l'étymologie évoque comme sens premier « le chemin des troupeaux vers l'abreuvoir »). Il ne s'agit donc pas immédiatement d'un corps de prescriptions légales qui pourraient avoir un sens juridique et politique dans l'organisation effective des sociétés. On en relève une occurrence dans le Coran lui-même, dans la sourate XLV, verset 18 : « Nous t'avons ensuite placé sur une voie procédant de l'Ordre. Suis-la donc et ne suis pas les passions de ceux qui ne savent rien[17]. » Parmi les six mille versets du Coran, moins de sept cents édictent des prescriptions légales, qu'il s'agisse des pratiques cultuelles (*'ibâdât*) ou des rapports interhumains (*mu'âmalât*)[18]. L'imposition de la *sharia* comme loi politique ne va donc pas de soi : elle résulte d'une sollicitation du texte coranique dans un sens théologico-politique et fondamentaliste contestable, qui fait fi tant des exégèses que des contextes de rédaction des sourates.

Gilles Kepel[19] fait remarquer qu'en Grande-Bretagne s'est développé un mouvement de « réislamisation par le bas », assez similaire à celui du Tabligh, et prompt à s'étendre en investissant le terrain social déserté par l'État lors des réformes ultralibérales conduites par les conservateurs. Il s'agit par là d'acquérir un vrai prestige auprès de groupes souvent confinés dans des ghettos, tout en leur imposant une emprise religieuse de fer. L'affaire Salman Rushdie, en 1988, donne l'occasion de faire entendre que nul ne doit se soustraire à la loi politico-religieuse qui fait obligation à chaque fidèle d'appliquer strictement les consignes de l'imam, sous peine d'être considérés comme traîtres à leur communauté, et traités comme tels. Blasphème, apostasie deviennent des trahisons, et sont punis de mort, comme le montre la *fatwa* de condamnation à mort lancée par Khomeyni contre l'auteur des *Versets sataniques*.

Le communautarisme islamiste, en raison d'une radicalité qu'exacerbe souvent la situation sociale, se décline dans une série de revendications symboliques, politiques et juridiques. Aujourd'hui, il s'agit d'obtenir partout le port du voile obligatoire. Demain, la censure s'abattra sur les disciplines scolaires jugées trop subversives. Après-demain, au nom de l'identité culturelle habilement thématisée comme refus du néo-colonialisme, c'est un code de statut personnel qui sera réclamé par les tenants des communautés, afin de faire exception aux lois républicaines qui font obstacle à la mise en tutelle. En France, certains penseurs proches de l'UOIF (Union des organisations islamiques de France) n'hésitent pas à taxer de « fondamentalisme » tout rappel des principes de la laïcité, appelée à se réformer pour faire droit aux revendications antilaïques. « Il existe un état de reconnaissance réciproque et de respect mutuel qui ne peut se suffire de l'affirmation définitive et intransigeante d'un cadre laïque enfanté par une histoire à laquelle les musulmans n'ont pas participé... Penser que rien ne saurait permettre une telle reconsidération, c'est traduire littéralement un certain "fondamentalisme" qui confond une étape de la tradition française avec sa justification par l'absolu[20]. » Curieuse utilisation de la relativisation historique, dont la tradition islamiste est quant à elle préservée : c'est au nom d'un code de statut personnel supposé inscrit dans le Coran qu'il est demandé à la laïcité de s'adapter, c'est-à-dire en fait de se nier elle-même en consacrant des exceptions à la loi commune. Il est manifeste ici qu'on dénie à la laïcité les valeurs fondatrices qui sont les siennes, et qu'on ne veut voir en elle qu'un dispositif juridique malléable, modifiable au gré des rapports de force. L'argument selon lequel les musulmans n'ont pas participé à l'émancipation laïque atteste une singulière cécité. Cette émancipation n'a pas été en effet une affaire qui s'est jouée entre l'État et une religion déterminée, mais un processus plus général de double libération de l'État par rapport à toute tutelle religieuse, quelle qu'elle soit, et des institutions religieuses elles-mêmes par rapport à l'État.

En présence d'une telle attitude de certains penseurs religieux, la république laïque a pu sembler parfois flottante, en adoptant des formulations qui présentaient le risque de communautariser les citoyens de confession musulmane. Ce fut le cas à la fin de l'année 1999, lorsque le ministère de l'Intérieur organisa une consultation destinée à aboutir à la mise en place d'un organisme représentatif des musulmans de France. Le libellé initial faisait état des « droits et obligations des fidèles du culte musulman en France ». Elle avait l'avantage de mettre l'accent sur la citoyenneté, et de faire de la religion une option, au lieu de lui river les personnes. La formulation changea très vite, au profit d'une référence aux « rapports entre les pouvoirs publics et le culte musulman de France ». Comme le font remarquer à juste titre Michèle Tribalat et Jeanne-Hélène Kaltenbach dans *La République et l'islam*[21], cette modification relève plus d'une démarche concordataire que d'une logique républicaine, puisqu'on se croit obligé d'ajouter des dispositions spécifiques à la loi commune, et qu'on force presque les *citoyens de confession musulmane* à se définir comme *musulmans*, comme si l'appartenance religieuse devenait le facteur identitaire exclusif. Plus grave, à la demande de l'UOIF, on fit disparaître du texte de la déclaration initiale la référence à la liberté de changer de religion ou de conviction. On sait que dans la version intégriste de l'islam l'apostasie est punie de mort. Bref, la République s'était engagée dans une douteuse démarche destinée à obtenir une proclamation de fidélité d'une partie de ses citoyens, ce qui pouvait avoir quelque chose de stigmatisant. Si la loi commune et laïque est un fait qui s'impose à tous, pourquoi mettre ainsi les points sur les i pour certains ? Et après quelques jours, elle passait de cette démarche à la franche complaisance en refusant d'expliciter les conséquences du cadre de droit commun au regard de toute tentative de faire valoir des normes propres à une communauté religieuse. Ce refus peut se comprendre dès lors que la mention sélective de la liberté de changer de religion fait peser sur tous les citoyens de confession musulmane le soupçon d'être *a priori* ralliés à une version intégriste de l'islam, ce qui est évidemment faux. Mais dans ce cas la demande d'une proclamation de fidélité à la République est sans objet.

Pour la laïcité, qui considère l'individu comme seul sujet de droit, le communautarisme est le danger majeur. L'idéal laïque implique une culture de la distance réflexive dans l'affirmation des convictions, mais n'exige aucune uniformisation. En ne reconnaissant que l'individu comme seul sujet de droit, elle entend le délivrer par principe de toute tutelle exercée au nom de l'identité religieuse, voire de l'identité culturelle. Il s'agit de préserver la singularité, et le libre choix des références identitaires par lesquelles elle se construit. Le communautarisme est à cet égard un véritable défi, aggravé par les effets psychologiques et sociaux des tensions et des conflits qui se jouent au niveau international.

Il tend à construire une communauté exclusive, cimentée par une allégeance à un credo qui devient vite une soumission à des hommes autoproclamés guides. Ainsi se met en place un système d'assujettissement, voire de destruction des libertés individuelles. On passe alors, souvent de façon insensible, de la solidarité communautaire, qui réchauffe et réconforte, à la dépendance communautariste. L'émancipation laïque n'est véritablement une alternative à un tel processus que si elle s'assortit d'une amélioration des conditions d'existence.

CHAPITRE XI

CULTURE ET RELIGION :
L'ENSEIGNEMENT LAÏQUE

ENJEUX

Les droits de la pensée critique sont ceux-là mêmes qui fondent l'exercice éclairé de la citoyenneté, comme le rappelait Condorcet dans ses *Mémoires sur l'instruction publique*. Penser c'est juger, et juger, c'est distinguer, afin de trancher et de choisir. On ne renvoie pas dos à dos, sous prétexte de tolérance, le racisme et le principe d'égale dignité de tous les hommes. La laïcité vise l'émancipation intellectuelle autant que juridique. Elle ne se réduit nullement à un cadre vide uniquement destiné à rendre lisible le pluralisme. Elle entend fonder la puissance positive du jugement, du choix des valeurs qui orienteront l'action, sans toutefois sombrer dans le mode catéchistique, qui contredirait la liberté visée. Elle unit les hommes par ce qui les élève, à savoir l'autonomie authentique de jugement, et le souci d'un monde commun à tous. La culture, en son sens libérateur, est sur ce point décisive.

« Rendre la raison populaire », selon le mot de

Condorcet, c'est assurer la liberté intellectuelle et morale de chaque homme, de chaque citoyen. La souveraineté du peuple sur lui-même se prépare dans la souveraineté de chaque homme sur ses pensées, telle que l'ouverture à la culture universelle permet de la construire, en articulant l'exercice méthodique de la réflexion et les références qui lui fournissent ses repères essentiels. L'école laïque est à cet égard une pièce maîtresse de l'émancipation de l'homme et du citoyen, et c'est de son ambition même, comme de son autonomie reconnue vis-à-vis des puissances du moment et des groupes de pression, que dépend le rôle qu'elle peut jouer dans la préparation à l'exercice éclairé de la citoyenneté. De ce point de vue, ce n'est pas une seule discipline qui peut assumer cette préparation, mais l'école tout entière, par le niveau même des exigences qui lui confèrent une valeur libératrice.

DE LA CULTURE À SON APPROCHE LAÏQUE

La connaissance du patrimoine culturel de l'humanité, sans exclusive, fait partie de la formation du citoyen éclairé, comme de l'homme accompli. La vie sociale et politique, elle-même, peut s'en nourrir pour élargir le champ des références qu'elle prend en compte. Sans cela, le présent-prison dicterait ses limites et ses faux-semblants. Bref, les citoyens d'aujourd'hui, au lieu de s'enfermer dans les préjugés de l'heure et les mimétismes que suscitent les médias, peuvent avoir l'âge de toute l'humanité : forts d'un héritage culturel de deux millénaires, et plus, ils font de la mémoire des œuvres et des luttes, des témoignages spirituels et des conquêtes de la raison, le levier d'une lucidité toujours difficile à construire, mais aussi essentielle à la conduite de la vie qu'à l'exercice de la citoyenneté.

L'école laïque entend répondre à une telle exigence en transposant dans l'enseignement la vertu émancipatrice de la culture. Elle prend au mot la célèbre remarque d'Auguste Comte : « L'Humanité est faite de plus de morts que de vivants. » Ce rappel permet de définir le niveau d'exigence d'une culture laïque authentique. L'accès à la connaissance des grandes mythologies, des religions, de l'ensemble des patrimoines artistique et culturel de l'humanité, comme aux connaissances fondamentales, prend sa portée pour une maîtrise des cadres de l'expérience et des repères communs qui marquent la continuité d'une culture. D'un point de vue laïque, elle est d'autant plus nécessaire qu'elle permet à chacun de se réinscrire dans une histoire, de comprendre le sens des œuvres et des pensées, des croyances et des symboles. Elle délivre la conscience de toute étroitesse, en ouvrant le champ des références autant qu'il est possible. Elle vaut mise à distance, et contribue ainsi à la construction de l'autonomie.

L'horizon s'élargit ainsi de deux façons. La connaissance des autres cultures permet de viser l'universel en pratiquant un décentrement critique. Celle des œuvres et des grandes représentations du passé fait comprendre le présent d'un point de vue généalogique, et lui donne la profondeur qu'un traitement médiatique de l'actualité tend trop souvent à méconnaître. Auguste Comte précisait ainsi le sens d'un tel apport : « Entre l'homme et le monde, il faut l'humanité. » Cette médiation est ordinairement appelée *culture*, si on entend par là non les données statiques d'une civilisation particulière, mais le processus par lequel l'humanité s'élève en l'homme à son accomplissement. C'est en ce sens que l'on disait « faire ses humanités » : référence était faite alors à une instruction qui encourage l'effort de réappropriation personnelle de la culture. L'école, de ce point de vue, n'est pas un miroir complaisamment tendu à la société du moment, mais l'espace-temps qui la met à distance d'elle-même. C'est ainsi, et non par quelque illusion ethnocentriste, qu'elle vise l'universel.

On notera d'ailleurs que la connaissance des réalités doctrinales et historiques des religions fournit une démonstration par l'absurde de la laïcité elle-même, en rendant manifeste ce qui se passe quand la religion inspire une domination politique. La laïcité n'a rien à craindre d'un rappel de l'histoire et des événements liés au rôle des religions, à condition bien sûr que nul projet idéologique d'apologie ou d'occultation ne le subvertisse.

LA RELIGION COMME FAIT DE CIVILISATION

Si le souci du sens des faits et des œuvres correspond à quelque chose, c'est bien à une telle mise en perspective, et non à une sorte de supplément d'âme qui viendrait s'ajouter à la recherche de la lucidité tout en lui restant extérieure. L'ouverture maximale à la connaissance s'entend pour l'école laïque de deux façons.

La première concerne le *type d'approche* mis en œuvre : laïque, c'est-à-dire soucieuse de connaissance éclairée, sans transiger avec les exigences du vrai, mais neutre en matière de croyances, là où nulle assertion dogmatique n'est recevable, et serait blessante pour les uns ou les autres. Il convient de préciser, avec Jaurès, que la neutralité confessionnelle n'implique nullement une neutralité éthique entendue comme indifférentisme ou relativisme aveugle. C'est dire qu'elle ne signifie pas que l'on puisse renvoyer dos à dos le vrai et le faux, le juste et l'injuste. Avoir une idée adéquate de ces distinctions est justement tout le sens de l'effort propre à une pensée éclairée telle qu'entend la promouvoir la laïcité. La théorie darwinienne de l'évolution, avérée, ne saurait être tue ou relativisée sous prétexte de ne pas heurter ceux qui, prenant le récit biblique au pied de la lettre, croient que les espèces animales sont fixes et définitives, ce qui est objectivement faux.

Quant à l'*extension des domaines étudiés*, seconde caractéristique de la démarche laïque, elle ne saurait laisser en dehors d'elle rien de ce qui a compté dans l'histoire humaine : mythologies, religions, sciences, arts, systèmes philosophiques relèvent aussi bien de la connaissance scolaire que l'ensemble des savoirs fondamentaux qui assurent la maîtrise et l'autonomie intellectuelles. Mais c'est en tant que *faits de civilisation*, connaissables selon une exigence d'approche distanciée, excluant toute posture partisane, que doivent être abordées les religions. Un tel statut épistémologique correspond d'ailleurs aux exigences de la déontologie laïque. Il ne s'agit donc pas de « sensibiliser » à la religion, comme le prétendent des « spécialistes » qui d'emblée brouillent la frontière entre connaissance objective et empathie subjective.

Lorsque Georges Duby étudie la place de la religion dans l'univers médiéval des « trois fonctions » (travailler, combattre, prier), il accomplit un authentique travail d'approche du phénomène religieux dans l'histoire, tout en en restituant la signification en son contexte. Ses travaux nourrissent d'ailleurs nombre de cours d'histoire. Lorsque Max Weber examine les liens entre l'essor du capitalisme et l'éthique protestante, il fait de même, permettant de comprendre quel type de mutation psychologique et religieuse a pu favoriser l'émergence d'un certain mode de production. Dans les deux cas, le religieux ne saurait être traité à part : il est impliqué dans le fonctionnement global des sociétés et leur évolution. Enfin, pour n'évoquer que ce troisième exemple, lorsque Jean-Pierre Vernant explore la religion et la mythologie traditionnelles de l'Antiquité grecque, il participe à cette même entreprise d'éclairage laïque des grandes représentations et des univers mythiques ou symboliques qui ont eu part au cheminement des sociétés humaines.

Il n'est pas légitime de parler d'« analphabétisme religieux » lorsqu'on évoque les programmes scolaires, ni de « laïcité d'incompétence » comme a pu le faire le cardinal Poupard, feignant de croire que la retenue des instituteurs et des professeurs concernant le délicat domaine des croyances s'assortissait d'une impasse complète sur les phénomènes religieux. En réalité, l'évocation des guerres de religion, des croisades, de l'Inquisition, du rôle joué par la référence religieuse dans les affrontements intra- et intercivilisationnels est une chose. Celle du rôle civilisateur des grands érudits chrétiens, musulmans et juifs, ainsi que de la « paix de Dieu » médiévale, en est une autre. Les deux aspects sont à connaître, qui ouvrent à la réflexion sur l'ambiguïté du religieux et de ses effets idéologiques ou sociaux.

Une telle réflexion ne peut être prétexte à polémique ou à prosélytisme, ni à simple débat d'opinion : elle requiert une approche philosophique et critique sur les logiques du croire, les figures du fanatisme et de l'intolérance qui peuvent en résulter, mais aussi l'exploitation politique de la crédulité ou de la superstition. Kant ou Spinoza, par exemple, aident à réfléchir sur le religieux dans un tel esprit. La même remarque vaudrait d'ailleurs pour les faits historiques imputés au communisme, avec lesquels il serait injuste et partisan de confondre l'humanisme profane de la pensée marxiste, porteur d'émancipation sociale. La laïcité peut ouvrir un travail d'interprétation raisonnée du sens des idéaux, mais à la condition d'éviter toute discrimination ou, ce qui revient au même, tout privilège accordé à un certain type d'idéal, qu'il soit religieux ou profane.

ESQUISSE D'UNE DÉONTOLOGIE LAÏQUE

L'école n'est pas un lieu quelconque. L'obligation scolaire réunit des élèves d'origines et de sensibilités diverses, de milieux différents. Elle doit donc définir son registre d'intervention et de discours, ses domaines d'études, avec le souci primordial de ce qui unit tout en élevant. Première exigence fondatrice pour la déontologie laïque : le *souci de l'universel*. Or, même si le fait de croire peut sembler naturel à tout homme, les croyances sont particulières. Et c'est bien comme particulières qu'elles doivent être évoquées, sauf si un projet implicite de conditionnement idéologique ou confessionnel entend valoriser une croyance. Un tel prosélytisme serait incompatible avec l'école laïque. Les connaissances, elles, sont universelles, et sur ce point la déontologie laïque ne peut transiger, même lorsque l'énoncé d'un savoir peut déranger une croyance. La déontologie laïque n'est pas la pusillanimité du savoir. Nulle neutralité n'a de sens devant le théorème de Pythagore ou la loi d'attraction universelle ou encore la théorie darwinienne de l'évolution. Et le fait que Giordano Bruno a été brûlé vif à Rome en 1600 sur ordre de l'Inquisition catholique est également un fait à connaître.

Quelle place faire, dans cette perspective, à la connaissance des faits qui concernent la religion, et selon quelles modalités ? Étant de tous, et pour tous, l'école laïque ne peut évidemment promouvoir une croyance particulière, ou le type de spiritualité qui s'y rattache. La déontologie laïque requiert de faire connaître le contenu des croyances et plus généralement des convictions spirituelles, comme des éthiques particulières qui en relèvent. Mais sans porter de jugement de valeur qui pourrait brouiller la raison d'être culturelle de l'enseignement, et blesser ceux des élèves qui se sentiraient mis en cause. Si un tel jugement doit être porté, c'est aux élèves eux-mêmes à le faire, en toute autonomie, et après avoir acquis une connaissance préalable des éléments de réflexion qui l'éclaireront.

C'est ainsi que peut se définir l'exigence d'une déontologie laïque, à concilier avec le souci d'ouverture maximale du champ de la connaissance. La voie est difficile, et vite objet de polémique, notamment si la transmission du patrimoine culturel sert d'abri à un projet prosélyte. L'exigence de retenue et de distanciation réflexive, comme celle de neutralité confessionnelle, ne peut conduire à faire silence sur le phénomène religieux, au risque d'occulter une dimension essentielle de l'histoire. La pointe extrême de cette difficulté est atteinte lorsque des savoirs peuvent déranger des croyances. Le respect des secondes n'implique nullement la censure des premiers. La réflexion sur le rapport du savoir scolaire aux religions, comme aux grands univers mythologiques et à l'imaginaire symbolique des civilisations, est donc décisive.

L'ESPRIT DE LA DÉMARCHE LAÏQUE

L'histoire, les lettres, l'histoire de l'art, la philosophie, à des titres divers, permettent d'évoquer les phénomènes liés aux religions entendues comme faits civilisationnels, sans les décontexter, et en évitant aussi bien le dénigrement de la croyance religieuse que le prosélytisme larvé ou avoué. Que les instituteurs et les professeurs s'abstiennent de statuer sur les croyances, et observent une certaine réserve chaque fois que leurs propos risqueraient de blesser des croyants par une critique implicite de la religion ou de blesser des athées par une valorisation prosélyte de la religion est tout à leur honneur : cela atteste la force de la déontologie laïque. Ils peuvent en revanche donner à connaître certains points sensibles concernant l'effet des représentations religieuses dans les conceptions traditionnelles des sociétés humaines. Ainsi, par exemple, l'inégalité des droits de la femme et de l'homme est inscrite dans la lettre des textes de référence des trois grands monothéismes. Faut-il pourtant condamner ces textes ? Ce n'est pas à l'enseignant laïque de le faire. Mais du moins peut-il poser la question de savoir ce que les textes donnés comme sacrés doivent au poids des contextes sociaux et culturels dans lesquels ils ont été écrits, et notamment à la structure souvent patriarcale des sociétés ainsi évoquées. Alors surgira le problème de savoir si l'historicité des énoncés ainsi mis en perspective ne les dessaisit pas de toute valeur normative aujourd'hui. Mais elle entraînera aussitôt la délicate question de savoir si une grande partie du texte dit sacré ne consigne pas en fait les préjugés d'une époque tout en leur donnant le label d'une parole divine. À ce niveau, on atteint le rapport entre croyance et connaissance, et la déontologie laïque consiste à livrer tous les éléments d'une réflexion personnelle sans prétendre trancher à la place d'êtres humains dont il s'agit avant tout de promouvoir l'autonomie.

L'école laïque est aujourd'hui un des rares lieux, peut-être même le seul, où les êtres humains ne soient pas soumis à une entreprise multiforme de conditionnement, qu'il soit publicitaire, religieux ou politique. La laïcité s'explicite en elle comme respect, pari sur l'autonomie et l'intelligence, souci de laisser l'enfant devenir élève, et advenir graduellement à la maîtrise de ses pensées, afin de pouvoir opter lui-même pour la spiritualité de son choix, qu'elle soit celle d'un humanisme athée ou d'une vision religieuse du monde, ou encore d'un agnosticisme raisonné. Cette réserve des maîtres d'école, recommandée jadis par Jules Ferry dans sa *Lettre aux instituteurs*, ne s'assortit nullement de l'impasse sur les faits, à condition que ceux-ci soient établis rigoureusement, ce qui requiert une séparation rigoureuse de ce qui est controversé, voire relève de croyances qui ne sont pas universellement partagées.

Ainsi de la notion de religion « révélée », à mettre entre guillemets pour indiquer, sans présupposé, que la révélation n'existe que pour ceux qui y croient. Ainsi également de toute la dramaturgie chrétienne des miracles de la résurrection, de l'annonciation, de l'ascension, tous termes qui sont à réinsérer dans le grand récit mythique auquel seule donne foi un certain type de croyance, comme le ferait l'évocation de Prométhée dérobant le feu à Vulcain et prenant à

Athéna la connaissance des techniques et des savoir-faire, afin de les remettre aux hommes pour qu'ils puissent compenser leur dénuement premier en engageant l'aventure de la culture, autoproduction de soi. Dans un cas comme dans l'autre, ce n'est pas le silence générateur d'ignorance qui s'impose, mais l'approche laïque, soucieuse de mettre en évidence le sens de tels récits, ce qu'ils expriment et représentent de la condition humaine, mais sans jamais se situer sur le terrain de l'opinion ou de l'acte de foi, implicite ou explicite. Cette ascèse de principe permet de convoquer dans la classe saint Augustin et Marx, Ovide et Freud, Averroès et Spinoza, sans *a priori* idéologique et confessionnel.

Évoquer les croyances en classe est donc possible, mais en précisant qu'il s'agit de *croyances*, partagées par certains hommes, refusées par d'autres. Lire et commenter le récit de la Genèse ou une métamorphose d'Ovide relève d'une même attitude, qu'une simple phrase introductive permet de définir : « C'est ainsi que certains hommes se représentent les choses, et il est utile de le savoir pour comprendre comment ils ont agi ou peuvent agir. » Dans cet esprit, le commentaire d'un extrait de l'Ancien Testament, par exemple le récit de la création du monde de la Genèse, doit avoir le même statut que l'étude d'un extrait de la *Théogonie* d'Hésiode. Cette similitude de traitement risque bien sûr de déplaire aux représentants officiels d'une religion, qui aimeraient bien que l'on fasse une place à part à leur texte de référence. Mais un tel désir est totalement irrecevable dans l'école laïque : il reviendrait en effet à instaurer un privilège, à prendre parti, ce qui est contraire à la déontologie laïque.

Un tel genre d'approche des phénomènes religieux a évidemment toute sa place dans une école laïque, ouverte à tous. Si pour les thèmes de la dramaturgie chrétienne comme pour ceux de la religion des Grecs anciens elle exclut tout jugement de valeur, mais aussi toute réification qui donnerait à connaître de simples faits sans s'interroger sur le sens qu'ils attestent en exprimant une certaine façon qu'ont les hommes de se représenter leur destinée, il est clair que l'effort d'interprétation devra résulter non d'une quelconque foi ou croyance particulière, mais de la puissance de compréhension de la raison. Sans forcément croire à la résurrection, on peut tenter d'y voir la symbolisa-tion d'un affranchissement de l'humanité par rapport aux tourments et aux égarements d'une existence enli-sée dans les affrontements et les souffrances, comme on peut accorder un sens similaire à la réincarnation des religions orphiques. Le geste théorique de l'inter-prétation philosophique et généalogique laisse ici de côté le discours théologique solidaire d'une posture religieuse particulière, mais n'en dessaisit pas pour autant les réalités prises en compte de toute portée pour la conscience humaine. Il s'attache, si l'on veut, à procurer la conscience de l'universalité de certains thèmes, tout en insistant sur la particularité de leur représentation religieuse ou mythologique. À cet égard, réincarnation et résurrection, par exemple, peuvent relever d'une étude comparative des imagi-naires symboliques.

QUI PEUT PARLER DU PHÉNOMÈNE RELIGIEUX À L'ÉCOLE ?

Dire que des prêtres n'ont pas en l'occurrence à intervenir dans l'école publique, ce n'est pas pour autant leur dénier toute compétence, mais rappeler que leur compétence, étant solidaire d'un message particulier et d'une perspective partisane, n'a aucune légitimité dans une école publique laïque ouverte à tous. Il en irait de même s'il s'agissait d'expliquer en classe les doctrines communistes. Des intellectuels communistes, issus par exemple des instituts de recherche marxistes, pourraient s'estimer habilités à intervenir en raison de leur savoir. Mais une telle intervention n'aurait pas plus de légitimité que n'en aurait celle de théologiens engagés. On ne peut être à la fois juge et partie. Cela ne veut pas dire que des professeurs catholiques ou communistes doivent se voir interdire l'enseignement, mais que dans le cadre de leur fonction, exercée en raison du mandat que leur confie la République, leur point de vue particulier doit rester une affaire privée, et ne pas capter à des fins partisanes la parole publique dispensée devant les élèves. Même si l'exigence d'une telle distinction peut sembler très difficile à satisfaire, elle ne s'en impose pas moins comme idéal régulateur, au titre de la déontologie laïque et républicaine. Sur ce point, Kant (*Qu'est-ce que les Lumières ?*) et Max Weber (*Le savant et le politique*) rappellent l'importance d'une telle déontologie. Le premier précise que dans l'exercice de ses fonctions auprès d'un auditoire qui lui est confié, le professeur doit s'efforcer d'enseigner ce qui est prévu selon la loi commune, et non ce qu'il croit ou pense à titre personnel. Le second met en garde tout professeur qui usurperait la chaire publique dont il a la charge en profitant de sa position pour faire passer son propre « message » : le professeur n'est pas et n'a pas à être un prophète, fait-il remarquer avec force.

NE PAS OUBLIER LES « HUMANITÉS »...

Dans l'école laïque, les « humanités » ont toujours intégré les œuvres inspirées par les religions, saisies non comme de simples documents, mais pensées comme témoignages d'une certaine façon de dire le sens, de se représenter la vie. La culture classique est imprégnée par les références aux grands monothéismes ou au patrimoine symbolique des mythologies antiques. C'est surtout le reflux de cette culture classique, délégitimée par la critique sociologique, qui a engendré, pour une grande part, une ignorance croissante concernant les traditions religieuses et mythologiques. Il faut donc cesser de la stigmatiser sous prétexte de s'adapter aux « nouveaux élèves » et d'être en phase avec une modernité aveugle à ses propres limites.

Conforme à la déontologie évoquée, le mode d'approche scolaire, soucieux de la dimension culturelle et esthétique comme de la portée littéraire et philosophique, peut ménager une compréhension dénuée de dogmatisme, attentive au sens des œuvres et des visions du monde qui les ont inspirées.

Si le souci du respect de la neutralité laïque en matière confessionnelle a parfois conduit à une prudence compréhensible dans la façon d'aborder les grandes religions, il ne s'est jamais traduit par une attitude obscurantiste à leur égard. Les cours de littérature, l'approche des peintres de la Renaissance et de la philosophie du Grand Siècle classique permettent d'aborder les représentations religieuses sans déroger à la laïcité, c'est-à-dire avec le simple souci de donner à connaître ce qui a compté dans l'histoire de l'art et de la pensée.

Sur des points tragiquement actuels, les rapports complexes du christianisme et du judaïsme doivent sans doute être connus des élèves, ne serait-ce que pour connaître et critiquer certaines des sources de l'antisémitisme : la théorie du « peuple juif déicide », longtemps défendue par l'Église catholique, aujourd'hui repentante, résonnait jadis dans une prière très répandue où figurait une exhortation singulière (*Oremus perfidis Judeis*, « Prions pour les Juifs perfides »). De même, il importe de rappeler ce que fut l'islam des Lumières, avec Averroès et le royaume de Cordoue, afin de combattre les amalgames trop fréquents et injustes entre islamisme politique et islam. De tels amalgames sont source de discrimination, voire de racisme, et sur ce point l'éclairage laïque, délié de toute perspective théologique partisane, est essentiel.

La connaissance du passé, dans ses aspects les plus divers, n'est d'ailleurs pas seulement mise en place de repères pour comprendre les œuvres : elle contribue à la formation d'une conscience critique éclairée. Le sens des témoignages spirituels propres aux religions peut être analysé, comme celui des idéaux éthiques et politiques qui ont marqué l'histoire passée : sans aucune confusion entre compréhension et adhésion, mais dans le souci d'identifier la façon dont les hommes qui s'y sont reconnus ont voulu ainsi exprimer un certain rapport à la vie, une certaine appréhension donatrice de sens. La dimension temporelle et institutionnelle des religions, distincte du témoignage spirituel, peut être étudiée à la fois pour elle-même et en relation avec ce témoignage, afin de permettre une réflexion sur le rapport entre les idéaux et leur traduction concrète. C'est là encore la formation de la lucidité qui est en jeu. Une telle approche reste conforme à la laïcité comme à la réappropria-

tion du patrimoine culturel, dès lors qu'on s'attache
à présenter les religions sans équivocité.

DÉBAT :
DEUX CONCEPTIONS CONTRADICTOIRES

Si les principes rappelés ici sont clairement reconnus et affirmés, la laïcité n'est pas tenue au silence
sur le sens et la portée culturelle du fait religieux.
L'école laïque reste fidèle à ses exigences dès lors
qu'elle le traite avec la distance requise par l'approche objective, fidèle au souci de faire connaître et
faire réfléchir, et excluant tout prosélytisme comme
tout dénigrement. Les différentes Églises, hors de
l'école, et sur la base d'une démarche volontaire des
familles, peuvent par ailleurs promouvoir leurs
« messages » respectifs dans la sphère privée, qui ne
se réduit pas à la conscience individuelle, puisqu'elle
comporte les associations de droit privé.

À l'évidence, il y a bien deux façons rigoureusement distinctes d'aborder la religion, et la confusion
des genres n'est pas de mise. Il est sans doute vrai
qu'instituteurs et professeurs ont longtemps préféré
la discrétion — à la fois par respect de la déontologie
laïque et par souci de ne pas réveiller les procès
d'intention. Mais il faut rappeler, avant de s'en indi-
gner, qu'une telle discrétion a d'abord relevé du souci
de n'aborder le domaine des croyances, par définition variables selon les individus ou les groupes,
qu'avec la plus extrême précaution, afin de ne blesser
personne, et de respecter justement la sphère privée.
L'Église catholique a d'ailleurs longtemps exigé une
telle retenue, considérant qu'il lui revenait de parler

de la religion qu'elle préconise, et de le faire à sa manière. Aujourd'hui encore, la question ne semble pas tranchée pour tout le monde, puisque les avis divergent sur les modalités mêmes de l'approche scolaire du phénomène religieux, et le type d'enseignement ou d'enseignants qui lui conviendrait, selon qu'on respecte ou non la laïcité.

Certains milieux proches des grandes confessions récusent par avance toute modalité réflexive et objective, sous prétexte qu'elle manquerait la signification profonde de la foi, et ne cessent de thématiser le manque supposé en termes de « sensibilisation religieuse », ou de « culture religieuse » — ce qui reste très ambigu : le qualificatif « religieux » appliqué à la démarche d'instruction fait passer du côté du point de vue et de la parole enseignante ce qui devrait rester du côté de l'objet d'étude. Cette confusion du sujet et de l'objet peut ouvrir la voie à des approches incompatibles avec l'exigence de neutralité laïque. Aurait-on idée d'appeler « culture libertine » ou « sensibilisation libertine » une approche réflexive du phénomène historique et culturel du libertinage, ou encore « culture athée » la réflexion sur les humanismes sans dieu ?

Plus grave, nombre de religieux mettent en cause la distinction juridique de la sphère privée et de la sphère publique, à la faveur d'une confusion délibérée entre collectif et public. Une telle distinction, pourtant, est facteur de paix et de concorde, et prévention salutaire contre tout totalitarisme : nulle conception privée ne doit envahir la sphère publique ; et la sphère publique, de son côté, ne peut privilégier aucune option spirituelle ou philosophique sans bafouer aussitôt le principe d'égalité. Il faut rappeler que dans un État de droit laïque, la dimension collective d'une conviction partagée par certains ne saurait lui donner *ipso facto* un statut de droit public : une réunion de libres penseurs, comme une messe catholique, est un phénomène collectif d'ordre juridiquement privé, même si elle prend la forme d'une manifestation « publique ». Est public ce qui est commun à tous. Tel n'est pas le cas de la religion, ni d'ailleurs de l'athéisme.

C'est pourquoi la religion, pas plus que la philosophie athée, ne peut faire l'objet d'un enseignement privilégié au sein de l'école publique, sauf à institutionnaliser une violence faite à tous ceux qui se reconnaissent dans d'autres convictions. Le maintien de la distinction du privé et du public, et des dispositions juridiques qui la consacrent, est une pierre de touche décisive, sans laquelle il y a risque de réinstaller la guerre des dieux et des options spirituelles là même où doit se cultiver la haute fraternité que fonde la raison éclairée. Ceux qui aujourd'hui remettent en cause la distinction public-privé revendiquent, à mots plus ou moins couverts, une restauration d'emprises religieuses dans les institutions publiques, même s'ils s'en défendent au moment où l'on fait remarquer qu'une telle restauration aboutirait à détruire la laïcité sous prétexte de l'« ouvrir ». Le cardinal Ratzinger n'a pas hésité à demander la restauration d'un statut de droit public des religions. Le refus d'une telle perspective n'atteste aucune laïcité « fermée », mais tout simplement le souci de l'égalité de tous, sans distinction d'option spirituelle.

LA QUESTION DU SENS ET DES REPÈRES

Quant à l'idée selon laquelle une telle « sensibilisation religieuse » permettrait d'aborder la question du sens, elle relève d'un double présupposé qui s'accorde mal avec la réalité. Il est suggéré d'une part que l'enseignement laïque n'assume pas la question du sens, et d'autre part que celle-ci est du ressort de la seule spiritualité religieuse.

Sur le premier point, il convient de rappeler que les programmes d'enseignement visent explicitement la formation du jugement éclairé, irréductible à la simple mémorisation de savoirs disparates, et préparent à une réflexion personnelle sur le sens, mais s'interdisent d'orienter celle-ci dans une direction particulière. S'ils le faisaient, ils dériveraient en conditionnement. La compréhension scientifique du monde, le développement de la sensibilité littéraire et artistique, la culture historique, la réflexion philosophique sur les fins et les fondements, pour ne citer que ces exemples, constituent autant de types d'approches actives du sens de l'expérience humaine, et c'est toute la dimension d'éducation à la liberté qui se joue ainsi.

Sur le second point, s'il ne s'agit pas de nier l'importance de la spiritualité religieuse, il ne saurait être question d'oublier les autres formes de spiritualité. Toute la tradition philosophique illustre une aventure de l'esprit humain distincte de la croyance religieuse, et fait apparaître cette dernière comme une version, parmi d'autres, de la spiritualité. La conception laïque de l'enseignement permet une véritable ouverture spirituelle, qu'elle ne dissocie pas de la distance réflexive à instituer pour fonder véritablement l'autonomie morale et intellectuelle de la personne. Sans pratiquer le relativisme, il lui appartient de se référer à toutes les traditions religieuses et philosophiques et, pour chacune d'elles, de développer une approche équilibrée, soucieuse de n'écarter aucune connaissance permettant tout à la fois de la com-

prendre, et d'en mettre à l'épreuve la signification au
regard des développements historiques qui s'en sont
réclamés, sinon inspirés.

Dans une telle perspective, faut-il privilégier les
traditions qui sont les plus proches sur le plan de la
civilisation, c'est-à-dire en l'occurrence, pour l'Occident, les trois grands monothéismes ? La réponse ne
va pas de soi. Elle dépend des finalités poursuivies.
S'il s'agit de permettre le déchiffrement des traces
laissées dans les cadres de l'expérience par une tradition religieuse particulière, l'objectif est clair et
univoque : il s'impose comme s'impose tout ce qui
permet la lucidité sur les repères du vécu. Mais s'il
s'agit également, et simultanément, de favoriser la
distanciation réflexive à l'égard de ces mêmes cadres,
la culture scolaire ne peut se borner au domaine proche. Elle doit avoir égard aussi au lointain, délivrer
la conscience de tout risque d'enlisement dans l'uni-
vocité d'une tradition, ou dans la fermeture d'une
société sur les valeurs du moment. Le décentrement
est alors requis, et il ne peut advenir que par l'orientation universaliste de la culture : transcender une
tradition, une époque, une ambiance, c'est d'abord
les connaître pour ce qu'elles sont, mais aussi, et
peut-être d'un même mouvement, les réinscrire dans
un horizon qui les dépasse. Telle est la conscience
vive des œuvres humaines, où l'humanité se souvient
d'elle-même en chaque homme, sans s'asservir aux
limites de sa version immédiate ni adopter une posture idéologique.

La lutte contre la superstition et les nouvelles formes d'irrationalisme, mais aussi contre l'intolérance
ou le fanatisme, ne requiert pas tant une réactivation
des traditions religieuses et de leur présence publique qu'un développement de leur connaissance distanciée. Elle requiert une culture de la lucidité, qui

consiste d'abord à distinguer les différents registres de la conscience, et à vivre cette distinction de façon conséquente. Le savoir n'est pas la croyance, il est démontrable, et la première démarche de l'esprit critique, comme le rappellent Descartes et Socrate, consiste à suspendre son jugement afin de réfléchir, et de n'admettre pour vrai que ce que la raison fait clairement saisir. Ce qui ne disqualifie pas la croyance, mais interdit toute confusion obscurantiste entre croire et savoir. Une telle confusion ouvre au fanatisme. En somme, la culture rationnelle et scientifique est aussi précieuse pour la tolérance et la lucidité que peut l'être la connaissance des conceptions religieuses.

Bref, l'école laïque appelle un rejet simultané de la démarche prosélyte avouée ou inavouée, voire déguisée en « sensibilisation religieuse », et de la démarche polémique visant à disqualifier la croyance. Ni valorisation de la religion ni athéisme militant n'ont leur place dans l'école de la République, ouverte à tous. C'est pourquoi l'école laïque ne peut en aucun cas déléguer à des « acteurs de la société civile » une tâche d'enseignement régie par les principes républicains et la déontologie laïque qui en sont la traduction. Le devoir de réserve prend ici un sens tout particulier. Il signifie qu'il y aurait péril grave pour l'école publique à être envahie par les déchirements de la société civile, voire par la guerre des dieux dont parlait Max Weber. On peut rappeler sur ce point la circulaire de Jean Zay, ministre du Front populaire, du 15 mai 1937 : « L'enseignement public est laïque. Aucune forme de prosélytisme ne saurait être admise dans les établissements. »

Réactiver la culture classique dans les programmes d'enseignement est sans doute la meilleure voie, car elle intégrerait le fait civilisationnel des religions parmi d'autres, sans privilège ni approche réductrice. Toute autre conception relèverait d'une approche partisane des humanités, incompatible avec la laïcité.

CHAPITRE XII

RELIGION ET POLITIQUE
EN EUROPE

LES DIFFÉRENTES FIGURES DU RAPPORT
ENTRE RELIGION ET POLITIQUE

En Europe, le rapport entre religion et politique s'organise selon quatre figures typiques, parfois combinées du fait des évolutions récentes. La première, traditionnelle, est celle des religions d'État (le protestantisme anglican, par exemple). La seconde est celle des systèmes concordataires (Espagne, Italie et Alsace-Moselle en France) dans lesquels des États souverains concèdent à l'Église, notamment par le truchement d'accords avec le Vatican ou les diverses autorités religieuses, des emprises publiques plus ou moins étendues. La troisième, variante de la seconde, est celle qui attribue aux religions des avantages divers, comme par exemple un financement recueilli par un impôt religieux (Allemagne) ou la faculté d'intervenir dans les écoles publiques pour y dispenser un enseignement religieux (Slovénie, Espagne, Irlande, etc.). La quatrième enfin est celle de la séparation laïque des Églises et de l'État, excluant toute ingérence de l'autorité politique dans les affaires intérieures des Églises et toute emprise de celles-ci sur l'espace public. Elle est représentée par la France, avec toutefois certaines entorses au principe de stricte séparation, notamment en raison du financement public d'écoles privées sous contrat et de privilèges publics pour les religions en Alsace-Moselle. L'examen comparé des situations montre que si l'on entend par laïcité la réunion des trois principes évoqués dans l'ouvrage (liberté de conscience, égalité des citoyens quelles que soient leurs options spirituelles et neutralité d'une sphère publique non confessionnelle), aucun pays ne correspond pleinement à un tel idéal. La France est celui qui s'en approche le plus en raison du dispositif de séparation de l'État et des Églises, véritable garantie institutionnelle de l'égalité en même temps que de la liberté, et condition la plus propice à une véritable universalité de la loi commune. D'autres pays tendent également vers cette séparation, mais dans des cadres hybrides, liés à un passé de conditionnement théologico-politique encore très lourd.

DES VALEURS INÉGALEMENT RESPECTÉES

De quelle façon les valeurs fondatrices de liberté et d'égalité peuvent-elles être respectées dans un espace européen destiné à s'élargir ? Tel est l'enjeu de l'idéal laïque, irréductible à un simple cadre juridique, et dont on peut mesurer l'actualité dans un monde déchiré, sollicité par les revendications identitaires, menacé par les restaurations cléricales et les dérives communautaristes. Les nouvelles formes d'expressions religieuses servent aujourd'hui de prétexte, en France, à une remise en cause de la laïcité, déguisée comme toujours en redéfinition. Et au nom de l'Europe, les nostalgiques de l'emprise publique des religions, à la suite du cardinal Ratzinger, ne cessent d'insister sur le caractère relativement exceptionnel de la séparation laïque dite « à la française » pour mieux insinuer sa relativité supposée.

La question de l'égalité de traitement de tous les citoyens, quelles que soient leurs options spirituelles, est pourtant cruciale, et elle va dans le sens d'une séparation juridique de l'État et des Églises. Elle devient en Europe une question vive au regard des privilèges persistants des religions qui jouissent d'emprises sur l'espace public.

Dans ce contexte, des polémiques ont surgi contre la laïcité, dont le terme serait réputé intraduisible, comme si la chose qui lui correspond n'avait aucune réalité. Un amalgame fréquent veut voir en elle une figure déguisée de l'athéisme, et cherche à la disqualifier en la confondant avec l'idéologie stalinienne. De vifs débats ont eu lieu en Pologne et en Slovénie (pays reconnaissant la séparation des Églises et de l'État), où le Vatican a cherché à imposer un droit de regard des autorités religieuses sur les programmes scolaires.

L'enjeu est à la fois politique et philosophique. Il en va de l'égalité de tous, croyants, athées et agnostiques. Revendication souvent rejetée au nom de la dimension culturelle essentielle de la religion, qui ferait partie de l'identité collective, et ne pourrait être traitée comme une simple option spirituelle. Un tel raisonnement aboutit à dénier aux Allemands ou aux Polonais athées la plénitude de la nationalité, ou du moins à les considérer comme des citoyens de seconde zone dès lors qu'ils ne jouissent pas tout à fait des mêmes droits.

SÉPARATION LAÏQUE OU SÉCULARISATION

Les pays d'Europe sont marqués par des histoires très différentes, et la configuration des rapports entre politique et religion y varie très sensiblement.

On a coutume de distinguer les pays à tradition catholique, où la forte implication traditionnelle de l'Église dans le pouvoir d'État a conduit l'émancipation laïque à prendre une forme plus ou moins radicale de séparation. La France est allée le plus loin dans ce sens, même si la loi de séparation du 9 décembre 1905, comme on l'a vu, a ménagé une transition dépourvue de toute violence vers un régime de droit privé des religions. L'Espagne, l'Italie, le Portugal, toutes marquées par des épisodes fascistes assortis d'un « national-catholicisme » dur, ont amorcé un processus de séparation au moment du rétablissement de la démocratie, mais de façon plus ou moins aboutie, et partiellement battue en brèche par le maintien de certaines dispositions concordataires héritées de la période antérieure. Ce sont donc des régimes hybrides, comme dans le cas espagnol, dont la Constitution de 1978 déclare qu'aucune religion n'a de caractère étatique, mais précise tout de même qu'il y a lieu de reconnaître un rôle spécial à l'Église. Les cours de religion, payés sur fonds publics, et inscrits dans l'horaire normal des écoles publiques, y sont vivement controversés, beaucoup d'Espagnols estimant que le principe d'égalité des citoyens s'en trouve bafoué.

La France elle-même, qui a mis en œuvre une séparation laïque assez nette au regard des autres pays d'Europe, reste encore, à certains égards, en deçà d'une application complète de l'idéal laïque. Le financement public d'écoles privées confessionnelles en est un exemple manifeste, ainsi que le maintien de privilèges pour les religions en Alsace-Moselle. Dans les pays sous domination catholique, la lutte pour les libertés a pris la tournure d'un affrontement direct avec l'autorité religieuse qui les entravait. La séparation laïque a promu à la fois la liberté de conscience et l'égalité de tous, croyants et non-croyants, du moins en principe. Elle a, plus profondément, marqué la mise en harmonie du caractère public de la puissance politique et du peuple conçu comme totalité indivisible (le *laos*), dont aucune partie ne peut être privilégiée institutionnellement, notamment par un marquage confessionnel du domaine public.

Dans les pays marqués par la religion protestante, c'est un processus de *sécularisation* qui a prévalu. Étymologiquement, la sécularisation signifie le transfert à des autorités profanes (inscrites dans le *siècle*) de fonctions auparavant assumées par les autorités religieuses. Mais ce processus conserve en fait une sorte de matrice religieuse, qu'il reconduit au sein de la société civile. Il a impliqué les Églises réformées dans l'organisation de la vie sociale et l'institutionnalisation politique. Pour l'essentiel, la liberté de conscience est respectée dans ces pays ; elle a partie liée avec le dogme du sacerdoce universel, selon lequel la foi est l'affaire personnelle de chaque fidèle. Mais cette liberté s'assortit souvent d'un fidéisme à l'écriture biblique qui peut tourner à l'obscurantisme, voire à un moralisme rétrograde.

L'inscription de normes religieuses dans la société civile peut déteindre sur le droit commun, comme on le voit pour la pénalisation du blasphème, encore en vigueur en Angleterre. La liberté de conscience est donc relativisée par l'existence d'une censure reli-

gieuse, qui s'exerce parfois sur l'art. Le droit de
regard sur les programmes d'enseignement reconnu
à certaines Églises va dans le même sens. Une sorte
de privilège public des religions y est par ailleurs
instauré, comme l'atteste l'existence d'un impôt religieux dûment collecté par l'État (Allemagne, Danemark). Ces discriminations positives mettent à mal
le principe d'égalité.

La mise en cause de l'interruption volontaire de
grossesse en Allemagne, et aussi certaines censures
inspirées par les autorités religieuses concourent
aussi à ces discriminations. En Autriche, l'article 108
du Code pénal prévoit des sanctions contre tout « dénigrement de préceptes religieux ». C'est au nom de cet
article que le diocèse d'Innsbruck, en 1986, a engagé
des poursuites contre la projection d'un film inspiré
du drame d'Oskar Panizza, *Le Concile d'amour.* Après
la saisie du film sur ordre du tribunal d'Innsbruck, la
Cour européenne des droits de l'homme de Strasbourg
confirma la sanction. Les juges ont en effet assimilé
des attaques contre une croyance religieuse à une
mise en cause des droits d'autrui, considérant sans
doute comme une offense personnelle l'ironie ou la
critique visant la croyance. Or définir comme le droit
d'une personne son refus de voir mettre en cause ses
convictions religieuses, c'est ouvrir la voie à une sorte
d'ordre moral. La même Cour européenne avait tran-
ché en sens inverse le 7 décembre 1976, dans l'arrêt
« Handyside », en rappelant que la liberté d'expression vaut également pour les idées qui heurtent. On
le voit, le flottement des institutions européennes est
révélateur de bien des incertitudes, et peut-être aussi
de rapports de force changeants dans la façon de dire
le droit. L'intégration européenne rend inquiétante
l'évolution de la jurisprudence à Strasbourg et à
Luxembourg.

La laïcité permet d'échapper à de telles incertitudes. Elle stipule en effet que les libertés ne sont plus accordées, et mesurées, par une puissance qui pourrait ne pas les accorder, mais acquièrent un caractère originaire. L'instance européenne, en faisant droit aux groupes de pression religieux, tend à revenir sur ce caractère originaire, puisqu'elle se place à nouveau en position d'accorder ou de ne pas accorder — ce que marque d'ailleurs le flottement de ses décisions.

LA QUESTION DE LA NEUTRALITÉ
DE LA SPHÈRE PUBLIQUE

En 1995, l'Allemagne est secouée par la « querelle des crucifix ». Le 10 août 1995, le tribunal de Karlsruhe a déclaré inconstitutionnel un règlement du Land de Bavière qui oblige les écoles publiques à accrocher un crucifix dans chaque salle de classe. Blâme du Vatican. Les milieux laïques allemands s'étaient indignés du marquage confessionnel imposé à des lieux qui ont pour fin d'accueillir *tous* les enfants. Ils avaient souligné l'importance de la neutralité d'un cadre d'accueil à vocation universelle. Helmut Kohl avait pour sa part affirmé que le christianisme est constitutif de la « culture allemande », et que le retrait des crucifix était à ses yeux inacceptable. Confusion délibérée entre culture et religion, qui fait violence à ceux qui ont d'autres options spirituelles, et qui se voient ainsi relégués au rang de citoyens de seconde zone par une symbolique discriminatoire, peu soucieuse d'universalité.

Le critère de comparaison entre sécularisation religieuse et laïcisation est ici celui de l'accord entre le caractère public de la puissance commune et la totalité indivisible du peuple. Or sur ce point, la persistance du marquage confessionnel des institutions politiques communes à tous induit une discrimination psychologique et morale implicite, à l'égard des citoyens qui ne partagent pas la confession de référence, ou n'ont aucune confession. Certains souhaitent redéfinir la laïcité comme laïcité « ouverte », et ils entendent ainsi que les institutions publiques s'« ouvrent » à la restauration de privilèges officiels pour les religions. De tels privilèges sont pourtant incompatibles avec un principe essentiel de la laïcité : l'égalité de tous, croyants divers, athées et agnostiques. Cette égalité s'entend aussi des religions. Les catholiques eux-mêmes ont lutté pour la séparation de l'État et de toute Église quand s'imposait une autre religion « officielle » : la religion protestante dans sa version calviniste aux Pays-Bas (au XIXᵉ siècle), ou l'Église luthérienne, Église d'État, au Danemark.

L'exemple de l'Allemagne est tout à fait significatif. Les « Églises du peuple » (*Volkskirchen*) y jouissent d'un « impôt religieux » (8 % de l'impôt sur le revenu) et interviennent de multiples façons dans la vie publique, voire dans l'activité de contrôle des grands médias. Or tous les Allemands ne sont pas croyants. La sécularisation des Églises, sans réitérer les modalités traditionnelles du cléricalisme catholique, s'apparente malgré tout à lui par sa captation de la puissance publique et le privilège institutionnel octroyé à des croyances qui ne sont le fait que d'une partie de la population. C'est alors le principe d'égalité qui est en cause.

L'ASPIRATION LAÏQUE EN EUROPE

La laïcité comme séparation stricte semble de mieux en mieux reconnue. Il n'est donc pas légitime d'invoquer l'Europe pour la mettre en cause. En Allemagne, en Grande-Bretagne, en Belgique, voire en Espagne, des voix s'élèvent également pour demander une évolution vers une laïcisation « à la française », dans le moment même où, en France, d'autres voix se prononcent pour une évolution inverse...

Au Portugal notamment, l'association Republica Laicidade réclame l'abolition du concordat hérité de Salazar.

En Espagne, où des dispositions concordataires héritées du franquisme (concordat de 1953 réaménagé en 1978) permettent à l'Église d'intervenir comme telle dans l'horaire normal des cours, par la médiation de personnels qu'elle désigne alors qu'ils sont payés sur fonds publics, et qu'elle peut révoquer au seul prétexte, par exemple, qu'ils viennent de divorcer. Or, la logique de préservation de ces privilèges, par une sainte alliance des clergés, a conduit l'État espagnol à introduire dans certaines écoles publiques du sud du pays des religieux musulmans, dont la première exigence a été que les élèves filles portent le voile qu'elles se refusaient à porter auparavant. Ce double scandale a défrayé la chronique et conduit le mouvement laïque à être de plus en plus écouté. Des associations comme la Fundacion Cives, Europa Laica et Alpima (*Asociacion Pi y Margall por la educacion publica y laica*) militent pour une séparation nette des institutions publiques et de l'Église : elles mettent en cause les dispositions concordataires qui bafouent le principe d'égalité entre croyants et non-croyants pourtant reconnu par la Constitution de 1978, notamment en imposant des cours de religion dans l'horaire normal des écoles.

En Suisse, la Libre Pensée combat pour que chaque canton adopte la séparation laïque, et l'a déjà obtenue dans certains. Tout récemment, la Suède vient de prononcer la séparation de l'État et de l'Église luthérienne.

En Belgique, le Centre d'action laïque, bien qu'il gère la « communauté laïque », affirme toujours que son but est la séparation institutionnelle de l'État et des Églises, préférable au système des « piliers » qui fait que chaque type d'option spirituelle s'organise de façon autonome avec toute une série de services et d'institutions propres. Les laïques belges font observer que la laïcité n'est pas une option spirituelle particulière, mais un idéal permettant de fonder une sphère publique commune à tous, soucieuse du seul bien commun. En Allemagne, plusieurs associations, dont le Bund gegen Anpassung (« Union contre le conformisme »), réclament l'abrogation du concordat hitlérien de 1933 et la séparation stricte de l'État et de toute Église. En Grande-Bretagne, la National Seculary Society, auditionnée récemment par la Chambre des lords, a demandé également la séparation.

En Grèce, le gouvernement socialiste de Costas Simitis a annoncé son intention de supprimer la mention de la religion sur les cartes nationales d'identité. Dans ce pays où la séparation de l'Église orthodoxe, synonyme d'identité nationale, et de l'État n'a jamais été réalisée, cette mesure mettrait un terme à une obligation contraire aux principes démocratiques. La décision est d'autant plus positive qu'elle intervient à l'heure où, au nom de l'Europe, certains remettent en cause le principe de la laïcité.

L'AFFAIRE DE LA CHARTE EUROPÉENNE
DES DROITS FONDAMENTAUX

À l'heure de la construction européenne, la diversité des situations qui vient d'être évoquée est l'occasion de sourdes tensions, notamment autour de la Charte européenne des droits fondamentaux. Le Vatican, secondé par un certain nombre de pays très marqués par le cléricalisme, fait pression pour que cette Charte, fondement constitutionnel de la future Europe, s'ouvre par une référence à la religion, voire à Dieu, inscrivant ainsi d'emblée dans un texte pourtant destiné à tous une mention discriminatoire. Au-delà de son aspect conjoncturel, le problème est assez exemplaire. Il cristallise les alternatives qui concernent la place et le statut plus ou moins normatif du religieux au regard du droit et de la politique, mais aussi de l'éthique. Et la question prend un relief nouveau avec la récurrence des interrogations éthiques suscitées par certains développements scientifiques et techniques. On peut faire remarquer qu'une référence confessionnelle, forcément discriminatoire au regard des athées et des agnostiques, n'a pas sa place dans un texte fondateur de norme. Elle y est en quelque sorte hors sujet. Il est donc clair qu'une telle mention n'aurait rien de désintéressé, et conférerait à la vision religieuse du monde une dimension normative incompatible avec l'égalité mais aussi avec la liberté éthique reconnue aux citoyens de choisir leurs références philosophiques et leur art de vivre, sans qu'aucune norme prescrive quoi que ce soit en la matière.

Les chrétiens allemands ont voulu faire figurer dans la Charte européenne des droits fondamentaux une reconnaissance de l'« héritage religieux » de l'Europe.

Cette mention avait été refusée, à juste titre, par la France. Il ne s'agit pas en effet de nier un tel héritage sur le plan culturel, mais de considérer que dans un texte qui prendra valeur normative au niveau le plus radical, puisqu'il est destiné à fonder le futur travail législatif des instances européennes, aucune vision du monde particulière ne doit être consacrée de façon préférentielle. Pourquoi ne pas reconnaître également le rôle des humanismes athées, notamment dans la philosophie européenne des Lumières ? Le souci de reconnaître ce qui est de tous, et non de certains, conduit à mentionner, éventuellement, un héritage spirituel, ou philosophique, sans privilégier sa version religieuse plus que sa version athée. L'intervention partisane des chrétiens allemands a tenté d'infléchir la Charte dans un sens qui altérait à la fois sa portée universelle et l'égalité de principe des athées et des croyants. Notons également que les mêmes forces partisanes s'attachent à imposer le concept de « liberté religieuse » en lieu et place du concept de liberté de conscience, qui est beaucoup plus large, et l'englobe comme version particulière. La liberté n'est pas plus religieuse qu'elle n'est athée : elle est, simplement, la liberté d'avoir une religion ou de ne pas en avoir, de faire sien un humanisme athée ou un humanisme de type religieux. La laïcité peut valoir pour toute l'Europe, car elle ménage simultanément toutes les libertés, et assure la pleine égalité, tout en délivrant l'espace public de toute emprise partisane. Reste évidemment à promouvoir la justice sociale pour déjouer la tentation des replis communautaristes, et rendre ainsi pleinement lisible à tous l'idéal laïque. L'Europe laïque va de pair avec l'Europe d'une culture émancipatrice dont elle esquissa le programme à l'époque des Lumières. Mais elle a partie liée, également, avec l'Europe sociale qui est à construire.

Conclusion

QUESTIONS

Le monde comme il va suscite une série de questions vives dans chacune desquelles se joue le sort de la laïcité. L'idéal laïque est-il devenu illisible dans un monde saisi par la fièvre des identités exclusives ? Le « retour du religieux » comme fondement normatif hypothèque-t-il la promesse d'une mutuelle libération des spiritualités religieuses ou profanes et des communautés politiques constituées en espaces de droit pour mieux s'accorder entre elles ? L'exacerbation des différences comme critères de ralliement des groupes humains sonne-t-elle le glas de l'universalisme qui inscrivait toute version particulière de l'humanité dans l'horizon d'un dialogue des civilisations et d'un progrès des références juridiques communes, promesse d'un droit international qui rendrait justice à tous ? La faillite humaine apparente des sociétés modernes brouille-t-elle à jamais les idéaux des Lumières et de la raison dont l'homme avait cru pouvoir s'inspirer pour maîtriser les conditions de son propre accomplissement, tant collectif qu'individuel ? Bref, l'idée laïque, idée neuve s'il en

est, n'est-elle qu'une espérance défraîchie, voire dérisoire, au regard des vertiges de la différence et des
régressions théologico-militaires qui s'emparent de
la planète ? Ces questions n'invalident ni l'idéal laïque ni le droit qui l'accomplit et l'exprime, mais invi-
tent à en évaluer les perspectives d'accomplissement.
Il s'agit de mettre à l'épreuve un idéal propre à redon-
ner espoir en rappelant ce qui peut unir les hommes
par-delà leurs différences.

LE MONDE COMME IL VA

À l'heure où la mondialisation capitaliste signe des
figures inédites de déshérence, où la logique
d'empire dissimule mal sa brutalité sous la rhétorique devenue insipide des droits de l'homme et des
professions de foi morales, une évaluation est évidemment nécessaire. Certaines lectures pessimistes
posent même que la laïcité risque de connaître le
même naufrage que les espérances de naguère, tant
les faits sont inquiétants. Mais il faut y regarder à
deux fois avant de formuler un diagnostic, et éviter
de se tromper dans la compréhension des causes.
Trop nombreuses sont en effet les conclusions hâti-
ves, qui tirent de la difficulté de réalisation d'un idéal
son invalidation de principe, à moins que des intérêts
récurrents ne conduisent à invoquer ces turbulences
pour incriminer la laïcité elle-même, comme le montrent nombre de discours de certaines autorités religieuses. Mais voyons d'abord les faits, tels qu'un bref
inventaire géopolitique peut les éclairer, au regard de
l'histoire et des dérives actuelles.
    Au Mexique, premier pays laïque grâce à la sépa-

ration de l'État et de l'Église inscrite dans la Constitution par Benito Juarez en 1860, les sectes prolifèrent, la religiosité de compensation se développe sur fond de misère et d'obscurantisme. En Inde, que Nehru en 1948 avait voulu redéfinir comme un pays déconfessionnalisé, laïque, ne serait-ce que pour permettre la coexistence pacifique des hindous, des musulmans, des autres croyants ou des athées, les affrontements interreligieux ont repris avec une violence inouïe, semblant briser le cadre laïque destiné pourtant à les prévenir. Des milliers de musulmans ont été récemment assassinés par des hindous, dont les plus extrémistes en reviennent à la volonté de river la nation à une identité religieuse et linguistique unique et exclusive, mettant ainsi en cause le sort des minorités (130 millions de musulmans sur un milliard d'hindous). Des affrontements sanglants ont eu lieu autour de la mosquée d'Ayodhya.

En Turquie, le parti islamiste, quatre-vingts ans après la laïcisation conduite en 1922 par Mustafa Kemal, fait un retour en force, et le voile islamique, jusqu'à présent interdit dans les universités, également.

Au Pakistan, la loi islamiste de la *sharia* s'est inscrite dans la Constitution. Athées et chrétiens sont menacés, et clairement stigmatisés, tandis que sévissent les procès en impiété, comme celui qui a été fait au docteur Chaikh.

Dans le monde arabo-musulman, l'islamisation par le haut passe le relais à l'islamisation par le bas lorsqu'elle est politiquement tenue en échec, comme en Algérie, et les frustrations d'une post-colonisation peu réussie, voire d'un dévoiement de la démocratie, fournissent à l'islamisme politique un terrain de choix.

En Israël, à rebours de la dimension laïque du sio-

nisme primitif, la dérive théologico-politique est également manifeste. C'est au nom de la « terre promise » et du « peuple élu » que certains colons juifs
dépossèdent les Palestiniens de leur terre par la
force. Le marquage confessionnel croissant des pratiques et des règles conduit à une sorte de refondation ethnico-religieuse de l'État, avec les effets
d'exclusion manifeste que cela engendre. La première visite protocolaire du Premier ministre est
pour le mur des Lamentations, ce qui en dit long sur
la collusion du théologique et du politique. On sait
que cette sacralisation des lieux ne fait qu'aviver la
plaie du conflit israélo-palestinien, en privant chaque
jour un peu plus les Palestiniens de la perspective
d'un État muni de continuité territoriale et économiquement viable.

Aux États-Unis d'Amérique, la mouvance des chrétiens *born again* (nés à nouveau) renoue avec un fondamentalisme protestant à la fois messianique et
réactionnaire tout à fait caractérisé. Dans le sillage
de l'Église méthodiste unie, ce néo-fondamentalisme
« évangélique » ou « pentecôtiste » se nourrit des
diverses manifestations du *revival* (réveil) de certains
courants protestants. La lecture littérale de la Bible,
selon la formule fondamentaliste « toute la Bible,
rien que la Bible », conduit à des positions réaction-
naires qui n'ont rien à envier au fondamentalisme
islamiste : homophobie, rejet de l'IVG assorti parfois
de commandos dans les hôpitaux pour l'empêcher,
dénonciation publique de la vie privée des hommes
politiques (voir l'affaire Clinton-Lewinsky), justification de la peine de mort, stigmatisation des autres
religions ou de l'athéisme, tentative d'interdiction de
l'enseignement scientifique de la biologie, etc. Cette
mouvance s'imagine représenter un petit nombre
d'« élus », chargés d'une mission purificatrice, et son

messianisme se traduit politiquement par un projet de domination sans complexe de l'ensemble du monde. Dans une telle approche, le peuple américain serait le nouveau peuple élu. Et cette « élection » thématise en termes religieux l'empire que l'on croit devoir exercer, et que l'on exerce en fait. Après le 11 septembre, un tel imaginaire collectif a été relayé et décuplé par certains prédicateurs comme Pat Robertson et Jerry Falwell. Les attaques contre l'islam, sciemment confondu avec l'islamisme politique, ne manquent pas, allant jusqu'à parler du « criminel » Mahomet. Autant traiter Jésus-Christ de même en le confondant avec l'inquisiteur Torquemada... La rhétorique infantile de l'affrontement entre l'empire du bien et l'empire du mal parachève le tout.

LA SITUATION DES FEMMES, PIERRE DE TOUCHE DU NIVEAU D'ÉMANCIPATION

Parmi les régressions qu'entraîne le retour violent de religions avides de dominer le droit et les États, le recul de l'émancipation des femmes et l'aggravation du sort qu'elles connaissent sont particulièrement sensibles. Là où les fanatismes religieux se développent dans le champ politique, la situation de la femme, pierre de touche du degré d'émancipation générale, est devenue des plus préoccupantes. En Afghanistan, la disparition provisoire des talibans n'a pas complètement mis un terme, loin s'en faut, à l'imposition de la *burka*, ce suaire de tissu qui cache tout le corps et ne permet aux yeux de découvrir le monde que derrière un grillage de toile. Au Niger, un procès pour adultère condamne une femme, Amina Safya, à la lapidation. Là où la *sharia* est devenue jurisprudence, un code de la famille discriminatoire pour les sexes sévit : répudiation unilatérale, rôle majeur du grand frère ou de l'oncle, accès inégal aux études, à la vie professionnelle et à la vie publique. Le plus souvent assignée à un espace privé où elle n'est que chose et servante, la femme n'a pas droit à une vie publique libre, champ d'initiative et d'accomplissement, ce que marque et symbolise le voile qui l'ensevelit pour l'ôter au regard de toute autre personne que celle qui est habilitée par la sphère d'autorité intrafamiliale.

Pour les femmes, la laïcisation du droit, son affranchissement par rapport à la littéralité d'un texte sacré dont bien des exégètes montrent qu'il intériorise et prétend éterniser les préjugés d'une société patriarcale révolue, est la clef de l'émancipation. En Occident chrétien, elle le fut et le reste également. L'abolition de la notion machiste de chef de famille, la libération de la vie sexuelle par la contraception et l'IVG signifient plus que ce à quoi on les réduit trop souvent dans la critique moralisante qu'en effectuent encore certaines autorités religieuses : la constitution des femmes en véritables sujets de droit, socialement capables de conquérir l'égalité avec les hommes, même si la vive résistance des habitudes continue à produire ses effets. Le temps n'est pas si loin (1996) où, dans la très catholique Irlande du Nord, des femmes condamnées une vie entière, symboliquement, à de durs travaux forcés de lavage devaient expier on ne sait trop quelle faute contre une morale sexuelle intégriste d'un autre âge, comme le montre le film *Magdalena Sisters*.

Engels précisait dans *L'Anti-Dühring* que « *le degré*

d'émancipation de la femme est la mesure du degré d'émancipation générale ». Pareil propos n'a rien perdu de son actualité, et pourrait s'appliquer aussi au degré d'émancipation laïque du droit, comme des rapports effectifs entre les sexes. L'enjeu de la laïcité sur ce point n'est pas des moindres.

L'OPIUM IDENTITAIRE
DES PEUPLES BLESSÉS

Les nationalismes laïques semblent avoir échoué en de nombreux endroits, mais sans doute pas en raison de leur caractère laïque. Tout se passe néanmoins comme si c'était celui-ci qui était en cause, alors que ne sont à aucun moment posés les problèmes de la corruption économique et politique de gouvernements largement instrumentalisés par le néocolonialisme. Quant au contexte international d'une hégémonie américaine qui déjoue à son profit les exigences du droit international, il ne peut qu'attiser les rancœurs, et contribuer à la construction d'un récit victimaire, où les identités collectives plus ou moins fantasmées se saisissent comme blessées à mort, et font retour vers des professions de foi auxquelles le religieux fournit son *pathos*, ses promesses de revanche, et ses repères sacralisés, tout en sommant la politique et le droit de se plier aux traditions les plus rétrogrades.

Frustrations et aspirations blessées nourrissent ainsi les ressourcements les plus dangereux, les plus aliénants. Comme si l'aveuglement à la dimension oppressive de certaines traditions était le produit nécessaire d'une frustration collective, chargée de ressentiment à l'égard de ce qui est perçu comme la conséquence des idéaux modernes. Les groupes prennent le pas sur les individus qui les composent d'autant plus facilement que c'est au niveau des peuples comme tels que semblent se vivre les humiliations infligées. L'Occident n'a pas peu fait pour substituer sa domination économique à sa domination politique impérialiste, perpétuée aujourd'hui sous d'autres formes. À l'occasion, les tenants du discours des « droits de l'homme » n'ont pas hésité à instrumentaliser les fondamentalismes religieux, comme en Afghanistan ou au Pakistan, dans un jeu d'échecs avec l'ex-Union soviétique, ou tout simplement pour éviter l'émergence de pays laïques progressistes indépendants de la sphère occidentale. Aujourd'hui, ce cynisme politique a multiplié ses effets, jusqu'à dépasser les espérances des apprentis sorciers. Il a fallu que des fous de Dieu auparavant encouragés par l'Amérique causent la mort en plein cœur de Manhattan pour que le monde prenne enfin conscience du danger. Mais il est douteux que la politique de la force brute, sans souci de panser les plaies vives qui perpétuent les injustices et alimentent les frustrations, puisse avoir raison de telles dérives. Les mêmes causes produisent les mêmes effets.

Ce sont sans doute les hommes qui mènent la guerre des dieux. Mais il reste que l'imaginaire religieux imprime une radicalisation bien spécifique au resurgissement du théologico-politique dans le monde. Faut-il en conclure que les jours de la laïcité sont comptés ? Une brève réflexion critique sur la fonction du religieux est ici nécessaire, qui prendra à rebours certains thèmes devenus usuels dans le contexte actuel de crise, mais qui n'ont rien d'évident.

DE LA GUERRE DES DIEUX
À LA LIBERTÉ SPIRITUELLE

Max Weber avait parlé de la guerre des dieux comme de la dérive possible d'un monde où la rationalité calculatrice et instrumentale, mise en œuvre par l'économie capitaliste, semble laisser le champ libre à des axiologies religieuses qui se situent par opposition entre elles et à la rationalité ainsi disqualifiée. Pas de place alors pour la Raison éthique et politique, celle du raisonnable et des principes universellement partageables : les dieux assignés à résidence dans des espaces culturels singuliers jouent le rôle de marqueurs identitaires, et cristallisent des quêtes d'identité qui prennent l'allure de revanches imaginaires. Des mimétismes en chaîne obèrent l'individu singulier et sa faculté de libre arbitre. L'individu n'existe que comme membre du groupe, le groupe n'existe que par sa « culture ». Cette culture n'existe que comme ensemble de traditions ritualisées par une religion qui règle la terre autant que le ciel ; et cette religion assume sa fonction d'affirmation différentielle du groupe par rapport aux autres en lui fournissant une formule symbolique, un étendard imaginaire. Chrétiens contre musulmans, orthodoxes contre catholiques, catholiques contre protestants, musulmans contre juifs, hindous contre musulmans, sikhs contre hindous, etc.

Faut-il donc reconnaître au religieux, sous ses différentes formes, un rôle capital dans le fonctionnement des sociétés humaines, et en tirer la conclusion que toute politique cantonnant la religion dans le statut d'un libre engagement spirituel méconnaît l'essence vraie et de la politique et de la religion ? La réponse, de prime abord, ne va pas de soi. Il est clair que dans les sociétés traditionnelles, les religions jouent et ont joué un rôle décisif, voire constitutif, encore qu'on ne dispose d'aucune assurance pour savoir si ce jugement a une valeur aussi générale. Cependant, même si on l'admet comme un fait, on ne pose pas pour autant qu'il soit définitif ni souhaitable. Du fait au droit, il y a un pas qu'on ne peut franchir sans autre forme de procès. Sauf à condamner les sociétés humaines à l'immobilisme, en considérant qu'elles doivent fonctionner toujours de la même façon et selon les mêmes critères.

C'est dire que le statut traditionnel du religieux n'a rien qui préjuge de ce qui peut être ni de ce qui doit être. Une redéfinition de son contenu comme de ses modalités est donc parfaitement concevable, notamment si l'on considère les conséquences négatives des dominations politiques traditionnelles des religions.

L'histoire et l'actualité montrent en effet suffisamment ce qui peut résulter de la structuration théologico-politique des sociétés, à distinguer des effets des religions entendues comme démarches spirituelles porteuses de visions du monde et de conceptions éthiques. L'instrumentalisation réciproque du religieux et du politique n'a produit et ne produit que des ravages pour les libertés et l'égalité. Elle a ôté au témoignage religieux sa dimension de libre engagement spirituel, et à la politique sa fonction de régulation juste des sociétés humaines. La déliaison laïque, en ce sens, est une chance aussi bien pour les religions que pour les États et les peuples. Dieu désarmé et Marianne affranchie peuvent coexister, mais sur la base de la séparation qui les restitue à leur ordre propre.

Le spectacle des affrontements interreligieux indique à l'évidence dans quelle direction peut se rétablir la paix, voire la concorde : en évitant de faire du religieux un facteur identitaire exclusif. Cela ne veut pas dire qu'il ne puisse participer de la construction identitaire, mais il ne peut le faire que selon un libre engagement des personnes, et dans le cadre d'une communauté de droit qui assure simultanément la liberté de conscience, l'égalité de tous sans distinction de conviction religieuse ou philosophique, et la visée du bien commun comme but exclusif des lois. Vœu pieux au regard des pulsions religieuses et identitaires ? Il faut singulièrement désespérer des peuples et des hommes pour leur dénier toute faculté de réappropriation de leur histoire, toute possibilité de refondation de leurs organisations collectives. L'expérience des guerres de religion et des persécutions liées au credo obligé n'est pas pour rien dans l'émergence d'une conscience laïque, et il n'y a nulle raison de penser que ce qui s'est passé en France ne puisse pas se passer ailleurs, même si le poids des traditions peut rendre le processus d'émancipation laïque plus lent et plus complexe.

Les cultures ont certes intégré les religions comme des facteurs caractéristiques, et tout homme né dans un contexte donné en est marqué, au même titre que des différentes façons de vivre, des découpages mentaux de l'expérience, des sensibilités particulières qui y modèlent le rapport au monde. Mais cela signifie-t-il que la religion a le même statut que de tels déterminants culturels, et ne peut faire l'objet d'une mise à distance ou d'un libre choix ? On peut en douter. Il suffit d'évoquer l'émergence de nouvelles religions dans les sociétés. La conversion qu'elles suscitent n'a pas alors le statut d'un héritage comparable à la langue ou aux usages culturels. Elle est proprement volontaire : des païens devinrent chrétiens par choix. Et Julien dit l'Apostat, qui fit le chemin inverse, changea également d'option spirituelle. La notion de profession de foi — et de confirmation — atteste cette dimension délibérée, même si elle est devenue une tradition.

Il faut donc considérer que le choix d'une religion relève d'une libre option spirituelle, ne serait-ce que par principe. On ne peut clouer les cultures aux religions et les individus aux cultures ainsi rangées sous une divinité. Lorsqu'un fidèle adulte se range aux représentations et aux rites d'un corpus religieux, tout se passe comme s'il le faisait de son plein consentement. On pourra dire qu'il y a été conditionné par son enfance, certes, mais cela n'a qu'un temps. Et sauf à basculer dans une conception strictement déterministe de la vie humaine, on admettra que la pratique d'une religion par un être majeur atteste son consentement volontaire, tout comme son éventuelle migration vers un humanisme athée. La laïcisation des sociétés, si du moins elle va de pair avec une vie sociale juste, qui n'engendre pas de frustrations collectives ou individuelles, ne dessaisit nullement les religions de leur portée métaphysique ou éthique, comme libres méditations sur le sens, mais elle les prive de cette dimension dominatrice et aliénante que constituait leur implication dans un dispositif de domination politique. Elles redeviennent alors un type d'option spirituelle parmi d'autres.

Si ce chemin semble encore long pour beaucoup d'États dans le monde, on peut penser qu'il n'en constitue pas moins la voie la plus adéquate pour régler les rapports entre des hommes aux références spirituelles diverses, et que l'ouverture croissante des sociétés les unes aux autres conduit à coexister dans des espaces publics dont l'organisation juridique doit assurer leur égale liberté. La solution laïque, on l'a vu, est à terme la seule qui réponde à une telle exigence.

DE LA RELIGION CIVILE
AU CIVISME RAISONNÉ

À Sparte, cité de la guerre, tous les citoyens se connaissaient, aimaient leur dieu proche comme la patrie qu'il symbolisait, allaient d'un même courage au combat. La verticale de la religion domestique stimulait l'horizontale de la démocratie guerrière, et tous les devoirs en procédaient : religion civile. Mais le modèle spartiate, s'il peut suggérer l'archétype des communautés repliées sur leurs identités exclusives, dont les membres n'existent pas comme sujets de droit indépendamment du groupe d'appartenance, n'a guère de pertinence pour des sociétés plurielles, où l'origine, la religion, les coutumes ne peuvent définir une identité sauf à prétendre à l'enfermement dans la différence.

La religiosité du lien social n'est qu'une forme particulière de sa valorisation ; elle occupe le terrain plus général d'un besoin symbolique qu'elle a longtemps su s'annexer, mais qui peut exister indépendamment d'elle. Sans tomber dans la froideur d'un « patriotisme constitutionnel » qui ne donnerait à chérir que des principes abstraits de droit, on peut rappeler avec Renan qu'il n'y a aucune incompatibilité entre l'adhésion raisonnable à ce qui permet de vivre ensemble selon des rapports de droit et de justice et l'émotion d'une mémoire commune, d'un imaginaire partagé, qui donne à saisir un lieu comme le paysage d'une aventure singulière, sédimentée dans ses traces repérables, et aujourd'hui mise en perspective par son point d'aboutissement éthico-politique. Ainsi peuvent s'accorder, voire se valoriser mutuellement, raison civique et sentiment patriotique. À la patrie ainsi comprise, Kant donnait le sens d'une communauté de droit située dans une géographie et une histoire bien spécifiques, mais conquise comme espace nourricier des libertés humaines. L'universel n'est pas un *deus ex machina* : il se médiatise toujours dans une configuration particulière.

UN IDÉAL UNIVERSEL.
RETOUR SUR L'IDÉAL LAÏQUE

Les difficultés de réalisation de l'idéal laïque tiennent pour une part à la hauteur des exigences d'émancipation qui le définissent. La liberté de s'inventer soi-même, sans renier l'héritage, mais en l'inscrivant dans une liberté agissante qui le met à distance pour mieux l'évaluer, a quelque chose du vertige. Sartre en décrivait l'angoisse propre. Elle requiert une confiance dans le pouvoir de maîtrise que confère la raison, et dans l'espoir d'une conjugaison sociale des initiatives propre à rendre manifeste la dimension émancipatrice d'une politique enfin tournée vers l'accomplissement de tous. Espoir hérité des Lumières, et qui vacille devant l'instrumentalisation mercantile de la raison calculatrice, écran d'une authentique raison du raisonnable autant que du rationnel. Bref, la figure de la raison, brouillée, se greffe sur l'angoisse d'une liberté déjà difficile à assumer en elle-même.

Le devenir de sociétés soumises à la logique fétichisée du marché, sous laquelle se dissimulent des rapports de force économiques qui n'ont rien de spécialement rationnel, peut donner à croire que le progrès des sciences et des techniques n'engendre que détresse humaine. Le paradoxe de Rousseau concernant le progrès rétrograde se réitère. L'image de la modernité et des Lumières semble disqualifiée. Mais c'est par amalgame que se constitue un tel faux-semblant, et seules des conceptions obscurantistes peuvent poser un diagnostic aussi pessimiste sur les conquêtes de la raison humaine, traitées non sans mauvaise foi de façon réductrice et injuste. Le traditionalisme théologico-politique se fait alors une aubaine d'une telle mystification, et le procès de la raison est ensuite conduit de façon systématique.

À leur avènement, tous les idéaux ont pu être dits particuliers, tant était vif le souvenir des circonstances dans lesquelles il leur a fallu être conquis. Mais un tel jugement relève d'une illusion de perspective, où le droit et le fait tendent à se confondre. La singularité provisoire d'un principe de droit ne dit donc rien contre sa légitimité. L'idéal laïque, encore minoritaire en Europe et sans doute dans le monde, n'en répond pas moins, et de façon remarquable, aux grandes questions vives de notre temps. Celles-ci concernent, on l'a vu, le développement de sociétés multispirituelles et multiconfessionnelles, pour lesquelles il fournit un principe de concorde fondé en raison. Elles renvoient également à la reconstruction du lien social, à la promotion, par l'école publique, du souci de raison face aux résurgences de l'irrationalisme et de l'obscurantisme, comme à celles du fanatisme religieux et des « identités collectives » de nature exclusive. Elles portent enfin sur le risque de l'enfermement communautariste, et la réactivation du civisme au regard de l'effacement du politique comme tel. Défis de notre époque, auxquels l'idéal laïque entend répondre en faisant que se fécondent réciproquement égalité et liberté, raison et justice, spiritualité déliée et souci du bien public. En ce sens, il est possible d'y voir le fondement d'un nouvel humanisme, de portée universelle en raison même de son caractère critique.

Les femmes qui meurent assassinées, comme la jeune étudiante algérienne Katia Bengana, parce qu'elles refusent de porter le voile qui les inferiorise, rappellent aux étourdis qui n'ont pas de mots assez durs pour la laïcité ce qui se passe lorsqu'elle n'existe pas. La mauvaise conscience provoquée par le souvenir de la colonisation ne peut en l'occurrence continuer à brouiller la référence aux principes de l'émancipation. Il y va du devoir de solidarité avec tous ceux qui luttent pour ces principes. La III⁰ République a fondé la laïcité institutionnelle. Par ailleurs, certains de ses hommes politiques, dont Jules Ferry lui-même, se sont compromis dans l'aventure coloniale. C'est entendu. Mais l'un n'implique pas l'autre, et le propre de la mémoire critique est de séparer ce qui mérite de l'être. S'il fallait congédier un idéal juste en soi chaque fois qu'il a côtoyé dans l'histoire des pratiques peu avouables, aucun ne pourrait plus trouver grâce. *Bill of Rights* et ethnocide des Indiens ont coexisté ; loi d'amour au nom du Christ et Inquisition ou croisades également ; libéralisme politique et exploitation débridée de l'homme par l'homme ont fait de même. Dénoncer l'hypocrisie, ce n'est pas invalider l'idéal, mais au contraire en souligner la valeur et porter l'attention sur ce qui le contredit effectivement.

La concorde laïque n'unit les hommes que par ce qui les élève au-dessus de leurs particularismes. La pensée libre, affranchie des crispations du vécu et des enfermements, est une façon décisive d'éprouver le meilleur de la condition humaine, ce fonds commun que retrouvent ou découvrent les hommes lorsqu'ils sont en mesure de cultiver la double exigence de vérité et de justice, bien précieux d'une humanité réconciliée avec elle-même. Il ne s'agit pas alors de présupposer l'existence d'un « consensus » spontané : on sait bien que le plus souvent se masque sous ce terme la domination inavouée d'une idéologie déterminée, et des intérêts qui la sous-tendent. Il ne s'agit pas non plus de remplacer l'unification forcée autour d'un credo particulier par un compromis entre plusieurs credo : la conjonction des particularismes et leur éventuel dénominateur commun ne réalisent pas nécessairement l'exigence d'universalité. Celle-ci implique non un compromis à partir de différences consacrées, mais un effort pour les dépasser, sans les nier, en s'élevant à ce qui, en droit, peut être commun à tous les hommes. C'est cette recherche exigeante d'universalité qui fait tout à la fois le prix et la difficulté de l'idéal laïque. Le *prix*, car il s'agit de fonder solidement une concorde authentique. Et durable. La *difficulté*, car la tendance spontanée est bien plutôt celle de l'enfermement dans la différence ou l'intérêt particulier, surtout lorsque la précarité des conditions d'existence fait paraître dérisoire la référence à l'universel.

L'idéal laïque est de générosité, en ce qu'il crédite tout homme de la liberté et de la faculté d'en bien user. Belle idée de Descartes, qui rompait ainsi avec la théorie de la *part maudite* selon laquelle l'humanité, marquée par le péché originel, serait incapable, avec ses seules ressources, de bien agir. La laïcité, c'est le refus du paternalisme, du moralisme, et de toute imposition d'un « sens » que l'homme ne pourrait inventer par lui-même. La générosité laïque consiste à attribuer à tout homme une richesse de potentialités toujours plus grande que celle qu'il peut manifester dans les limites d'une situation donnée. C'est pourquoi elle est solidaire d'un projet d'émancipation, où l'accès à l'universel se conçoit comme construction patiente de ce qui unit les hommes par le haut, selon l'idée de leur accomplissement le plus abouti. Au cœur de cette construction vit le travail de la raison, faculté de penser lucidement les fins humaines de l'action, ainsi que les fondements éthiques et politiques de la concorde. Raison évidemment irréductible à sa version calculatrice et instrumentale.

Le souci de l'universel n'appelle aucun reniement, mais une culture de la distance réflexive qui permet de retrouver ce qui, essentiellement, fonde l'unité de l'humanité. Ainsi se trace le programme de la fraternité.

Annexe

LOI DU 9 DÉCEMBRE 1905
CONCERNANT LA SÉPARATION
DES ÉGLISES ET DE L'ÉTAT

(Journal officiel du 11 décembre 1905)

ARTICLE D0

Le Sénat et la Chambre des Députés ont adopté,

Le Président de la République promulgue la loi dont la teneur suit :

Le Président de la République,

Émile LOUBET

Le président du Conseil, ministre des Affaires étrangères,

Maurice ROUVIER

Le ministre de l'Instruction publique, des Beaux-arts et des Cultes,

Bienvenu MARTIN

Le ministre de l'Intérieur,

F. DUBIEF

Le ministre des Finances,

P. MERLOU

Le ministre des Colonies,

CLÉMENTEL.

TITRE Ier

Principes

Article 1er

La République assure la liberté de conscience. Elle garantit le libre exercice des cultes sous les seules restrictions édictées ci-après dans l'intérêt de l'ordre public.

Article 2

La République ne reconnaît, ne salarie ni ne subventionne aucun culte. En conséquence, à partir du 1er janvier qui suivra la promulgation de la présente loi, seront supprimées des budgets de l'État, des départements et des communes, toutes dépenses relatives à l'exercice des cultes.

Pourront toutefois être inscrites auxdits budgets les dépenses relatives à des services d'aumônerie et destinées à assurer le libre exercice des cultes dans les établissements publics tels que lycées, collèges, écoles, hospices, asiles et prisons.

Les établissements publics du culte sont supprimés, sous réserve des dispositions énoncées à l'article 3.

TITRE II

Attribution des biens, pensions

Article 3

Les établissements dont la suppression est ordonnée par l'article 2 continueront provisoirement de fonctionner, conformément aux dispositions qui les régissent actuellement, jusqu'à l'attribution de leurs biens aux associations prévues par le titre IV et au plus tard jusqu'à l'expiration du délai ci-après.

Dès la promulgation de la présente loi, il sera procédé par les agents de l'administration des domaines à l'inventaire descriptif et estimatif :

1° Des biens mobiliers et immobiliers desdits établissements ;

2° Des biens de l'État, des départements et des communes dont les mêmes établissements ont la jouissance.

Ce double inventaire sera dressé contradictoirement avec les représentants légaux des établissements ecclésiastiques ou eux dûment appelés par une notification faite en la forme administrative.

Les agents chargés de l'inventaire auront le droit de se faire communiquer tous titres et documents utiles à leurs opérations.

Article 4

Dans le délai d'un an, à partir de la promulgation de la présente loi, les biens mobiliers et immobiliers des menses, fabriques, conseils presbytéraux, consistoires et autres établissements publics du culte seront, avec toutes les charges et obligations qui les grèvent et avec leur affectation spéciale, transférés par les représentants légaux de ces établissements aux associations qui, en se conformant aux règles d'organisation générale du culte dont elles se proposent d'assurer l'exercice, se seront légalement formées, suivant les prescriptions de l'article 19, pour l'exercice de ce culte dans les anciennes circonscriptions desdits établissements.

Article 5

Ceux des biens désignés à l'article précédent qui proviennent de l'État et qui ne sont pas grevés d'une fondation pieuse créée postérieurement à la loi du 18 germinal an X feront retour à l'État.

Les attributions de biens ne pourront être faites par les établissements ecclésiastiques qu'un mois après la promulgation du règlement d'administration publique prévu à l'article 43. Faute de quoi la nullité pourra en être demandée devant le tribunal de grande instance par toute partie intéressée ou par le ministère public.

En cas d'aliénation par l'association cultuelle de valeurs mobilières ou d'immeubles faisant partie du patrimoine de l'établissement public dissous, le montant du produit de la vente devra être employé en titres de rente nominatifs ou dans les conditions prévues au paragraphe 2 de l'article 22.

L'acquéreur des biens aliénés sera personnellement responsable de la régularité de cet emploi.

Les biens revendiqués par l'État, les départements ou les communes ne pourront être aliénés, transformés ni modifiés jusqu'à ce qu'il ait été statué sur la revendication par les tribunaux compétents.

Article 6

(Loi du 13 avril 1908, *Journal officiel* du 14 avril 1908)

Les associations attributaires des biens des établissements ecclésiastiques supprimés seront tenues des dettes de ces établissements ainsi que de leurs emprunts sous réserve des dispositions du troisième paragraphe du présent article ; tant qu'elles ne seront pas libérées de ce passif, elles auront droit à la jouissance des biens productifs de revenus qui doivent faire retour à l'État en vertu de l'article 5.

Les annuités des emprunts contractés pour dépenses relatives aux édifices religieux, seront supportées par les associations en proportion du temps pendant lequel elles auront l'usage de ces édifices par application des dispositions du titre III.

Article 7

(Loi du 13 avril 1908, *Journal officiel* du 14 avril 1908)

Les biens mobiliers ou immobiliers grevés d'une affectation charitable ou d'une tout autre affectation étrangère à l'exercice du culte seront attribués, par les représentants légaux des établissements ecclésiastiques, aux services ou établissements publics ou d'utilité publique, dont la destination est conforme à celle desdits biens. Cette attribution devra être approuvée par le préfet du département où siège l'établissement ecclésiastique. En cas de non-approbation, il sera statué par décret en Conseil d'État.

Toute action en reprise, qu'elle soit qualifiée en revendication, en révocation ou en résolution, concernant les biens dévolus en exécution du présent article, est soumise aux règles prescrites par l'article 9.

Article 8

Faute par un établissement ecclésiastique d'avoir, dans le délai fixé par l'article 4, procédé aux attributions ci-dessus prescrites, il y sera pourvu par décret.

À l'expiration dudit délai, les biens à attribuer seront, jusqu'à leur attribution, placés sous séquestre.

Dans le cas où les biens attribués en vertu de l'article 4 et du paragraphe 1er du présent article seront, soit dès l'origine, soit dans la suite, réclamés par plusieurs associations formées pour l'exercice du même culte, l'attribution qui en aura été faite par les représentants de l'établissement ou par décret pourra être contestée devant le Conseil d'État, statuant au contentieux, lequel prononcera en tenant compte de toutes les circonstances de fait.

La demande sera introduite devant le Conseil d'État, dans le délai d'un an à partir de la date du décret ou à partir de la notification, à l'autorité préfectorale, par les représentants légaux des établissements publics du culte, de l'attribution effectuée par eux. Cette notification devra être faite dans le délai d'un mois.

L'attribution pourra être ultérieurement contestée en cas de scission dans l'association nantie, de création d'association nouvelle par suite d'une modification dans le territoire de la circonscription ecclésiastique et dans le cas où l'association attributaire n'est plus en mesure de remplir son objet.

Article 9

(Loi du 13 avril 1908, *Journal officiel* du 14 avril 1908)

1. Les biens des établissements ecclésiastiques qui n'ont pas été réclamés par des associations culturelles constituées dans le délai d'un an à partir de la promulgation de la loi du 9 décembre 1905, seront attribués par décret à des établissements communaux de bienfaisance ou d'assistance situés dans les limites territoriales de la circonscription ecclésiastique intéressée, ou, à défaut d'établissement de cette nature, aux communes ou sections de communes, sous la condition d'affecter aux services de bienfaisance ou d'assistance tous les revenus ou produits de ces biens, sauf les exceptions ci-après :

1° Les édifices affectés au culte lors de la promulgation de la loi du 9 décembre 1905 et les meubles les garnissant deviendront la propriété des communes sur le territoire desquelles ils sont situés, s'ils n'ont pas été restitués ni revendiqués dans le délai légal ;

2° Les meubles ayant appartenu aux établissements ecclésiastiques ci-dessus mentionnés qui garnissent les édifices désignés à l'article 12, paragraphe 2, de la loi du 9 décembre 1905, deviendront la propriété de l'État, des départements et des communes, propriétaires desdits édifices, s'ils n'ont pas été restitués ni revendiqués dans le délai légal ;

3° Les immeubles bâtis, autres que les édifices

affectés au culte, qui n'étaient pas productifs de revenus lors de la promulgation de la loi du 9 décembre
1905 et qui appartenaient aux menses archiépiscopales et épiscopales, aux chapitres et séminaires,
ainsi que les cours et jardins y attenant, seront attribués par décret, soit à des départements, soit à des
communes, soit à des établissements publics pour
des services d'assistance ou de bienfaisance ou des
services publics ;

4° Les biens des menses archiépiscopales et épiscopales, chapitres et séminaires, seront, sous réserve
de l'application des dispositions du paragraphe précédent, affectés dans la circonscription territoriale
de ces anciens établissements, au paiement du reli-
quat des dettes régulières ou légales de l'ensemble
des établissements ecclésiastiques compris dans
ladite circonscription, dont les biens n'ont pas été
attribués à des associations cultuelles, ainsi qu'au
paiement de tous frais exposés et de toutes dépenses
effectuées relativement à ces biens par le séquestre,
sauf ce qui est dit au paragraphe 13 de l'article 3
ci-après. L'actif disponible après l'acquittement de
ces dettes et dépenses sera attribué par décret à des
services départementaux de bienfaisance ou d'assistance.

En cas d'insuffisance d'actif il sera pourvu au paiement desdites dettes et dépenses sur l'ensemble des
biens ayant fait retour à l'État, en vertu de l'article 5 ;

5° Les documents, livres, manuscrits et œuvres
d'art ayant appartenu aux établissements ecclésiastiques et non visés au 1° du présent paragraphe pourront être réclamés par l'État, en vue de leur dépôt
dans les archives, bibliothèques ou musées et lui être
attribués par décret ;

6° Les biens des caisses de retraite et maisons de
secours pour les prêtres âgés ou infirmes seront attri-

bués par décret à des sociétés de secours mutuels constituées dans les départements où ces établissements ecclésiastiques avaient leur siège.

Pour être aptes à recevoir ces biens, lesdites sociétés devront être approuvées dans les conditions prévues par la loi du 1er avril 1898, avoir une destination conforme à celle desdits biens, être ouvertes à tous les intéressés et ne prévoir dans leurs statuts aucune amende ni aucun cas d'exclusion fondés sur un motif touchant à la discipline ecclésiastique.

Les biens des caisses de retraite et maisons de secours qui n'auraient pas été réclamés dans le délai de dix-huit mois à dater de la promulgation de la présente loi par des sociétés de secours mutuels constituées dans le délai d'un an de ladite promulgation, seront attribués par décret aux départements où ces établissements ecclésiastiques avaient leur siège, et continueront à être administrés provisoirement au profit des ecclésiastiques qui recevaient des pensions ou secours ou qui étaient hospitalisés à la date du 15 décembre 1906.

Les ressources non absorbées par le service de ces pensions ou secours seront employées au remboursement des versements que les ecclésiastiques ne recevant ni pension ni secours justifieront avoir faits aux caisses de retraites.

Le surplus desdits biens sera affecté par les départements à des services de bienfaisance ou d'assistance fonctionnant dans les anciennes circonscriptions des caisses de retraite et maisons de secours.

2. En cas de dissolution d'une association, les biens qui lui auront été dévolus en exécution des articles 4 et 8 seront attribués par décret rendu en Conseil d'État, soit à des associations analogues dans la même circonscription ou, à leur défaut, dans les cir-

conscriptions les plus voisines, soit aux établissements visés au paragraphe 1ᵉʳ du présent article.

3. Toute action en reprise, qu'elle soit qualifiée en
revendication, en révocation ou en résolution doit
être introduite dans le délai ci-après déterminé.

Elle ne peut être exercée qu'en raison de donations,
de legs ou de fondations pieuses, et seulement par
les auteurs et leurs héritiers en ligne directe.

Les arrérages de rentes dues aux fabriques pour
fondations pieuses ou cultuelles et qui n'ont pas été
rachetées cessent d'être exigibles.

Aucune action d'aucune sorte ne pourra être inten-
tée à raison de fondations pieuses antérieures à la loi
du 18 germinal an X.

4. L'action peut être exercée contre l'attributaire
ou, à défaut d'attribution, contre le directeur général
des domaines représentant l'État en qualité de
séquestre.

5. Nul ne pourra introduire une action, de quelque
nature qu'elle soit, s'il n'a déposé, deux mois auparavant, un mémoire préalable sur papier non timbré
entre les mains du directeur général des domaines
qui en délivrera un récépissé daté et signé.

6. Au vu de ce mémoire, et après avis du directeur
des domaines, le préfet pourra en tout état de cause,
et quel que soit l'état de la procédure, faire droit à
tout ou partie de la demande par un arrêté [...].

7. L'action sera prescrite si le mémoire préalable
n'a pas été déposé dans les dix mois à compter de la
publication au *Journal officiel* de la liste des biens
attribués ou à attribuer avec les charges auxquelles
lesdits biens seront ou demeureront soumis, et si
l'assignation devant la juridiction ordinaire n'a pas
été délivrée dans les trois mois de la date du récépissé.

Parmi ces charges, pourra être comprise celle de l'entretien des tombes.

8. Passé ces délais, les attributions seront définitives et ne pourront plus être attaquées de quelque matière ni pour quelque cause que ce soit.

Néanmoins, toute personne intéressée pourra poursuivre devant le Conseil d'État statuant au contentieux, l'exécution des charges imposées par les décrets d'attribution.

9. Il en sera de même pour les attributions faites après solution des litiges soulevés dans le délai.

10. Tout créancier, hypothécaire, privilégié ou autre, d'un établissement dont les biens ont été mis sous séquestre, devra, pour obtenir le paiement de sa créance, déposer préalablement à toute poursuite un mémoire justificatif de sa demande, sur papier non timbré, avec les pièces à l'appui au directeur général des domaines qui en délivrera un récépissé daté et signé.

11. Au vu de ce mémoire et sur l'avis du directeur des domaines, le préfet pourra en tout état de cause, et quel que soit l'état de la procédure, décider, par un arrêté pris en conseil de préfecture, que le créancier sera admis, pour tout ou parti de sa créance, au passif de la liquidation de l'établissement supprimé.

12. L'action du créancier sera définitivement éteinte si le mémoire préalable n'a pas été déposé dans les six mois qui suivront la publication au *Journal officiel* prescrite par le paragraphe 7 du présent article, et si l'assignation devant la juridiction ordinaire n'a pas été délivrée dans les neuf mois de ladite publication.

13. Dans toutes les causes auxquelles s'appliquent les dispositions de la présente loi, le tribunal statue comme en matière sommaire, conformément au titre 24 du livre II du Code de procédure civile.

Les frais exposés par le séquestre seront, dans tous les cas, employés en frais privilégiés sur le bien séquestré, sauf recouvrement contre la partie adverse condamnée aux dépens, ou sur la masse générale des biens recueillis par l'État.

Le donateur et les héritiers en ligne directe soit du donateur, soit du testateur ayant, dès à présent, intenté une action en revendication ou en révocation devant les tribunaux civils, sont dispensés des formalités de procédure prescrites par les paragraphes 5, 6 et 7 du présent article.

14. L'État, les départements, les communes et les établissements publics ne peuvent remplir ni les charges pieuses ou cultuelles, afférentes aux libéralités à eux faites ou, aux contrats conclus par eux, ni les charges dont l'exécution comportait l'intervention soit d'un établissement public du culte, soit de titulaires ecclésiastiques.

Ils ne pourront remplir les charges comportant l'intervention d'ecclésiastiques pour l'accomplissement d'actes non cultuels que s'il s'agit de libéralités autorisées antérieurement à la promulgation de la présente loi, et si, nonobstant l'intervention de ces ecclésiastiques, ils conservent un droit de contrôle sur l'emploi desdites libéralités.

Les dispositions qui précèdent s'appliquent au séquestre.

Dans les cas prévus à l'alinéa 1er du présent paragraphe, et en cas d'inexécution des charges visées à l'alinéa 2, l'action en reprise, qu'elle soit qualifiée en revendication, en révocation ou en résolution, ne peut être exercée que par les auteurs des libéralités et leurs héritiers en ligne directe.

Les paragraphes précédents s'appliquent à cette action sous les réserves ci-après :

Le dépôt du mémoire est fait au préfet, et l'arrêté

du préfet en conseil de préfecture est pris, s'il y a lieu, après avis de la commission départementale pour le département, du conseil municipal pour la commune et de la commission administrative pour l'établissement public intéressé.

En ce qui concerne les biens possédés par l'État, il sera statué par décret.

L'action sera prescrite si le mémoire n'a pas été déposé dans l'année qui suivra la promulgation de la présente loi, et l'assignation devant la juridiction ordinaire délivrée dans les trois mois de la date du récépissé.

15. Les biens réclamés, en vertu du paragraphe 14, à l'État, aux départements, aux communes et à tous les établissements publics ne seront restituables, lorsque la demande ou l'action sera admise, que dans la proportion correspondant aux charges non exécutées, sans qu'il y ait lieu de distinguer si lesdites charges sont ou non déterminantes de la libéralité ou du contrat de fondation pieuse et sous déduction des frais et droits correspondants payés lors de l'acquisition des biens.

16. Sur les biens grevés de fondations de messes, l'État, les départements, les communes et les établissements publics possesseurs ou attributaires desdits biens, devront, à défaut des restitutions à opérer en vertu du présent article, mettre en réserve la portion correspondant aux charges ci-dessus visées.

Cette portion sera remise aux sociétés de secours mutuels constituées conformément au paragraphe 1er, 6° , de l'article 9 de la loi du 9 décembre 1905, sous la forme de titres de rente nominatifs, à charge par celles-ci d'assurer l'exécution des fondations perpétuelles de messes.

Pour les fondations temporaires, les fonds y afférents seront versés auxdites sociétés de secours mutuels, mais ne bénéficieront pas du taux de faveur prévu par l'article 21 de la loi du 1er avril 1898.

Les titres nominatifs seront remis et les versements faits à la société de secours mutuels qui aura été constituée dans le département, ou à son défaut dans le département le plus voisin.

À l'expiration du délai de dix-huit mois prévu au paragraphe 1er, 6° ci-dessus visé, si aucune des sociétés de secours mutuels qui viennent d'être mentionnées n'a réclamé la remise des titres ou le versement auquel elle a droit, l'État, les départements, les communes et les établissements publics seront définitivement libérés et resteront propriétaires des biens par eux possédés ou à eux attribués, sans avoir à exécuter aucune des fondations et messes grevant lesdits biens.

La portion à mettre en réserve, en vertu des dispositions précédentes sera calculée sur la base des tarifs indiqués dans l'acte de fondation, ou, à défaut, sur la base des tarifs en vigueur au 9 décembre 1905.

Article 10

(Loi du 13 avril 1908, *Journal officiel* du 14 avril 1908)

1. Les attributions prévues par les articles précédents ne donnent lieu à aucune perception au profit du Trésor.

2. Les transferts, transcriptions, inscriptions et mainlevées, mentions et certificats seront opérés ou délivrés par les compagnies, sociétés et autres établissements débiteurs et par les conservateurs des hypothèques, en vertu, soit d'une décision de justice

devenue définitive, soit d'un arrêté pris par le préfet [...], soit d'un décret d'attribution.

3. Les arrêtés et décrets, les transferts, les transcriptions, inscriptions et mainlevées, mentions et certificats opérés ou délivrés venus desdits arrêtés et décrets ou des décisions de justice susmentionnés seront affranchis de droits de timbre, d'enregistrement et de toute taxe.

4. Les attributaires de biens immobiliers seront, dans tous les cas, dispensés de remplir les formalités de purge des hypothèques légales. Les biens attribués seront francs et quittes de toute charge hypothécaire ou privilégiée qui n'aurait pas été inscrite avant l'expiration du délai de six mois à dater de la publication au *Journal officiel* ordonnée par le paragraphe 7 de l'article 9.

Article 11

Les ministres des cultes qui, lors de la promulgation de la présente loi, seront âgés de plus de soixante ans révolus et qui auront, pendant trente ans au moins, rempli des fonctions ecclésiastiques rémunérées par l'État, recevront une pension annuelle et viagère égale aux trois quarts de leur traitement.

Ceux qui seront âgés de plus de quarante-cinq ans et qui auront, pendant vingt ans au moins, rempli des fonctions ecclésiastiques rémunérées par l'État recevront une pension annuelle et viagère égale à la moitié de leur traitement.

Les pensions allouées par les deux paragraphes précédents ne pourront pas dépasser 1 500 francs (15 F).

En cas de décès des titulaires, ces pensions sont

réversibles jusqu'à concurrence de la moitié de leur montant au profit de la veuve et des orphelins mineurs laissés par le défunt et, jusqu'à concurrence du quart, au profit de la veuve sans enfants mineurs. À la majorité des orphelins, leur pension s'éteindra de plein droit.

Les ministres des cultes actuellement salariés par l'État, qui ne seront pas dans les conditions ci-dessus, recevront, pendant quatre ans à partir de la suppression du budget des cultes, une allocation égale à la totalité de leur traitement pour la première année, aux deux tiers pour la deuxième, à la moitié pour la troisième, au tiers pour la quatrième.

Toutefois, dans les communes de moins de 1 000 habitants et pour les ministres des cultes qui continueront à y remplir leurs fonctions, la durée de chacune des quatre périodes ci-dessus indiquée sera doublée.

Les départements et les communes pourront, sous les mêmes conditions que l'État, accorder aux ministres des cultes actuellement salariés, par eux, des pensions ou des allocations établies sur la même base et pour une égale durée.

Réserve est faite des droits acquis en matière de pensions par application de la législation antérieure, ainsi que des secours accordés, soit aux anciens ministres des différents cultes, soit à leur famille.

Les pensions prévues aux deux premiers paragraphes du présent article ne pourront se cumuler avec toute autre pension ou tout autre traitement alloué, à titre quelconque par l'État, les départements ou les communes.

La loi du 27 juin 1885, relative au personnel des facultés de théologie catholique supprimées est applicable aux professeurs, chargés de cours, maîtres de conférences et étudiants des facultés de théologie protestante.

Les pensions et allocations prévues ci-dessus seront incessibles et insaisissables dans les mêmes conditions que les pensions civiles. Elles cesseront de plein droit en cas de condamnation à une peine afflictive ou infamante ou en cas de condamnation pour l'un des délits prévus aux articles 34 et 35 de la présente loi.

Le droit à l'obtention ou à la jouissance d'une pension ou allocation sera suspendu par les circonstances qui font perdre la qualité de Français durant la privation de cette qualité.

Les demandes de pension devront être, sous peine de forclusion, formées dans le délai d'un an après la promulgation de la présente loi.

TITRE III

Des édifices des cultes

Article 12

(Loi n° 98-546 du 2 juillet 1998, art. 94 I, *Journal officiel* du 3 juillet 1998)

Les édifices qui ont été mis à la disposition de la nation et qui, en vertu de la loi du 18 germinal an X, servent à l'exercice public des cultes ou au logement de leurs ministres (cathédrales, églises, chapelles, synagogues, archevêchés, évêchés, presbytères, séminaires), ainsi que leur descendance immobilière, et les objets mobiliers qui les garnissaient au moment où lesdits édifices ont été remis aux cultes, sont et demeurent propriétés de l'État, des départements, des communes et des établissements publics de coopération intercommunale ayant pris la compétence en matière d'édifices des cultes.

Pour ces édifices, comme pour ceux postérieurs à la loi du 18 germinal an X, dont l'État, les départements et les communes seraient propriétaires, y compris les facultés de théologie protestante, il sera procédé conformément aux dispositions des articles suivants.

Article 13

(Loi du 13 avril 1908, *Journal officiel* du 14 avril 1908)

(Loi n° 98-546 du 2 juillet 1998, art. 94 II, *Journal officiel* du 3 juillet 1998)

Les édifices servant à l'exercice public du culte, ainsi que les objets mobiliers les garnissant, seront laissés gratuitement à la disposition des établissements publics du culte, puis des associations appelées à les remplacer auxquelles les biens de ces établissements auront été attribués par application des dispositions du titre II.

La cessation de cette jouissance, et, s'il y a lieu, son transfert seront prononcés par décret, sauf recours au Conseil d'État statuant au contentieux :

1° Si l'association bénéficiaire est dissoute ;

2° Si, en dehors des cas de force majeure, le culte cesse d'être célébré pendant plus de six mois consécutifs ;

3° Si la conservation de l'édifice ou celle des objets

mobiliers classés en vertu de la loi de 1887 et de l'article 16 de la présente loi est compromise par insuffisance d'entretien, et après mise en demeure dûment notifiée du conseil municipal ou, à son défaut du préfet ;

4° Si l'association cesse de remplir son objet ou si les édifices sont détournés de leur destination ;

5° Si elle ne satisfait pas soit aux obligations de l'article 6 ou du dernier paragraphe du présent article, soit aux prescriptions relatives aux monuments historiques.

La désaffectation de ces immeubles pourra, dans les cas ci-dessus prévus, être prononcée par décret rendu en Conseil d'État. En dehors de ces cas, elle ne pourra l'être que par une loi.

Les immeubles autrefois affectés aux cultes et dans lesquels les cérémonies du culte n'auront pas été célébrées pendant le délai d'un an antérieurement à la présente loi, ainsi que ceux qui ne seront pas réclamés par une association cultuelle dans le délai de deux ans après sa promulgation, pourront être désaffectés par décret.

Il en est de même pour les édifices dont la désaffectation aura été demandée antérieurement au 1er juin 1905.

Les établissements publics du culte, puis les associations bénéficiaires, seront tenus des réparations de toute nature, ainsi que des frais d'assurance et autres charges afférentes aux édifices et aux meubles les garnissant.

L'État, les départements, les communes et les établissements publics de coopération intercommunale pourront engager les dépenses nécessaires pour l'entretien et la conservation des édifices du culte dont la propriété leur est reconnue par la présente loi.

Article 14

(Loi du 13 avril 1908, *Journal officiel* du 14 avril 1908)

Les archevêchés, évêchés, les presbytères et leurs dépendances, les grands séminaires et facultés de théologie protestante seront laissés gratuitement à la disposition des établissements publics du culte, puis des associations prévues à l'article 13, savoir : les archevêchés et évêchés pendant une période de deux années ; les presbytères dans les communes où résidera le ministre du culte, les grands séminaires et facultés de théologie protestante, pendant cinq années à partir de la promulgation de la présente loi.

Les établissements et associations sont soumis, en ce qui concerne ces édifices, aux obligations prévues par le dernier paragraphe de l'article 13. Toutefois, ils ne seront pas tenus des grosses réparations.

La cessation de la jouissance des établissements et associations sera prononcée dans les conditions et suivant les formes déterminées par l'article 13. Les dispositions des paragraphes 3 et 5 du même article sont applicables aux édifices visés par le paragraphe 1er du présent article.

La distraction des parties superflues des presbytères laissés à la disposition des associations cultuelles pourra, pendant le délai prévu au paragraphe 1er, être prononcée pour un service public par décret rendu en Conseil d'État.

À l'expiration des délais de jouissance gratuite, la libre disposition des édifices sera rendue à l'État, aux départements ou aux communes.

Ceux de ces immeubles qui appartiennent à l'État pourront être, par décret, affectés ou concédés gra-

tuitement, dans les formes prévues à l'ordonnance
du 14 juin 1833, soit à des services publics de l'État,
soit à des services publics départementaux ou communaux.

Les indemnités de logement incombant actuellement aux communes, à défaut de presbytère, par
application de l'article 136 de la loi du 5 avril 1884,
resteront à leur charge pendant le délai de cinq ans.
Elles cesseront de plein droit en cas de dissolution
de l'association.

Article 15

Dans les départements de la Savoie, de la Haute-
Savoie et des Alpes-Maritimes, la jouissance des édifices antérieurs à la loi du 18 germinal an X, servant
à l'exercice des cultes ou au logement de leurs ministres, sera attribuée par les communes sur le territoire
desquelles ils se trouvent, aux associations cultuelles,
dans les conditions indiquées par les articles 12 et
suivants de la présente loi. En dehors de ces obligations, les communes pourront disposer librement de
la propriété de ces édifices.

Dans ces mêmes départements, les cimetières resteront la propriété des communes.

Article 16

Il sera procédé à un classement complémentaire
des édifices servant à l'exercice public du culte
(cathédrales, églises, chapelles, temples, synagogues,
archevêchés, évêchés, presbytères, séminaires), dans
lequel devront être compris tous ceux de ces édifices

représentant, dans leur ensemble ou dans leurs parties, une valeur artistique ou historique.

Les objets mobiliers ou les immeubles par destination mentionnés à l'article 13, qui n'auraient pas encore été inscrits sur la liste de classement dressée en vertu de la loi du 30 mars 1887, sont, par l'effet de la présente loi, ajoutés à ladite liste. Il sera procédé par le ministre compétent, dans le délai de trois ans, au classement définitif de ceux de ces objets dont la conservation présenterait, au point de vue de l'histoire ou de l'art, un intérêt suffisant. À l'expiration de ce délai, les autres objets seront déclassés de plein droit.

En outre, les immeubles et les objets mobiliers, attribués en vertu de la présente loi aux associations, pourront être classés dans les mêmes conditions que s'ils appartenaient à des établissements publics.

Il n'est pas dérogé, pour le surplus, aux dispositions de la loi du 30 mars 1887.

Les archives ecclésiastiques et bibliothèques existant dans les archevêchés, évêchés, grands séminaires, paroisses, succursales et leurs dépendances, seront inventoriées et celles qui seront reconnues propriété de l'État lui seront restituées.

Article 17

(Loi du 31 décembre 1913, *Journal officiel* du 4 janvier 1914)

Les immeubles par destination classés en vertu de la loi du 30 mars 1887 ou de la présente loi sont inaliénables et imprescriptibles.

Dans le cas où la vente ou l'échange d'un objet

classé serait autorisé par le ministre compétent, un droit de préemption est accordé : 1° aux associations cultuelles ; 2° aux communes ; 3° aux départements ; 4° aux musées et sociétés d'art et d'archéologie ; 5° à l'État. Le prix sera fixé par trois experts que désigneront le vendeur, l'acquéreur et le président du tribunal de grande instance.

Si aucun des acquéreurs visés ci-dessus ne fait usage du droit de préemption la vente sera libre ; mais il est interdit à l'acheteur d'un objet classé de le transporter hors de France.

La visite des édifices et l'exposition des objets mobiliers classés seront publiques : elles ne pourront donner lieu à aucune taxe ni redevance.

TITRE IV

Des associations pour l'exercice des cultes

Article 18

Les associations formées pour subvenir aux frais, à l'entretien et à l'exercice public d'un culte devront être constituées conformément aux articles 5 et suivants du titre Ier de la loi du 1er juillet 1901. Elles seront, en outre, soumises aux prescriptions de la présente loi.

Article 19

(Loi n° 42-1114 du 25 décembre 1942, *Journal officiel* du 2 janvier 1943)

(Décret n° 66-388 du 13 juin 1966, art. 8, *Journal officiel* du 17 juin 1966)

Ces associations devront avoir exclusivement pour objet l'exercice d'un culte et être composés au moins :

Dans les communes de moins de 1 000 habitants, de sept personnes ;

Dans les communes de 1 000 à 20 000 habitants, de quinze personnes ;

Dans les communes dont le nombre des habitants est supérieur à 20 000, de vingt-cinq personnes majeures, domiciliées ou résidant dans la circonscription religieuse.

Chacun de leurs membres pourra s'en retirer en tout temps, après payement des cotisations échues et de celles de l'année courante, nonobstant toute clause contraire.

Nonobstant toute clause contraire des statuts, les actes de gestion financière et d'administration légale des biens accomplis par les directeurs ou administrateurs seront, chaque année au moins présentés au contrôle de l'assemblée générale des membres de l'association et soumis à son approbation.

Les associations pourront recevoir, en outre, des cotisations prévues par l'article 6 de la loi du 1er juillet 1901, le produit des quêtes et collectes pour les frais du culte, percevoir des rétributions : pour les cérémonies et services religieux même par fondation ; pour la location des bancs et sièges ; pour la fourniture des objets destinés au service des funérailles dans les édifices religieux et à la décoration de ces édifices.

Les associations cultuelles pourront recevoir, dans les conditions déterminées par les articles 7 et 8 de la loi des 4 février 1901-8 juillet 1941, relative à la tutelle administrative en matière de dons et legs, les libéralités testamentaires et entre vifs destinées à l'accomplissement de leur objet ou grevées de charges pieuses ou cultuelles.

Elles pourront verser, sans donner lieu à perception de droits, le surplus de leurs recettes à d'autres associations constituées pour le même objet.

Elles ne pourront, sous quelque forme que ce soit, recevoir des subventions de l'État, des départements et des communes. Ne sont pas considérées comme subventions les sommes allouées pour réparations aux édifices affectés au culte public, qu'ils soient ou non classés monuments historiques.

Article 20

Ces associations peuvent, dans les formes déterminées par l'article 7 du décret du 16 août 1901, constituer des unions ayant une administration ou une direction centrale ; ces unions seront réglées par l'article 18 et par les cinq derniers paragraphes de l'article 19 de la présente loi.

Article 21

Les associations et les unions tiennent un état de leurs recettes et de leurs dépenses ; elles dressent chaque année le compte financier de l'année écoulée et l'état inventorié de leurs biens, meubles et immeubles.

Le contrôle financier est exercé sur les associations et sur les unions par l'administration de l'enregistrement et par l'inspection générale des finances.

Article 22

Les associations et unions peuvent employer leurs ressources disponibles à la constitution d'un fonds de réserve suffisant pour assurer les frais et l'entretien du culte et ne pouvant, en aucun cas, recevoir une autre destination : le montant de cette réserve ne pourra jamais dépasser une somme égale, pour les unions et associations ayant plus de cinq mille francs (50 F) de revenu, à trois fois et, pour les autres associations, à six fois la moyenne annuelle des sommes dépensées par chacune d'entre elles pour les frais du culte pendant les cinq derniers exercices.

Indépendamment de cette réserve, qui devra être placée en valeurs nominatives, elles pourront constituer une réserve spéciale dont les fonds devront êtres déposés, en argent ou en titres nominatifs, à la Caisse des dépôts et consignations pour y être exclusivement affectés, y compris les intérêts, à l'achat, à la construction, à la décoration ou à la réparation d'immeubles ou meubles destinés aux besoins de l'association ou de l'union.

Article 23

Seront punis d'une amende de seize francs (0,16 F) à deux cents francs (2 F), et, en cas de récidive, d'une amende double, les directeurs ou administrateurs d'une association ou d'une union qui auront contrevenu aux articles 18, 19, 20, 21 et 22.

Les tribunaux pourront, dans le cas d'infraction au paragraphe 1er de l'article 22, condamner l'association ou l'union à verser l'excédent constaté aux établissements communaux d'assistance ou de bienfaisance.

Ils pourront, en outre, dans tous les cas prévus au paragraphe 1er du présent article, prononcer la dissolution de l'association ou de l'union.

Article 24

Les édifices affectés à l'exercice du culte appartenant à l'État, aux départements ou aux communes continueront à être exemptés de l'impôt foncier et de l'impôt des portes et fenêtres.

Les édifices servant au logement des ministres des cultes, les séminaires, les facultés de théologie protestante qui appartiennent à l'État, aux départements ou aux communes, les biens qui sont la propriété des associations et unions sont soumis aux mêmes impôts que ceux des particuliers.

Toutefois, les édifices affectés à l'exercice du culte qui ont été attribués aux associations ou unions en vertu des dispositions de l'article 4 de la présente loi sont, au même titre que ceux qui appartiennent à l'État, aux départements et aux communes, exonérés de l'impôt foncier et de l'impôt des portes et fenêtres.

Les associations et unions ne sont en aucun cas assujetties à la taxe d'abonnement ni à celle imposée aux cercles par article 33 de la loi du 8 août 1890,

pas plus qu'à l'impôt de 4 % sur le revenu établi par
les lois du 28 décembre 1880 et 29 décembre 1884.

TITRE V

Police des cultes

Article 25

Les réunions pour la célébration d'un culte tenues
dans les locaux appartenant à une association
cultuelle ou mis à sa disposition sont publiques. Elles
sont dispensées des formalités de l'article 8 de la loi
du 30 juin 1881, mais restent placées sous la surveil-
lance des autorités dans l'intérêt de l'ordre public.

Article 26

Il est interdit de tenir des réunions politiques dans
les locaux servant habituellement à l'exercice d'un
culte.

Article 27

Les cérémonies, processions et autres manifestations extérieures d'un culte, sont réglées en conformité de l'article 97 du Code de l'administration com-
munale.

Les sonneries des cloches seront réglées par arrêté
municipal, et, en cas de désaccord entre le maire et

le président ou directeur de l'association cultuelle, par arrêté préfectoral.

Le règlement d'administration publique prévu par l'article 43 de la présente loi déterminera les conditions et les cas dans lesquels les sonneries civiles pourront avoir lieu.

Article 28

Il est interdit, à l'avenir, d'élever ou d'apposer aucun signe ou emblème religieux sur les monuments publics ou en quelque emplacement public que ce soit, à l'exception des édifices servant au culte, des terrains de sépulture dans les cimetières, des monuments funéraires, ainsi que des musées ou expositions.

Article 29

Les contraventions aux articles précédents sont punies des peines de police.

Sont passibles de ces peines, dans le cas des articles 25, 26 et 27, ceux qui ont organisé la réunion ou manifestation, ceux qui y ont participé en qualité de ministres du culte et, dans le cas des articles 25 et 26, ceux qui ont fourni le local.

Article 30 (abrogé)

Conformément aux dispositions de l'article 2 de la loi du 28 mars 1882, l'enseignement religieux ne peut être donné aux enfants âgés de 6 à 13 ans, inscrits dans les écoles publiques qu'en dehors des heures de classe. Il sera fait application aux ministres des cultes qui enfreindraient ces prescriptions des dispositions de l'article 14 de la loi précitée.

Cet article a été abrogé par l'article 7 de l'or- donnance n° 2000-549 du 15 juin 2000 relative à la partie législative du Code de l'éducation et remplacé par :
Article L141-2
Suivant les principes définis dans la Constitution, l'État assure aux enfants et adolescents dans les éta- blissements publics d'enseignement la possibilité de recevoir un enseignement conforme à leurs aptitudes dans un égal respect de toutes les croyances. L'État prend toutes dispositions utiles pour assurer aux élè- ves de l'enseignement public la liberté des cultes et de l'instruction religieuse.
Article L141-3
Les écoles élémentaires publiques vaquent un jour par semaine en outre du dimanche, afin de permettre aux parents de faire donner, s'ils le désirent, à leurs enfants l'instruction religieuse, en dehors des édifi- ces scolaires. L'enseignement religieux est facultatif dans les écoles privées.
Article L141-4
L'enseignement religieux ne peut être donné aux enfants inscrits dans les écoles publiques qu'en dehors des heures de classe.

Article 31

Sont punis de la peine d'amende prévue pour les contraventions de la 5ᵉ classe et d'un emprisonnement de six jours à deux mois ou de l'une de ces deux peines seulement ceux qui, soit par voies de fait, violences ou menaces contre un individu, soit en lui faisant craindre de perdre son emploi ou d'exposer à un dommage sa personne, sa famille ou sa fortune, l'auront déterminé à exercer ou à s'abstenir d'exercer un culte, à faire partie ou à cesser de faire partie d'une association cultuelle, à contribuer ou à s'abstenir de contribuer aux frais d'un culte.

Article 32

Seront punis des mêmes peines ceux qui auront empêché, retardé ou interrompu les exercices d'un culte par des troubles ou désordres causés dans le local servant à ces exercices.

Article 33

Les dispositions des deux articles précédents ne s'appliquent qu'aux troubles, outrages ou voies de fait, dont la nature ou les circonstances ne donneront pas lieu à de plus fortes peines d'après les dispositions du Code pénal.

Article 34

Tout ministre d'un culte qui, dans les lieux où s'exerce ce culte, aura publiquement par des discours prononcés, des lectures faites, des écrits distribués ou des affiches apposées, outragé ou diffamé un citoyen chargé d'un service public, sera puni d'une amende de 25 000 F et d'un emprisonnement d'un an, ou de l'une de ces deux peines seulement.

La vérité du fait diffamatoire, mais seulement s'il est relatif aux fonctions, pourra être établi devant le tribunal correctionnel dans les formes prévues par l'article 52 de la loi du 29 juillet 1881. Les prescriptions édictées par l'article 65 de la même loi s'appliquent aux délits du présent article et de l'article qui suit.

Article 35

Si un discours prononcé ou un écrit affiché ou distribué publiquement dans les lieux où s'exerce le culte, contient une provocation directe à résister à l'exécution des lois ou aux actes légaux de l'autorité publique, ou s'il tend à soulever ou à armer une partie des citoyens contre les autres, le ministre du culte qui s'en sera rendu coupable sera puni d'un emprisonnement de trois mois à deux ans, sans préjudice des peines de la complicité, dans le cas où la provocation aurait été suivie d'une sédition, révolte ou guerre civile.

Article 36

Dans le cas de condamnation par les tribunaux de police ou de police correctionnelle en application des articles 25 et 26, 34 et 35, l'association constituée pour l'exercice du culte dans l'immeuble où l'infraction a été commise sera civilement responsable.

TITRE VI
Dispositions générales

Article 37

L'article 463 du Code pénal et la loi du 26 mars 1891 sont applicables à tous les cas dans lesquels la présente loi édicte des pénalités.

Article 38

Les congrégations religieuses demeurent soumises aux lois des 1ᵉʳ juillet 1901, 4 décembre 1902 et 7 juillet 1904.

Article 39

Les jeunes gens, qui ont obtenu à titre d'élèves ecclésiastiques la dispense prévue par l'article 23 de la loi du 15 juillet 1889, continueront à en bénéficier conformément à l'article 99 de la loi du 21 mars 1905, à la condition qu'à l'âge de vingt-six ans ils soient pourvus d'un emploi de ministre du culte rétribué par une association cultuelle et sous réserve des justifications qui seront fixées par un règlement d'administration publique.

Article 40

Pendant huit années à partir de la promulgation de la présente loi, les ministres du culte seront inéligibles au conseil municipal dans les communes où ils exerceront leur ministère ecclésiastique.

Article 43

Un règlement d'administration publique rendu dans les trois mois qui suivront la promulgation de la présente loi déterminera les mesures propres à assurer son application.

Des règlements d'administration publique détermineront les conditions dans lesquelles la présente loi sera applicable en Algérie et aux colonies.

APPENDICES

NOTES

CHAPITRE I. LE MOT, LE PRINCIPE, L'IDÉAL

1. E. Kant, *La religion dans les limites de la simple raison*, trad. Gibelin, Vrin, 1975.

CHAPITRE II. UN PEU D'HISTOIRE

1. E. Kant, *La religion dans les limites de la simple raison*, *op. cit.* p. 172.
2. V. Hugo, *Écrits politiques*, Robert Laffont, coll. « Bouquins », 1985.
3. Aubier, 1955, t. I, p. 85-86.
4. *Ibid.*
5. P. Bayle, *De la tolérance : commentaire philosophique*, Presses Pocket, coll. « Agora », 1992, p. 19.

CHAPITRE III. L'ÉMANCIPATION LAÏQUE

1. Condorcet, *Esquisse d'un tableau historique des progrès de l'esprit humain*, Huitième Époque, Garnier-Flammarion, p. 198-199.

CHAPITRE IV. CROYANCE RELIGIEUSE ET LAÏCITÉ

1. P. Bayle, *La nature de la religion est d'être une certaine persuasion de l'âme par rapport à Dieu*, in *De la tolérance : commentaire philosophique, op. cit.*, p. 100.

2. *Ibid.*, p. 73.

3. *Traité des autorités théologique et politique*, trad. M. Francès, Gallimard, coll. « Folio essais », p. 225.

4. *Ibid.*, p. 290-291.

5. Voir sur ce point les *Principes de la philosophie du droit*, trad. P. Derathé, Vrin, 1988, § 270.

6. E. Kant, *Sur un ton grand seigneur en philosophie*, in *Œuvres complètes*, Gallimard, coll. « Bibliothèque de la Pléiade », t. III, p. 415.

7. *Ibid.*

8. B. Bourgeois, *L'idéalisme allemand*, I, chap. v : « Savoir et foi : réconciliation hégélienne contre conciliation kantienne », Vrin, 2000, p. 79 et suiv.

CHAPITRE V. LA LIBERTÉ ET SON ÉCOLE

1. *La République en questions*, Minerve, 1996.

2. La formule est de Jacques Muglioni dans son admirable livre *L'école ou le loisir de penser*, éd. du CNDP, Paris, 1993, p. 23 et suiv.

3. Docteur Abdallah, *Le foulard islamique et la République française : mode d'emploi*, éd. Intégrité, Bobigny, 1995, p. 66.

4. *Journal officiel de la République française*, 20 mars 1984.

5. PUF, coll. « Fondements de la politique », 2ᵉ éd., 2001, p. 269-281.

6. Voir Gilles Kepel, *À l'ouest d'Allah*, Seuil, 1994, p. 233.

CHAPITRE VI. DU DROIT À L'HISTOIRE

1. E. Lévinas, *Difficile liberté*, Livre de Poche, coll. « Essais », 1984, cf. chapitre « Le Cas Baruch ».

2. In *Œuvres*, Gallimard, coll. « Bibliothèque de la Pléiade », 1964.

CHAPITRE VII. LA LAÏCITÉ EN QUESTION

1. Voir sur ce point le livre de Fouad Zacariya : *Laïcité ou islamisme*, La Découverte, 1989.

2. Voir *Les Deux Corps du roi*, Gallimard, coll. « Bibliothèque des histoires », 1989.

3. *Le Monde*, août 1989 ; voir aussi *Le choix de Dieu*, Livre de Poche, 1989.

CHAPITRE X. LE DÉFI COMMUNAUTAIRE

1. Trad. fr., Paris, 1977.

2. Seuil, coll. « Points Actuels », 1992.

3. Ce que fait un philosophe comme E. Lévinas, pourtant réputé pour être un penseur du respect de l'altérité : « Il existe une trahison de Spinoza. Dans l'histoire des idées, il a subordonné la vérité du judaïsme à la révélation du Nouveau Testament [...]. Dès lors saute aux yeux le rôle néfaste joué par Spinoza dans la décomposition de l'intelligentsia juive, même si pour ses représentants, comme pour Spinoza lui-même, le christianisme n'est qu'une vérité pénultième [...] » (*Difficile liberté*, op. cit., p. 155).

4. Y. Yovel, *Spinoza et autres hérétiques*, Seuil, 1991, notamment p. 277 et suiv.

5. Voir sur ce point G. Kepel, *La revanche de Dieu, op. cit.*, p. 196 et suiv.

6. Voir sur ce point l'analyse très éclairante de Blandine Kriegel dans *La politique de la raison*, Payot, 1994, p. XVIII-XXIII, et *Heidegger et la théologie politique*.

7. *Les deux corps du roi, op. cit.*, p. 171.

8. *Ibid.*, p. 55.

9. Mgr Ratzinger, *Église, œcuménisme et politique*, Fayard, 1987, p. 287.

10. *Ibid.*, p. 217.

11. B. Russell, *Pourquoi je ne suis pas chrétien*, J.-J. Pauvert, 1960, p. 64.

12. *Le Coran*, trad. D. Masson, Gallimard, coll. « Folio classique », 1967, t. I, p. 229.

13. *Ibid.*, p. 228.

14. *Ibid.*, p. 228.

15. *Ibid.*, t. II, p. 753.

16. Averroès, *Traité décisif*, Garnier-Flammarion, 1996.

17. Édition citée, t. II, p. 619.

18. Voir sur ce point le livre de Muhammad Saïd Al-Ash-mawy, *L'Islam politique*, La Découverte, 1990, notamment p. 30 et 31.

19. Voir *La revanche de Dieu, op. cit.*, p. 62-63.

20. Tariq Ramadan, « Pour une laïcité ouverte », *Le Monde*, 13 octobre 1994.

21. Gallimard, 2002, p. 162 et suiv.

BIBLIOGRAPHIE

I. OUVRAGES DE RÉFÉRENCE

AVERROÈS, *Discours décisif*, Garnier-Flammarion, 1996.

BACZSKO, Bronislaw, *Une éducation pour la liberté*, Garnier, 1982.

BADINTER, Élisabeth et Robert, *Condorcet, un intellectuel en politique*, Fayard, 1988.

BADINTER, Robert, *Libres et égaux : l'émancipation des Juifs sous la Révolution française, 1789-1791*, Fayard, 1989.

BAYLE, Pierre, *Pensées diverses sur la comète*, Nizet, 1984.

—, *De la tolérance : commentaire philosophique*, Presses Pocket, coll. « Agora », 1992.

Bible, Ancien Testament et Nouveau Testament. Plusieurs éditions ont été utilisées : Bibliothèque de la Pléiade (Édouard Dhorme), Seuil (Osty), Éditions du Cerf (Bible de Jérusalem).

BILLECOQ, Alain, *Les combats de Spinoza*, Ellipses-Marketing, coll. « Polis », 1997.

BOSSUET Jacques Bénigne, *La politique tirée des propres paroles de l'Écriture sainte*, Genève, Droz, coll. « Les classiques de la pensée politique », 1967.

BOURGEOIS, Bernard, *L'idéalisme allemand*, Vrin, 2000 (notamment I, chapitre v, « Savoir et foi : réconciliation hégélienne contre conciliation kantienne »).

COLLIOT-THÉLÈNE, Catherine, *Le désenchantement de l'État*, Éditions de Minuit, 1992.

—, *Max Weber et l'histoire*, PUF, 1990.

COMTE, Auguste, *Discours sur l'ensemble du positivisme*, Garnier-Flammarion, 1997.

CONDORCET, Jean-Antoine Caritat (marquis de), *Cinq mémoires sur l'instruction publique*, texte présenté et annoté par Charles Coutel et Catherine Kintzler, Garnier-Flammarion, 1997.

—, *Esquisse d'un tableau historique de l'esprit humain*, Garnier-Flammarion, 1988.

CONSTANT, Benjamin, *Principes de politique* in *Écrits politiques*, Gallimard, coll. « Folio essais », 1997.

Le Coran, trad. Denise Masson, Gallimard, coll. « Folio classique », 1967.

DEBRAY, Régis, *Critique de la raison politique*, Gallimard, coll. « Tel », 1981.

—, *Cours de médiologie générale*, Gallimard, 1991.

—, *Contretemps : éloge des idéaux perdus*, Gallimard, coll. « Folio actuel », 1992.

—, *L'État séducteur*, Gallimard, 1993.

—, *Manifestes médiologiques*, Gallimard, 1994.

—, *L'emprise*, Gallimard, 1997.

—, *Dieu, un itinéraire*, Odile Jacob, 2002.

ENGELS, Friedrich, *La guerre des paysans en Allemagne*, Éditions sociales, 1974.

FEUERBACH, Ludwig, *L'essence du christianisme*, trad. Jean-Pierre Osier, Maspero, 1982.

—, *Manifestes philosophiques*, trad. Louis Althusser, UGE, 10-18, 1960.

GELLNER, Ernest, *Nations et nationalisme*, 1983, trad. Bénédicte Pineau, Payot, 1989.

GRÉGOIRE DE TOURS, *L'histoire des rois francs*, Gallimard, 1990.

GUENANCIA, Pierre, *Lire Descartes*, Gallimard, coll. « Folio essais », 2000.

—, *Descartes et l'ordre politique*, PUF, 1983.

HEGEL, Georg Wilhelm Friedrich, *Principes de la philosophie du droit*, trad. Derathé, Vrin, 1988.

—, *Leçons sur la philosophie de la religion*, PUF, 1996.

HUGO, Victor, *Écrits politiques*, Robert Laffont, coll. « Bouquins », 1985.

HUME, David, *Dialogues sur la religion naturelle*, présentation Eric Zernik, Hatier, 1987 ; introduction, traduction et notes par Michel Malherbe, Vrin, 1987.

—, *Enquête sur l'entendement humain*, Garnier-Flammarion, 1983.

JULIA, Dominique, *Les trois couleurs du tableau noir, la Révolution*, Belin, 1981.

KANT, Emmanuel, *La religion dans les limites de la simple raison*, Vrin, 1976.

—, *Le conflit des facultés*, *Œuvres complètes*, Gallimard, coll. « Bibliothèque de la Pléiade », t. III, 1986.

—, *Réflexions sur l'éducation*, Vrin, 1993.

—, *Sur un ton grand seigneur en philosophie*, in *Œuvres complètes*, Gallimard, coll. « Bibliothèque de la Pléiade », 1986.

—, *Théorie et pratique*, trad. Jean-Michel Muglioni, Hatier, 1990.

—, *Qu'est-ce que les Lumières ?* précédé de *Critique de la faculté de juger*, Gallimard, 1985, coll. « Folio essais », 1991.

KANTOROWICZ, Ernst, *Les deux corps du roi : essai sur la théologie politique au Moyen Âge*, Gallimard, coll. « Bibliothèque des histoires », 1989.

KEPEL, Gilles, *La revanche de Dieu : chrétiens, juifs, musulmans à la reconquête du monde*, Seuil, coll. « Points Actuels », 1992.

KRIEGEL, Blandine, *La politique de la raison*, Payot, coll. « Essais », 1994.

LECLER, Joseph, *Histoire de la tolérance au siècle de la Réforme*, Albin Michel, 1994.

LECOURT, Dominique, *L'Amérique entre la Bible et Darwin*, PUF, coll. « Science, histoire et société », 1998.

LÉCRIVAIN, André, *Hegel et l'éthicité*, Vrin, 2001.

LEFORT Claude, *Permanence du théologico-politique*, Seuil, 1986.

LÉVINAS, Emmanuel, *Difficile liberté*, Livre de Poche, coll. « Essais », 1987.

LOCKE, John, *Lettres sur la tolérance*, Garnier-Flammarion, 1992.

—, *Traité du gouvernement civil*, Garnier-Flammarion, 1984.

LUKÁCS, Georg, *Histoire et conscience de classe*, Éditions de Minuit, 1965.

MARX, Karl, *À propos de la question juive*, *La sainte famille* et *Manuscrits de 1844*, in *Philosophie*, trad. Maximilien Rubel, Gallimard, coll. « Folio essais », 1965-1982.

MARX Karl et ENGELS Friedrich, *Études philosophiques*, Éditions sociales, 1961.

—, *Sur la religion* (recueil), Éditions sociales, 1972

MATHERON, Alexandre, *Individu et communauté chez Spinoza*,
Éditions de Minuit, 1969.

—, *Le Christ et le salut des ignorants chez Spinoza*, Aubier-
Montaigne, 1971.

PASCAL, Blaise, *Trois Discours sur la condition des grands*, in
Œuvres, Gallimard, coll. « Bibliothèque de la Pléiade », 1964.

PROST, Antoine, *Histoire de l'enseignement en France (1800-
1967)*, A. Colin, 1968.

RAWLS, John, *Théorie de la justice*, Seuil, 1987.

ROMILLY, Jacqueline de, *Pourquoi la Grèce*, De Fallois, 1992 ;
repris en Livre de Poche, 1994.

ROUSSEAU, Jean-Jacques, *Lettre à Christophe de Beaumont*, in
Œuvres, Gallimard, coll. « Bibliothèque de la Pléiade », t. III,
1964.

—, *Lettres écrites de la Montagne*, in *Œuvres*, Gallimard, coll.
« Bibliothèque de la Pléiade », t. III, 1964.

—, *Du contrat social*, Gallimard, coll. « Folio essais », 1964.

SPINOZA, Baruch, *Éthique*, Gallimard, coll. « Folio essais »,
1954.

—, *Traité des autorités théologique et politique*, Gallimard, coll.
« Folio essais », 1954.

TAYLOR, Charles, *Hegel et la société moderne*, 1979, trad. fr. Des-
rosiers, Cerf, 1998.

TOCQUEVILLE, Alexis de, *De la démocratie en Amérique*, Gallimard, coll. « Folio histoire », 1961.

TOSEL, André, *Démocraties et libéralismes*, Éditions du Kimé,
1995.

—, *Du matérialisme de Spinoza*, Éditions du Kimé, 1994.

—, *Spinoza ou le Crépuscule de la servitude*, Aubier-Montaigne,
1984.

TRIBALAT, Michèle, et KALTENBACH, Jeanne-Hélène, *La République et l'islam*, Gallimard, 2002.

VATTIMO, Gianni, *La sécularisation de la pensée*, Seuil, 1988.

VERNANT, Jean-Pierre, *L'univers les dieux les hommes*, Seuil,
1999.

VOLTAIRE, François Marie Arouet (dit), *Traité sur la tolérance*,
Garnier-Flammarion, 1989.

WEBER, Max, *L'éthique protestante et l'esprit du capitalisme*, Plon, 1964.

—, *Le savant et le politique*, UGE, 10-18, 1959.

II. OUVRAGES D'EXPLICITATION DE LA LAÏCITÉ

AL-ASHMAWY, Muhammad Saïd, *L'Islam politique*, Paris, La Découverte, et Le Caire, Al-Fikr, 1989.

ALTSCHULL, Élisabeth, *Le voile contre l'école*, Seuil, 1995.

ANDRAU, René, *Dieu, l'Europe et les politiques*, Bruno Leprince éditeur, 2002.

BAUDART, Anne, et PENA-RUIZ, Henri (dir.), *Les préaux de la République*, Minerve, 1991.

BELLON, André, et ROBERT, Anne-Cécile, *Un totalitarisme tranquille. La démocratie confisquée*, Sylepse, 2001.

BENCHEIKH, Soheib, *Marianne et le prophète. L'Islam dans la France laïque*, Grasset, 1999.

BUISSON, Ferdinand, *La foi laïque*, Fischbacher, 1900.

—, *La religion, la morale et la science*, Fischbacher, 1900.

COMPAYRE, Gabriel, *Les grands éducateurs. Jean Macé et l'instruction obligatoire*, Delaplane, 1902.

COQ, Guy, *Laïcité et République : le lien nécessaire*, Éditions du Félin, 1995.

COUTEL, Charles, *La République et l'école*, Presses Pocket, coll. « Agora », 1991.

FERRY, Jules, *Lettre aux instituteurs*, 1883, Presses SCIP, 1984.

HAARSCHER, Guy, *La laïcité*, PUF, coll. « Que sais-je ? », 1996.

KINTZLER, Catherine, *La République en questions*, Minerve, 1995.

—, *Tolérance et laïcité*, Nantes, Pleins Feux, 1998.

—, *Condorcet : l'instruction publique et la formation du citoyen*, Gallimard, coll. « Folio essais », 1984.

MENASSEYRE, Christiane, et KINTZLER, Catherine, article « Laïcité », *Les notions philosophiques : dictionnaire*, in *Encyclopédie philosophique universelle*, vol. 2, PUF, 1990.

MESSAOUDI, Khalida, *Une Algérienne debout*, Flammarion, 1995.

MUGLIONI, Jacques, *Auguste Comte, un penseur pour notre temps*, Kimé, 1995.

—, *L'école ou Le loisir de penser*. Textes réunis et présentés par Jacques Billard, CNDP, 1993.

Nicolet, Claude, *L'idée républicaine en France*, Gallimard, 1982.

—, *La République en France : état des lieux*, Seuil, coll. « Libre examen politique », 1992.

Ozouf, Mona, *L'école de la France*, Gallimard, 1984.

Pena-Ruiz, Henri, *Dieu et Marianne, Philosophie de la laïcité*, PUF, 2001 (2e éd.)

—, *Le roman du monde : légendes philosophiques*, Flammarion, 2001.

Pion, Étienne, *L'avenir laïque*, Denoël, 1991.

Puente Ojea, Gonzalo, *Fe cristiana, Iglesia, poder*, Siglo Veintiuno de Espana, 1991.

Semprini, Andrea, *Le multiculturalisme*, PUF, 1997.

Streiff, Bruno, *Le peintre et le philosophe. Rembrandt et Spinoza à Amsterdam*, Complicités, 2001.

Scot, Jean-Paul, et Pena-Ruiz, Henri, *Un poète en politique : les combats de Victor Hugo*, Flammarion, 2002.

Taguieff, Pierre-André, *Résister au bougisme*, Mille et Une Nuits, 2001.

Zakariya, Fouad, *Laïcité ou Islamisme : les Arabes à l'heure du choix*, La Découverte, coll. « Textes à l'appui », 1990.

III. LA LAÏCITÉ EN QUESTION. DÉBATS.

Baubérot, Jean, *Vers un nouveau pacte laïque ?* Seuil, 1990.

En lançant la notion de « pacte laïque », l'auteur suggère que la laïcité pourrait bien se renégocier au gré des modifications du « paysage religieux ». Pourtant, la loi de séparation de 1905 n'avait rien d'un pacte : elle ne fut nullement négociée avec les Églises, ni d'ailleurs avec les libres-penseurs. Décision souveraine des représentants du peuple, elle énonçait d'abord des principes d'indépendance réciproque de l'État et des Églises, et de tels principes n'ont pas à dépendre des religions de l'heure, ou des groupes de pression de la société civile. La thèse du même auteur selon laquelle le concordat napoléonien de 1801 est un « seuil de laïcisation » est également contestable : restaurant des privilèges publics pour les Églises en échange d'une belle et bonne allégeance (que radicalisera le catéchisme impérial de 1806), il constitue bien plutôt une régression du processus de laïcisation entamé le 18 septembre 1795 par une première loi de séparation de l'État et des cultes, qui avaient alors cessé d'être salariés.

Costa-Lascoux, Jacqueline, *Les trois âges de la laïcité*, Hachette, 1996.

Ouvrage soucieux d'inscrire le devenir de la laïcité dans une perspective historique. Il propose pour cela de distinguer « trois âges » de la laïcité, à chacun desquels correspond le primat d'une des trois notions ordinairement évoquées dans les débats sur le sens de l'idéal laïque. Ainsi, la laïcité se serait affirmée successivement par trois moments décisifs : celui de la séparation, celui de la neutralité et celui du pluralisme. Toute la question est de savoir si on peut en réalité mettre sur le même plan ces trois concepts, de manière que l'un puisse se substituer à l'autre dans une évolution. Ils appartiennent en effet à des registres différents, et en l'occurrence complémentaires. La périodisation proposée ne risque-t-elle pas de laisser entendre qu'aujourd'hui l'âge de la séparation serait ou devrait être dépassé ? Une telle compréhension n'est peut-être qu'une des interprétations possibles de la construction proposée par l'auteur. Mais la rétrospective ainsi mise en œuvre peut être utilisée par des adversaires de la laïcité pour la relativiser afin de suggérer, par exemple, que la séparation appartient à une époque révolue. En réalité, on peut penser que les trois termes ne recouvrent pas tant des étapes successives que des dimensions simultanées et solidaires de la laïcité. La *séparation* est le dispositif juridique essentiel qui accomplit l'émancipation laïque mutuelle des religions et de l'État. La *neutralité* est le propre d'un État qui pour être de tous n'a pas ou plus à privilégier une des options spirituelles particulières, et doit donc se tenir en dehors d'elles. Elle est à ce titre solidaire de la séparation. Le *pluralisme* est la résultante de la séparation juridique et de la neutralité laïque, en ce que désormais la diversité des options spirituelles des citoyens n'est plus soumise au monopole d'une religion, ou des religions : le véritable pluralisme démocratique est inséparable de l'égalité des divers croyants, des athées et des agnostiques. Les trois notions vont donc de pair, et ce dès le début. Peut-on dès lors voir en elles les désignations d'étapes consécutives dans un schéma historique dessinant une évolution donnée comme nécessaire ? Le débat est ouvert.

DEBRAY, Régis, *L'enseignement du fait religieux dans l'école laïque*, Odile Jacob, 2002.

L'auteur réaffirme d'entrée de jeu sa conviction laïque, dont il estime qu'elle doit s'assortir de la lucidité sur le sens et la place des croyances religieuses dans la société. Il juge insuffisante leur approche dans les programmes scolaires, et propose diverses mesures propres à la revaloriser. Le problème est que l'ouvrage peut paraître ambigu en ce qui concerne le sens et la finalité d'une telle revalorisation. S'il s'agit en effet d'ouvrir le champ de la connaissance aussi largement que possible, il n'y a rien à redire : il est clair que l'étude des différentes religions doit avoir toute sa place dans l'école laïque, car celle-ci a pour raison d'être la connaissance éclairée de tout ce qui a joué un rôle dans la culture humaine. Et ce bien sûr à condition de respecter scrupuleusement une déontologie laïque exclusive de tout type de prosélytisme comme de toute confusion des genres. S'il s'agit en revanche de suggérer que l'étude des religions joue un rôle privilégié pour engendrer tolérance et disposition éthique ou civique, un tel point de vue est plus contestable, car l'effet visé, à supposer qu'il soit obtenu, relève de toute connaissance bien comprise, et pas seulement, ou pas prioritairement, de celle des religions. La connaissance du rationalisme des Lumières, des exigences de la démonstration scientifique en ce qu'elles ont valeur exemplaire pour la rigueur de la pensée, des mythologies et des humanismes athées ou agnostiques, de la démarche philosophique, est à cet égard tout aussi essentielle. Ce qui en l'occurrence est problématique, c'est de privilégier l'approche du religieux. On ne peut attribuer au religieux une importance préférentielle sans compromettre, implicitement, la laïcité. Bref, c'est à une revalorisation de *l'ensemble des humanités* que doit s'attacher l'école laïque, sans accorder de privilège ni aux religions ni d'ailleurs aux humanismes d'inspiration athée ou agnostique. Si l'on peut déplorer qu'en présence d'une vierge de Botticelli des jeunes élèves manifestent leur ignorance, on le peut tout aussi bien lorsqu'il s'agit de la *Naissance de Vénus*, du même Botticelli. Toute connaissance est bonne, qui forge la culture et la lucidité agissante appuyée sur elle. Régis Debray n'envisage pas la création d'une discipline scolaire spécifique, car il considère à juste titre que la connaissance des phénomènes religieux n'est pas séparable de celle de leurs contextes. Histoire, lettres, philosophie, histoire de l'art, entre autres, sont habilitées à une telle étude. La déontologie laïque exclut par ailleurs l'intervention de représentants des religions comme tels, car ils sont à la fois juge et partie, aussi clairement qu'elle exclut celle des hommes politiques pour exposer les doctrines dont la connaissance est essentielle à l'histoire. L'ambiguïté signalée plus haut concernant le véritable sens d'une revalorisation de la place des religions dans les programmes scolaires n'existe peut-être pas dans l'esprit de l'auteur, mais certaines formulations concernant la laïcité peuvent sembler troublantes. Ainsi lorsque Régis Debray qualifie de « laïcité d'incompétence » la retenue des maîtres d'école en matière de croyance, alors qu'il dit dans le même texte qu'elle est tout à leur honneur, il risque une expression dont la dimension polémique peut l'emporter, dans le débat, sur le sens qu'il lui donne. Simple remarque de médiologie critique. L'expression choisie est d'autant plus malheureuse que Régis Debray lui oppose celle de « laïcité d'intelligence », qui quant à elle est clairement laudative. L'« incompétence » évoquée ne reçoit-elle pas du même coup, par opposition, une connotation péjorative, qui contraste avec l'hommage rendu ? En réalité, les enseignants laïques ne se sont jamais déclarés incompétents pour instruire des faits, mais seulement pour statuer sur la valeur des croyances, ce qui est très différent. Leur abstention délibérée sur ce seul point n'est donc solidaire d'aucune limitation du champ du savoir scolaire, même si la difficulté de la démarcation a quelquefois entraîné une discrétion excessive. La retenue liée à cette abstention bien comprise reste pleinement d'actualité, car elle est requise par la déontologie laïque. Il est clair que l'école laïque doit donner à connaître les textes bibliques aussi bien que l'*Iliade* et l'*Odyssée*, les guerres de religion et les représentations du monde qui ont imprégné les différentes aires culturelles. Mais en les traitant comme de simples documents, dont la valeur normative éventuelle, relevant d'un credo particulier, ne saurait en aucune façon être affirmée ou niée dans le cadre de l'école laïque. Comme telle, celle-ci n'a à promouvoir ou à critiquer aucune croyance. *Intelligence* ? Oui, bien sûr. Mais couplée avec l'abstention laïque dont la *Lettre aux instituteurs* de Jules Ferry avait clairement indiqué le sens : respecter chaque conscience et viser l'universel. On voit donc mal pourquoi il conviendrait de passer d'une laïcité de retenue, légitime, à une laïcité dite « d'intelligence », comme si la première attitude en était dépourvue. Quant à l'inculture scolaire supposée, certains milieux religieux l'ont largement exagérée, notamment lorsqu'ils ont parlé d'« analphabétisme religieux » des élèves. Une simple consultation des programmes de lettres et d'histoire suffirait à le montrer. Si déficit il y a, il est plus général, et concerne l'ensemble des humanités, trop longtemps relativisées sous prétexte d'adaptation par une réforme pédagogique dont on commence à mesurer les effets de déculturation.

GAUCHET, Marcel, *Le désenchantement du Monde*, Gallimard, 1989.

Ouvrage original, qui a repris et adapté une expression de Max Weber, inspirée de Nietzsche et de Leopardi. Mais il peut être ambigu d'associer la laïcisation du monde et son désenchantement, et ce en raison même de l'ambivalence du terme *désenchantement*. C'est qu'il ne s'agit pas seulement de suggérer que le processus de rationalisation des activités humaines et des représentations qui les irriguent tend à faire régresser les démarches magiques et obscurantistes. Un diagnostic est dans le même temps esquissé, qui tend à imputer à cette laïcisation un désenchantement au sens moral : perte de sens, de repères, d'espérances structurantes. Or si un tel phénomène collectif est observable, on peut penser qu'il a d'autres causes que la laïcisation. La mercantilisation capitaliste universelle, par exemple, y contribue fortement. Autre thèse propre à susciter le débat ; celle qui fait du christianisme la « religion de la sortie de la religion ». Deux remarques sont requises ici. La première est que la laïcité n'implique nullement une « sortie de la religion » (individuelle ou même collective) mais une redéfinition de son statut, notamment par sa réassignation à la sphère privée. Celle-ci recouvre aussi bien la dimension collective d'associations de droit privé formées volontairement par des personnes qui partagent une même option spirituelle que le caractère individuel d'un libre engagement spirituel de la conscience. La seconde remarque concerne l'interprétation du processus historique d'émancipation laïque. Celui-ci n'est pas une manifestation spontanée de l'esprit du christianisme, qui l'aurai. sécrété tout naturellement. L'histoire montre au contraire que c'est à rebours de toute une tradition théologico-politique de domination de la religion sur les divers pouvoirs temporels que s'est conquise la laïcité, souvent dans le sang et les larmes. La laïcité n'est pas un « produit culturel », mais le produit de la distance à soi d'une culture particulière, que la lutte pour la liberté et l'égalité affranchit de ses limites.

GAUCHET, Marcel, *La religion dans la démocratie*, Gallimard, coll. « Folio essais », 1998.

Ouvrage incisif, qui expose très clairement la thèse selon laquelle la démocratie se trouverait aujourd'hui dans la nécessité de faire droit aux « identités collectives » en les consacrant dans l'espace public. L'auteur parle des « effets paradoxaux de la reconnaissance », qui tout à la fois libérerait l'« essentiel des messages religieux », et inciterait les religions à s'inscrire sans état d'âme dans des « horizons séculiers » (p. 144). Sans réduire la spiritualité à sa version religieuse — puisqu'il évoque aussi les humanismes athée ou agnostique —, il laisse de côté la question du devenir d'un espace public dévolu à la juxtaposition des identités collectives et des visions du monde particulières. Le risque n'est-il pas alors celui d'une élision de ce qui est commun à tous les hommes, par-delà leurs différences, à savoir d'une loi commune et d'une sphère publique tournées vers l'intérêt général et le bien universel ? La question mérite d'être posée, notamment au regard des approches polémiques trop fréquentes de l'idéal laïque. Celui-ci ne requiert pas en effet « qu'on se dépouille de ses particularités privées pour entrer dans l'espace public » (p. 134) mais, plus exactement, que le régime d'affirmation de ces particularismes reste compatible avec la préservation d'un espace public dévolu à ce qui est commun à tous les hommes afin de rendre possible leur concorde tout en fournissant à leurs débats un cadre délivré de toute allégeance et de tout privilège.

Hervieu-Léger, Danièle, *La religion en miettes ou la question
des sectes*, Calmann-Lévy, 2001.

Mû par une démarche qui relativise voire critique la laïcité,
ce travail entend s'autoriser de la sociologie des religions. Il
met en œuvre un présupposé idéologique qui à aucun moment
n'est discuté ni même explicité : celui selon lequel les religions
doivent avoir la maîtrise du terrain spirituel. L'auteur en vient
à affirmer que la laïcité ne peut fonctionner quand les religions
traditionnelles perdent cette maîtrise. Le développement des
sectes serait selon elle l'expression et la conséquence de l'assignation des grandes religions traditionnelles à la sphère privée.
Pour faire face aux dérives ainsi soulignées, il faudrait revenir
sur la laïcité, et notamment la loi de séparation, qui stipule
que la République ne reconnaît, ne salarie et ne subventionne
aucun culte. Bref, une théorie du religieusement correct, arti-
culée à une conception discriminatoire excluant les athées et
les agnostiques du champ de la spiritualité, instrumentalise le
danger des sectes pour réclamer la restauration d'un statut de
droit public pour les religions traditionnelles, avec ce que cela
suppose d'avantages dont seraient privés les tenants des autres
options spirituelles que celles qui sont liées à la religion. Pour
étayer cette revendication de privilèges publics, Danièle Hervieu-Léger invente la curieuse notion de « dette civilisation-
nelle » (p. 192) au nom de laquelle elle considère que les grandes religions traditionnelles de l'Occident ne peuvent être
mises sur le même plan, par exemple, que le boudhisme, qui,
écrit-elle, « ne constitue pas une composante déterminante de
notre culture » (p. 193). Cette assignation à résidence peut
apparaître comme une double discrimination : de certaines
religions par rapport à d'autres, et du religieux en général par
rapport aux autres figures de la spiritualité, qu'elles mettent
en jeu l'athéisme ou l'agnosticisme. On comprend dès lors que
le refus de l'universalisme laïque puisse avoir ici pour corollaire la valorisation d'une tradition particulière que l'on
demande au législateur de privilégier. Quant à la question des
sectes elle semble réduite à celle des « nouvelles religions »,
abstraction faite de ce qui caractérise en réalité les sectes, à
savoir leurs *pratiques* et non leurs invocations du religieux, qui
sert bien souvent de couverture. Quant à la laïcité, l'auteur
s'attache à ne voir en elle qu'une singularité « française », selon

une approche relativiste qu'elle n'applique guère aux religions traditionnelles. Aveugle à l'idéal qui la fonde, elle ne semble la considérer que comme un dispositif réactif qui ne vaudrait que par son opposition supposée au catholicisme. Étrange lecture, qui ne laisse guère ses chances à l'idéal laïque, en fin de compte méconnu ou conçu de façon très réductrice.

LUSTIGER, Jean-Marie, *Le choix de Dieu : entretiens avec Jean-Louis Missika et Dominique Wolton*, Livre de Poche, 1989.

Le diagnostic qui impute aux Lumières, et à la raison affranchie de toute tutelle théologique, la responsabilité de certains des développements les plus déplorables de notre modernité prend ici de singuliers accents. De fait, le progrès scientifique et technique n'est certes pas utilisé de la façon la plus humaine qui soit, notamment lorsqu'il est instrumentalisé à des fins de domination ou de mercantilisation débridée. Mais est-ce une raison pour souligner comme à plaisir de telles dérives dans le cadre d'une remise en question de la raison, réduite à sa dimension calculatrice et technicienne ? La théorie de la *part maudite* de l'humanité est ici prompte à resurgir, pour jeter un doute sur le projet d'émancipation qui sous-tend l'idéal laïque. Cette approche est à mettre en parallèle avec la réécriture de l'histoire qui consiste à passer sous silence les injustices commises pendant quinze siècles de domination cléricale, quand l'Église n'hésitait pas à utiliser son « bras séculier », le pouvoir temporel, pour réprimer ceux qui ne croyaient pas comme il faut. Silence qui semble autoriser simultanément une revendication de paternité concernant les droits de l'homme, pourtant conquis à rebours de l'oppression cléricale, et que l'Église a condamnés explicitement jusqu'au début du XXe siècle. Il est devenu usuel de nier la portée de l'héritage grec, pourtant source de l'universalisme (voir Socrate et les philosophes stoïciens), de l'idée démocratique, de la pensée libre.

POULAT, Émile, *Liberté-laïcité : la guerre des deux France. Le principe de modernité*, Éditions du Cerf, 1988.

Le thème de la guerre des deux France a quelque chose d'ambigu si l'on veut lire à travers lui l'essence intrinsèque de la laïcité. Celle-ci ne relève pas d'abord d'une démarche réactive, qui consisterait à se définir seulement par opposition. La laïcité œuvre *pour*, et non d'abord *contre*. Pour la liberté de conscience étayée sur l'autonomie de jugement, pour l'égalité de tous sans distinction d'options spirituelles, pour l'universalité de la loi commune. Oublier les valeurs fondatrices de l'idéal laïque, et le solidariser d'un affrontement qui l'aurait fait naître est donc réducteur. Quant à l'opposition supposée des deux France, si elle a existé, elle n'a pas mis en présence les athées, apparentés aux laïques, et les croyants, apparentés aux cléricaux. C'est que la laïcité n'est pas une option spirituelle parmi d'autres, mais le dispositif juridique fondé sur des principes de droit et d'émancipation qui permet à chacun de choisir librement son option spirituelle, sans que ce choix donne lieu à une discrimination ou à un privilège.

INDEX

Table   345

APPENDICES

DU MÊME AUTEUR

DIEU ET MARIANNE: PHILOSOPHIE DE LA LAÏ-
CITÉ, Presses universitaires de France, coll. «Fondements de
la politique», 1999, pour la première édition, 2005, pour la troisième édition revue et augmentée (ouvrage couronné par le prix
de l'Instruction publique en 2000).

LA LAÏCITÉ POUR L'ÉGALITÉ, Éditions Fayard-Mille et
Une Nuits, 2001.

LE ROMAN DU MONDE. LÉGENDES PHILOSO-
PHIQUES, Éditions Flammarion, 2001; rééd. coll.
«Champs», 2004.

LA LAÏCITÉ (anthologie de textes commentés), Éditions
Garnier-Flammarion, coll. «Corpus», 2003.

QU'EST-CE QUE LA LAÏCITÉ? Éditions Gallimard, coll.
«Folio Actuel», 2003.

LEÇONS SUR LE BONHEUR, Éditions Flammarion, 2004.

HISTOIRE DE LA LAÏCITÉ, GENÈSE D'UN IDÉAL,
Éditions Gallimard, coll. «Découvertes», 2005.

GRANDES LÉGENDES DE LA PENSÉE, Flammarion
et France-Culture, 2005.

UN POÈTE EN POLITIQUE: LES COMBATS DE
VICTOR HUGO (en collaboration avec Jean Paul Scot),
Éditions Flammarion, 2002.

QU'EST-CE QUE L'ÉCOLE? Éditions Gallimard, coll.
«Folio Actuel», 2005.

HISTOIRES DE TOUJOURS. DIX RÉCITS PHILOSO-
PHIQUES, Éditions Flammarion, 2008.

DÉSENCHANTEMENT ET ESPÉRANCE (en collaboration
avec Claude Dagens), Éditions Abeille et Castor, 2010.

QU'EST-CE QUE LA SOLIDARITÉ? LE CŒUR QUI
PENSE, Éditions Abeille et Castor, 2011.

ENTRETIEN AVEC KARL MARX, Plon, 2012.

BONHEUR. LE CHEMIN D'UNE VIE SEREINE, J'ai
  lu, 2012.

MARX QUAND MÊME, Plon, 2012.

HISTOIRES DE TOUJOURS. DIX RÉCITS PHILOSO-
  PHIQUES, J'ai lu, 2012.

Composition I.G.S.
Impression CPI Bussière
à Saint-Amand (Cher), le 19 mai 2015.
Dépôt légal : mai 2015.
1ᵉʳ dépôt légal dans la collection : septembre 2003.
Numéro d'imprimeur : 2016323.

ISBN 978-2-07-030382-3./Imprimé en France.